京韵崇礼运河

范树立 著

团结出版社
UNITY PRESS

图书在版编目（CIP）数据

宋韵崇福运河 / 范树立著. -- 北京 ： 团结出版社，
2023.12

（且持梦笔书其景 / 林目清主编）

ISBN 978-7-5234-0762-2

Ⅰ．①宋… Ⅱ．①范… Ⅲ．①散文集－中国－当代
Ⅳ．①I267

中国国家版本馆CIP数据核字(2024)第002776号

出　　版	团结出版社
	（北京市东城区东皇城根南街84号　　邮编：100006）
电　　话	（010）65228880　65244790
网　　址	http://www.tjpress.com
E－mail	65244790@163.com
经　　销	全国新华书店
印　　刷	成都市兴雅致印务有限责任公司
开　　本	145mm×210mm　　1/32
印　　张	68
字　　数	1700千字
版　　次	2024年4月第1版
印　　次	2024年4月第1次印刷
书　　号	978-7-5234-0762-2
定　　价	398.00元（全9册）

序

　　崇福古时候称为语溪，后更名为崇德。县治长达1000多年，元代为州治所在地。1958年崇德县并入桐乡县，现已更名为桐乡市崇福镇。我的家乡是江南水乡的一个古老城镇，小镇虽然不大，有穿城三里之说，城内外无数条大小河流，如蛛网般纵横交错，形成了江南水乡独特的地域风光。

　　崇福是千年古运河上的重镇，是苏杭水路交通要道。运河给崇福带来的是经济发达，文化繁荣，名人辈出。崇福运河宋韵文化的历史古迹，是继承发扬民间文化的重要组成部分。同时也是江南古运河文化的精华，它将会更好地利用完善运河功能，造福子孙后代。

　　崇福镇旧时有一座古城墙，城内河流纵横交错，独具水乡特色。在20世纪50年代初，镇上有跨越3条市河上的10多座造型各异的小石桥，构成了一道小镇独特的风景线。其中南北流向的市河上建有北桥、圣堂桥、万岁桥、南门桥等。东西流向的两条市河上建造有平桥、县桥、西寺桥、城隍庙桥、保安桥、宫前桥等。镇上的小桥造型美观，结构精致，每座桥都是一件难得的精品文物。

　　城内市河两旁原先建有不少店铺和住房，大街上有许多店家临河而建，各户建有水阁，有的人家还在住房下河边建造石埠头。店家朝南一排的窗户外，就是一条东西流向的市河。那时的河水清澈透底，能清楚地看见鱼儿成群结队在水中游动的倩影。

崇福镇城外原先十分壮观的大型石拱古桥，有北三里桥、迎恩桥、青阳桥、司马高桥、南三里桥、大通新桥等。那时挂着高大帆布，南来北往的帆船常常有人弯腰背着纤绳沿岸行走，有时还要十分艰难地从桥墩上慢慢走过，构成一条独特的水乡风景线。

目 录
CONTENTS

石拱古桥

运河水韵

风味小吃

寺庙古迹

崇德风俗

乡贤名人

能工巧匠

江南小调

名胜古迹

语溪棹歌

石拱古桥

古镇小桥

我的家乡浙江省桐乡市崇福镇，是一个有着千年历史的古老县城所在地。浙江崇德县（今桐乡市崇福镇）旧时有一座古城墙，镇区面积不大，有穿城三里之说。城内河流纵横交错，独具水乡特色。

20世纪50年代初，镇上有跨在3条市河上的10多座造型各异的小石桥，构成了小镇一道独特的风景线。其中南北流向的市河上建有北桥、中桥、万岁桥、南门桥等。东西流向的两条市河上建造有平桥、县桥、西寺桥、城隍庙桥、保安桥、宫前桥等。镇上的小桥造型美观，结构精致，每座桥都是一件难得的精品文物。其中北桥和万岁桥比较高一点，桥面宽敞平整，可供几十个人同时过桥。而县桥和西寺桥小而精，外观美观古朴。万岁桥的历史悠久，据说是唐朝开国功臣尉迟敬德建造的，宋嘉定十四年重建，乾隆、同治年重修。北桥的正式桥名叫永安桥，宋绍兴四年建造，明万历年间修建，清康熙、光绪年间又重建。中桥的桥名为义济桥，建于元至正年间，清乾隆年间重修，现重建钢筋水泥桥后更名为春风大桥。县桥的正式名称为宣化桥，又名郎目桥。西寺桥桥名为广济桥，建于宋朝。城隍庙桥于咸化十五年重建。宫前桥为明永乐年间建造。平桥的桥名为太平桥，重建于明正统年间。

浒弄古迹

据《石门县志·乡里》记载"县城有十一坊，五巷"，其中记有"登仙巷（坊）"。"县城"即今崇福镇。据实地查考"登仙坊"的旧址就在"西横街、庙弄、宫前路"一带。崇福横街有东西之分，以半爿弄分界，弄东为东横街，弄西为西横街。东横街旧时称为"水德坊"，靠市河边的浒弄口原有一座"总管堂"，建在水德楼的遗址上。楼前曾经种有一株大树，立有石碑，上书"万古长青"4个大字。西横街又称"登仙坊"，西面与庙弄相邻，南面有宫前河。

据史料记载："东横街旧时称为'水德坊'，靠市河边的浒弄口原有一座'总管堂'，建在水德楼的遗址上。楼前曾经种有一株大树，立有石碑，上书'万古长青'四个大字。"如今"水德坊"的坊名早已被人遗忘，浒弄口水德楼遗址和"总管堂"也没有了踪迹，石碑及上面书写的"万古长青"4个大字也无法寻觅了。现今唯有浒弄口市河边还有一株古老高大的皂荚树，这棵树已被列为县级文物保护单位，但不知是否就是史料所记载的那株大树。

浒弄口在东横街东端，临近市河（古时称之为运河，后崇德筑城墙后成了市河），水路交通十分方便。从浒弄口横穿南大街，河边原先有一个宽大的河埠，可停靠船只。这里也是附近居民淘米汰菜，洗衣裳的地方，河埠头经常有人上上下下，显得十分热闹。

解放初浒弄口河堤边停有 10 多条划船，是一个当地居民自发的划船组织所在地。这些划船长约 1 丈多，宽为 3 尺左右。划船船体两头尖，船底比较平窄，吃水较浅，为此是当时河港内划行速度最快的一种船只。划船的船身轻巧，也比较灵活，船内只能搭乘一至二位客人。客人坐在船舱内不得随意晃动，更不能走动。划船的船娘是当地的村妇，以中年妇女为主。划船时船娘坐在船尾，船桨约有 3 尺长，上半段为丁字形长木棍，下半段是一块长方形木板，与如今划龙舟的桨相似。

记得当年母亲在大麻供销社工作，有一天，家里有急事要叫母亲回来一趟。那时没有电话，通讯十分不便，来往船只又少。当时家里大人叫我到大麻去一趟，于是我就有机会第一次，也是唯一的一次乘坐划船。当年我还在读小学，上船后一个人坐在船舱内有点紧张。小划船像是一片树叶，在宽阔的运河塘里随着河水漂流。当我看见划船的船娘拿着船桨，不慌不忙轻松均匀地划着桨时，我心里一下子放松了许多。同时我感觉到划船航行的速度真快，好像箭一样在飞速前进。没过多久，划船便稳稳地停靠在大麻码头上了。

在小湖羊皮价格昂贵的年代，浒弄口南面朝东临街，原来有一家店面较大的崇福供销社南门采购商店。采购商店主要是收购小湖羊、桑条皮等农副产品，以方便南门外的农民前来销售。我知道供销社职工工作很辛苦，他们会动作迅速地将刚收购进来的小湖羊宰杀剥皮，并用铁钉将小湖羊皮钉在门板大小长方形的木板上晾晒。小湖羊皮分好次几个等级，以羊毛卷曲有花纹的皮张为上品。加工小湖羊皮这是一项论时间的技术活，因为小湖羊如果多养一些时间的话，它的羊毛会长得粗直，价格要下降不少。

供销社采购商店南面原先有一家镇上的铁器生产合作社，整天"丁丁当当"响个不停。铁器社主要生产铁耙、刮子、撅子（镰刀）等农具，同时还生产叶刀、菜刀、柴刀等城乡居民需要的生活用品。

在浒弄口附近有一条小弄，叫作混堂弄。混堂就是澡堂，现今叫作浴室，是早年镇上居民洗澡的地方。浒弄口北面是崇福旅馆，当时旅馆旁边新造了一个浴室。这家浴室设备齐全，浴室服务员态度蛮好，整日浴客不断。春节前更是人满为患，浴客要排长队等候才能轮到洗澡。

夜航杭城

　　那是在 20 世纪 60 年代中期，我作为城镇知识青年下放农村。这个村子坐落在杭嘉湖平原的大运河崇德北三里桥边，小村四周都是河港，农船成了农民出门的主要交通工具。我在下放的第一年便学会了摇船，生产队分的山薯、柴草等农产品，就用小船装运到家中。队里去石门镇上卖瓜果，我也跟着摇了船一道去。我下放的生产队里，主要的农事活动是种水稻和养蚕，这里饲养的是种蚕，崇福蚕种场每年都派蚕桑技术员来指导生产。队里的桑园是专桑地，施河泥作肥料，杭州市河泥又黑又肥，是桑树最好的有机肥料。

　　有一年暮秋时节，生产队要去杭州罱市河泥，村里的金虎、阿大、五加 3 个小伙子约我一起去。这天傍晚吃了夜饭后，我们各自拿了大米、咸菜和被单上了船。罱泥的船是生产队里一艘有棚的木船，船舱内铺有长条光滑平整的平柜板，上面可以睡觉休息。船尾有一只泥涂灶，是供烧饭用的。等到 4 个人齐了，我们两人一班驾起木橹向杭州方向出发了。按照当时摇船的习惯，每摇"一九"，也就是 9 里路换一班，轮班摇船和休息。我和阿大一班，阿大摇橹，我拉帮。罱捻泥船沿运河南下，从我下放的生产队到杭州，走水路有 110 多里路，沿途要经过崇福、大麻、五杭、博六、塘栖、五仓头，直至杭州。船儿在平静的水面上缓缓摇动，水乡美丽的风光尽收眼底。木船沿途穿过北三里桥、迎恩桥、青阳桥、司马高桥、南三里桥、大通新桥、松落高桥等 10 多座高大古老的半圆形石拱桥。船儿过大麻时，天色已经渐渐暗了下来。这时，我们已换了 3 个班头，一过大麻河港越来越宽阔了。从水路到杭州，我还是第一次，感到很新鲜。我边摇船边观赏运河的景色，只见在夜色中河里来往的船上，全都已经点亮了暗淡的橘黄色三光灯，船上不时传来爽朗的说话声和笑声，有时还会听到船上传出的宛转悠扬的笛子声，吹奏着优美的江南小调，令人亲切欢乐，让人陶醉。听着那船头潺潺的拍水声和“咿呀、咿呀”的摇橹声，心中真是快乐无比。船儿沿途不时有高大的石拱桥从头顶穿过，又慢慢远去。再看两岸那黑乌乌的树林和村庄，在朦胧的月色下慢慢向后移去。有时我还能听到岸上秋虫的鸣叫声和远处传来的一二声鸟叫声。在不知不觉中，船儿已穿过横跨京杭大运河的塘栖七孔大拱桥，这桥造型美观别致，堪称江南一绝。转眼间夜已深了，船上轮到休息的人谁也没有睡意。木船在五仑头拐了个大弯后，河面更加宽阔了。借着月光我们隐隐约约看见在一座铁桥桥墩旁边，有着一个个土堆。阿大说，这里埋葬着不少梁山英雄好汉，现在已经成了一个野坟地。木船穿过大铁桥，顿时眼前看见前方一大片明亮的灯光。啊，杭州终于看见了。这时，我们使出了浑身力气，只见船儿飞速前进，一会儿就到了杭城的卖鱼桥埠。从我下放的生产队到杭州有 110 多里路，我们摇了一夜船，直到第二天凌晨 3 点多钟才到达杭州城内。

等到天蒙蒙亮时，我们上岸每人吃了一碗菠菜面，然后就去罱泥。花了约两个小时，才罱满了一船乌黑的杭州市河泥。下午我们 4 个人一起上街去走走，不久就开船返回了。木船装满了河泥后，吃水重，摇起来很紧，速度也慢了不少。船儿到塘栖时已是傍晚时分，大家准备到镇上去休息一下。我们上岸后，走在满街都是木廊棚的塘栖镇上，感到十分好奇。据说，塘栖街上，下雨天上街不用撑伞，这真是一个江南水乡好地方。我们回船后，自己动手烧夜饭。饭后立即开船，等回到村里，已是半夜三更天了。杭州水路之行使我增加了不少知识，观赏了运河风光，开宽了视野，真是收获不小呀。

水乡茶馆

据《崇福镇志》记载：解放前，崇福为县治地，服务业较发达。民国三十七年（1948），镇上有茶馆 68 家、旅馆 1 家、浴室 1 家、照相馆 4 家、理发店 27 家、面饭食铺 16 家、茶食店 8 家。饮食服务店铺约占全镇商铺总数的 1/4。

清代诗人吴曹麟有诗曰：

> 朝来无力启帘栊，怕见游尘陌上红。
>
> 偏是天公能惹眼，小楼何日不春风。

原注：春风楼，宋知县奚士达建，黄元直修。

诗人吴曹麟（1806—1831），字黻堂，号松溪，洲泉人，少聪颖，道光二年县试第一，为廪生，工诗善文。

崇福镇上有条大街崇德路，在路的东端近古运河旁，宋朝建有一座名楼"春风楼"。据元至元《嘉禾志》载："在县治东南三十步，宋知县奚士达以观风亭改建。淳祐间，知县黄元直重修，原楼早废。"

民国间，春风楼遗址上建有总管堂，额上有"春风楼"3 字。解放后，在原春风楼附近建造了一家茶馆，镇上人称它为春风第一楼茶馆。

春风第一楼地理位置极佳，茶楼呈正方形，东面和南面靠河，夏天劲吹东南风，冬天阳光充足，是冬暖夏凉的好茶楼。茶楼上下两层，除北面靠墙外，东南西三面都装有木质花格玻璃门窗，外观精致漂亮。楼层三面有雕花围栏阳台，并摆有各式盆花，屋顶上有铁钩可挂鸟笼。处身在鸟语花香中品茶，让人心情舒畅，快乐无比。

茶楼内一式八仙桌，每层摆设 10 多只，每只桌子四周全都摆有长条凳。茶楼底层砌有一大灶，上面放有4只紫铜大水壶，壶中之水烧开后，店家跑堂拎起水壶轮流来回为茶客加水。茶楼底层供应普通红茶绿茶，经济实惠。楼上为雅座，供应西湖龙井茶和优质祁门红茶，是镇人会客谈生意的好地方。春风第一茶楼全年四季生意兴隆，整天茶客满座。这里的茶客基本上是上午为乡庄，下午为街庄。茶楼内谈笑声此起彼伏，十分热闹。

春风第一茶楼北面是糕饼点心店，西北面有家靠街圆弧形店面的刨烟店，出售本地烟叶加工的烟丝。店员称好烟丝分量后，用黄色纸张包成方包，然后一包一包出售。刨烟店对面有饭店和酱酒店等。茶楼门口不远处是全镇最热闹的春风头，有两条人气旺盛生意兴隆的大街，过东过西的东大街和上南落北的北大街在这里交汇。

茶楼南面是平桥头（又名太平桥），北面有圣堂桥（又名望京桥）。平桥头桥堍有开阔的石埠，停满多艘客人乘坐的航船和满载青菜、萝卜、番薯、甘蔗的赤膊船。平桥是座架设在市河上新改建的钢筋混凝土桥梁，可通行各种车辆。平桥南面南大街是当时外地客商乘坐汽车、轮船后，进入崇德的主要通道，也是留良乡农民进城的要道，为此南来北往的行人十分闹猛。

茶楼北面有座横跨古运河的大型石拱桥——圣堂桥，是虎啸乡农民进城的主要通道之一。圣堂桥又名望京桥，此桥位于万岁桥和北桥中间，因而俗称中桥。

诗人吴曹麟有诗曰：

连天花柳又今朝，舞飞歌莺恨怎消。
南下春江流不断，何人频上望京桥。

茶馆业本轻利重，数量最多。位于西寺前的福和楼，开设于清光绪十七年（1891年），拥有3间楼房，楼上为茶馆，楼下设点心摊、烟杂店为茶客服务。平时整天营业，节汛兼营夜市。春风第一楼茶馆设在东大街圣堂桥南，东、南两面临河，店面朝街，楼上玻璃长窗，窗外一排雕花栏杆，供茶客远眺。北门城外的日新茶室，为上海莘庄人老陈所开。出早市的菜农，在临街座位泡茶设摊，既可品茗又可卖菜，生意较为兴隆。其余茶馆多为夫妻店，设施简陋，"小屋一间，临河搭棚，板桌条凳，小壶小盅"。一般只开早市，天未亮就开张，集市散便收摊。

蚕花胜会

崇德地处江南杭嘉湖水乡，当地农村里流传着"吃饭靠种田，用钱靠养蚕"的说法。为此，蚕桑生产是村里的一项主要农事活动，农民把养蚕看得很重要。崇德养蚕的历史悠久，每逢清明节，在青石、芝村、河山等地很早就有扎蚕花、迎龙蚕会等民间活动。据清光绪《石门县志》记载双庙渚蚕花胜会的盛况："清明日……农船装设旗帜，鸣金击鼓，齐集双庙渚，谓之蚕花胜会，亦击鼓祈蚕之意。"

双庙渚蚕花胜会是在每年清明节举办的，是一项当地农民自发组织的民俗活动。清明第一天村里要为迎会作准备，组织蚕农参拜蚕神马明王神像，为蚕神梳头化妆和准备好迎神用的神船。清明第二天，蚕花胜会正式开始。这天一早，附近各个村里的迎神队伍，先后来到庙里集中，然后将马明王神像、神马从庙内十分隆重地迎至神船上，再供上糕点、水果、千张、腐干等，点燃香烛进行祭祀仪式。此时，来自湖州、德清和本地上千的城乡民众，已经挤满了河道两岸。河面上鞭炮阵阵，彩旗飘扬，锣鼓喧天，参加迎会的船只开始竞相表演节目。首先是每船由13名年轻力壮小伙子组成的船队，开始了摇快船比赛。只见船上的指挥员一声令下，每条船上的人都在用力划船，整个场面欢呼声、鼓乐声此起彼落，热闹万分。接着由4男4女身穿红绿衣衫的孩童，手持小香凳在拜香船上表现节目，在轻快的民间乐队伴奏下，孩子们边唱边跳《拜香凳》舞。停在河中央的打拳船、大刀船、马灯船上，正在表现各自的武术、歌舞节目。台阁船由两只农船编成一组，船上搭起彩台，有几个儿童身穿戏装，扮演着戏剧中的人物。戏船、敲鼓船上在热闹地吹拉敲打，演奏民间小调，表演越剧、京戏等戏曲节目。还有一只纺织船上放有丝车、纺纱车、织布机等，船上的农妇身穿蓝印花布衣衫在表演缫丝、纺丝、织布等生产活动场景。此时，最精彩的节目是看高杆船表现。高杆船是用一根3丈多高的粗毛竹，插在船头的石臼之中，毛竹顶端套有一只形状像升箩的踏脚。表演的汉子沿竿而上，爬到竿顶，依托踏脚，表演各种动作。表演者时而放开双手，好像躺在毛竹上，时而用脚勾住竹端，整个身体倒悬，称之为倒挂锄头。有时双臂挽勾竹竿，称为苏秦背剑。最为精彩的是蜘蛛放丝，用一匹土织长绸，一头系于竿端，一头系于腰间，表演者从竿端猛地脱手顺绸下滑，此时高竿吊成弯弓形，人似坠入河中，观众无不为之捏汗，看后立即爆发出阵阵掌声。

双庙渚蚕花胜会那天，蚕娘们要购买蚕花，蚕花就是用各种颜色的彩纸，扎成五颜六色的小纸花。她们把红红绿绿的蚕花戴在头上，十分漂亮，这也是蚕花胜会上的一大风景。

运河小船

京杭大运河，相传是隋炀皇帝为了要到扬州看琼花而开挖的。据书上记载当年隋炀帝乘坐的龙舟规模宏大，船上布置得富丽堂皇，吃喝玩乐样样俱全。龙舟上除了摇橹的以外，在岸上拉纤的就有几十个人，那皇家的排场真是豪华万分，着实让大运河两岸的老百姓史无前例地热闹了一番。

千年大运河从我的家乡流过，南来北往满载货物的船只川流不息。小时候，我看到在运河上摇过的船，大多是木制的船只，有小划船、赶鸭船、赤膊船，有篷船、帆船、轮船等等。小划船船身狭窄，两头尖尖，中间仅可乘坐一二个人，一人或二人划桨，划船行驶的速度很快，真好比是如今有派头的小轿车一般。赶鸭船很小，又十分灵活，船内仅可站立一个人，是养鸭人放鸭时专用的船只。赤膊船有大有小，大的可以架起两支大橹摇船，用作装运稻谷和罱河泥。小的赤膊船只有一支小橹，装货一般来说不足一吨重，大多是用来装运少量的农副产品。有篷船大多是指可以乘坐客人的航船，航行时遇到刮风下雨天，船上的客人不会受凉和被雨淋湿。那时农村也有用赤膊船装成的棚头船，船上备有木制平柜板可睡人，是农民出远门时常用的船只。当时帆船是运河里常见的大货船，船舱中间用根又粗又长的木桅杆，杆上拉起一面很大的布篷，顺风时船只行驶的速度很快，又十分省力。帆船在运河上行驶，路过石拱桥时就比较麻烦，先要拉下帆布，放倒桅杆，让船慢慢过桥洞后，再重新竖立桅杆拉起帆布。一旦遇到逆风时，帆船先是落下帆布，然后就派人上岸去拉纤，一人或几人拉着长长的纤绳，一步一步很吃力地向前行走。拉纤人在过石拱桥时，如有桥石破损时，常常要一人先上桥顶，将系有纤绳的粗毛竹拔起，从桥的一面拉起再移到另一面放到船上，人又重新回到岸上拉纤。

装有柴油机的船是一种客运机动轮船，曾经是水乡人出门时常常乘坐的快捷交通工具。当时，崇德曾经是杭嘉湖地区水路交通的要道。轮船可以直接通航到上海、杭州、苏州、湖州、嘉兴、长安等地，县内各个乡镇也都有轮船可乘，水上交通十分便利。后来，随着公路的不断延伸，快速行驶的客运汽车替代了轮船，曾经风光一时的轮船却成了明日黄花，时代的飞速发展，真是叫人感叹万分。

随着时间的推移，在 20 世纪六七十年代，由于木材的紧缺，运河里开始有了用钢筋水泥制成的水泥船。这种水泥船制作速度快，成本较轻，缺点就是不耐碰撞，船只碰撞破损后会很快下沉。后来，农用的水泥船上还装上了柴油机，船只的行驶速度便大大加快了，这种机动水泥船也曾经在农村里风行一时。

不久前，运河里的大拖轮开始改用铁板制造的大吨位的船只，这样不仅大大增加了船只的牢固度，而且装运的货物数量也随之有了较大幅度的增加。大铁船的出现，使得水泥船逐渐被淘汰。如今，在京杭大运河里，装运货物的船只大多是铁质大拖轮，远远看去真的像是一列水上火车，大轮船后面一拖就有 10 多艘大铁船。

京杭大运河不仅担负着水上运输的重任，而且还是开发旅游的一个重大资源。最近，杭州旅游部门推出乘坐豪华游轮沿运河观光活动，吸引了不少中外游客，旅客乘坐在舒适的轮船内，可以尽情地观赏运河两岸的秀丽风光。另外，还有快速游艇也是游客看好的一项水上观光活动。随着人们对古老运河的重新认识，以及运河文化资源的进一步开发利用，将会使运河越来越被人所重视和发挥越来越重要的作用。

北三里桥

虎啸寺坐落在旧时崇德县城北面 3 里处，寺院建筑雄伟、古朴。寺院山门口有一顶横跨京杭大运河的石拱古桥——北三里桥，桥身高大、坚实，呈半圆形，与河水中的倒影连成优美的圆形。运河在这里转了一个弯，江南有名的虎啸寺正好坐落在港湾内。可是南来北往的船只被寺院挡住了视线，两船在桥下相遇时常有碰撞之事发生。

虎啸寺规模很大，建有正殿、偏殿数间。整个寺院造型奇特，很像一只蹲下的大老虎。从桥顶向北远远望去，活生生是一只老虎的形象。一跨进寺院山门，便见清一色青石板铺就的大天井。走过天井进入大雄宝殿，殿内的菩萨造型逼真，香案上烛光常明，香烟弥漫。虎啸寺依桥傍水，运河两岸的香客络绎不绝，历年香火旺盛。

包角堰桥

南三里桥正式桥名叫包角堰桥，原桥坐落在崇德县城南门外约1里处，大桥南北向横跨京杭大运河，是崇德南大门的交通要道。南三里桥是一座古老的石拱桥，桥北连接崇德县城，桥南直通长安塘，距海宁长安镇12里路。20世纪60年代初，桥北建造桐乡化肥厂时，大桥被拆除，在厂区西面另造一座钢筋水泥平桥。古来今往，南三里桥经历了无数风风雨雨，也留下了不少动人的传说故事。

话说在清朝乾隆年间，石门县（即崇德县）连遭3年水灾，田里收成减少一大半。当时任职的石门知县是个昏官，在这3年中田赋税收分毫未减。为此全县的农民饥寒交迫，叫苦连天。当时石门县四乡的农民处处闹饥荒，饿死病死的人越来越多。灾民三五成群涌到县衙门，请求减免田赋税收，石门知县却三番五次借故回避。当时有一位家住县城南门外的农民姓钱名春发，家里有一亩三分薄田，全家老少5口就靠田里的收获活命。钱春发连遭3年水灾后，田里收到的稻谷连交田赋税收也不够，眼看一家人即将断粮。钱春发心急如火烧，一连几次上县衙门去请求减免赋税，又一次次吃闭门羹。灾民们谁也不知道县官葫芦里卖的是什么药。

有一天，钱春发在县衙门口，正巧撞见知县官，县官刚从轿子里钻出来。钱春发觉得眼前一亮，连忙下跪请求减免赋税。知县见状十分害怕，慌忙推说："此事本官已经将灾情禀报上面，正等候批示减免赋税。"钱春发一听，心里真是开心。连叩三个响头，高呼"青天大老爷，大恩大德。"

钱春发回到家里后，天天等候减免赋税的好消息，谁知连等了两个月也没有一点信息。一天，他家门口来了3个催交田赋的差役。差役个个横脸凶相，一进门便催讨赋税。钱春发说知县大人已答应上报请求减免赋税。差役二话不说，只道："你别啰唆，赋税就是皇粮。你交还是不交，抗交赋税要押送官府法办。"钱春发心里想，这真是俗话说得好：阎王好见，小鬼难挡。便说道："怕什么，知县大人亲口答应的事还怕他赖了不成。"钱春发一拍胸，爽快地说："走！"随即跟着差役走了。

钱春发一路上被差人推推拉拉，百般污骂。钱春发在衙门大堂上，只见知县惊堂木一拍，说："大胆刁民，竟敢违抗赋税，你真的是吃了豹子胆，本官看你有几个脑袋。"钱春发吓得直哆嗦，跪在地上把上次与县官见面时的情景讲了一遍。知县说道："这些你不用啰唆，现在只问你赋税到底交还是不交？"钱春发说："乡下连年水灾，粮食歉收，哪来的钱粮交赋税，求大老爷开恩。"知县大喝一声："拖下去打20大板！"钱春发被打得皮开肉绽，回家休养了一个多月才稍有好转。

等到第二年春天，"清明"刚过，家事正繁忙。一天，钱春发在田里干活时听到有人说，乾隆皇帝这几天要来杭州游玩。钱春发听到这消息，十分高兴。心里想，乾隆皇帝到杭州去游玩，龙船必定要沿大运河经过石门县城。于是，他灵机一动想出了一个妙计，要向皇帝告御状。主意打定，钱春发在家里天天等候乾隆皇帝大驾光临的消息。

一天清晨，钱春发在茶馆店里打听到消息，说乾隆皇帝乘坐的龙船已经到了离县城18里的石门湾。钱春发得此消息后立即回家，拿出了早已准备好的木制状纸，匆匆赶到南三里桥等候。

过了大约一个多时辰，乾隆皇帝乘坐的龙船终于从北面浩浩荡荡驶来。钱春发等到驶在最前面的那艘大龙船将近南三里桥时，他从桥顶上跃身一跳，"扑通"一声，人落水时正巧在龙船船头前面的河水里。钱春发浮出水面，双手高举木板制成的状纸，大呼："冤枉！"乾隆皇帝先是一惊，接着便吩咐卫士将状纸递上来。

过了半个月后，有人告诉钱春发，县衙门的白粉墙头上张贴一张告示，说皇上准许石门县免除今年的田赋税收。这真是天大的喜讯，一时间县城周边的乡村里鞭炮声不断，喜庆的锣鼓声震天响。四乡农民相逢开口笑，都说全靠钱春发扑水告状，皇上才准许免除今年的赋税。当时陆续不断有村民来钱春发家，感谢他为乡亲们做了一件大好事。

迎恩古桥

据《崇福镇志》记载：迎恩桥建在崇福镇北门外运河上，崇德朔义门外，明正统间焦令宽建。后易以木，隆庆初仍以石，后圮，崇祯间复建，清乾隆十四年（1749年）重建。因交通运输需要，迎恩桥于1970年拆除后，向北移10米改建为钢筋水泥结构的人民大桥，桥长67米，桥宽4.5米。2017年4月，崇福镇政府在迎恩桥旧址附近的北沙渚塘口重建仿古三孔石拱桥。

自2016年以来，崇福镇政府启动古运河改造提升工程。在崇福古运河市河两岸修建观光步道、仿古凉亭建筑、重建三孔迎恩石桥以及周边绿化工程，目前这里已经形成具有江南运河文化特色的古城休闲旅游景观。

原有的迎恩桥是一座运河上大型石拱桥，其桥型与现存的司马高桥相近似。迎恩桥为东西走向，桥顶面有长方形龙门石雕花（此石尚留在人民大桥底），两旁自顶至堍各有2尺高石栏，东西各有石阶 29 级，顶面南北石额，上书"迎恩桥"。原先迎恩桥下的水流湍急，桥北约 50 米处有条由西向东的跃进桥港，此水来源于天目山溪水，常年清澈且水流很急。桥东是北沙渚塘河，桥南之运河流入崇福市河后，往南一路朝杭州方向流去。

镇上民间传说乾隆皇帝曾经 6 次下江南，其中有 5 次经过崇福。乾隆皇帝乘坐的龙船自北向南，由石门经北三里桥南下，然后经迎恩桥路过崇福朝杭州方向驶去。为表皇恩浩荡，迎恩桥由此得名。迎恩桥与北三里桥遥望可见，为此每当乾隆皇帝的龙船一过北三里桥，崇德知县便率领衙门官员及全县乡绅登上迎恩桥恭敬迎候。

迎恩桥是茅桥埭及以东广大农村地区连接镇区的一座重要桥梁，茅桥埭是镇上一条有名的历史街道。旧时曾经是城北的米市之一，因此临街全部建有凉棚，沿河还有一长埭牢固的木制靠背长椅。清代中期，茅桥埭路北开设宝大油坊，因此留有油车埭、油车弄之名。解放后这里建有镇办企业：崇福标准件厂和医药用品厂。迎恩桥东堍沿运河岸开有毛竹行、木材行和几家商店。茅桥埭东端古时建有歌舞庙，民间传说系西施献吴前在此唱歌习舞之处。清末茅桥埭以东的地方被称为歌舞庙，一直沿用至今。

歌舞庙在崇福镇北门外迎恩桥东百余步的茅桥埭东端，是古人纪念西施的一座庙宇，大殿前原先有戏台，后有观音殿。传说系西施去吴国前，曾经在语儿练习歌舞的地方，因此而得名。解放后歌舞庙一度改为崇福供销社办的工厂，原址至今仍留有歌舞庙地名。唐朝诗人徐凝在《语儿见新月》诗中写道：

几处天边见新月，
经过草市忆西施。
娟娟水宿初三夜，
曾伴愁娥到语儿。

草市、语儿均为古时崇德的地名。

我小时候曾多次去过茅桥埭市梢郊外，在那里见到过歌舞庙。当时看见庙里的屋架上，还架空放着一条长长的用黄布做成的龙灯。后来歌舞庙几经修缮改建，成了崇福供销社的一家工厂。直到如今居住在崇福镇附近的农民，依旧把这个地方叫作歌舞庙。时过境迁，每当我路过歌舞庙时脑海里浮想联翩，常常会在眼前浮现出西施美丽的身影和婀娜多姿的舞蹈动作，似乎还能在耳边响起婉转悠扬的歌声。岁月如流水，转眼间2000多年之事似乎很遥远，但又仿佛就在眼前发生。

清咸丰以前，坐落在迎恩桥东埭北沙渚塘出口处，曾建有茅桥。茅桥为南北向，过桥可通茅墩（即今之浮地）。该墩四周芦苇，茅草一片，故有茅桥之名，早在清初吕留良的诗中，就有"一惬望茅墩"之句。

迎恩桥西是镇上的北塘直街，南起跃进桥北埭，北至市梢原芝村乡界。《石门县志》载：明万历三十八年（1610年）陆典巽甘露庵记载：据考，甘露庵俗名北寺，在今路之北端。又据明吕希周《建城记》载："拱城门俗称北门，外二百步即北塘。"北门在今街之南端，出北门至北寺，沿塘河（大运河）筑的街，因此名为北塘直街。北塘直街旧时店铺林立，生意兴隆。街南面开设有米店、鱼行、面店、饭馆、茶馆、碗店、南货店、中药店、棉布店等。迎恩桥西埭北面有多家米行、柴行、羊行、小猪行、点心店等，这里的店铺前也全部建有凉棚，沿河设有长埭木制靠背长椅，与茅桥埭相仿。

清代诗人吴曹麟在《语溪棹歌》诗中写道：

邻场记得贩茶盐，酒库谁将税务兼。

一自当炉人去后，沽春春不上眉尖。

原注：茶盐场酒税务俱在县东北 150 步。茶盐场酒税务具体位置就在北门外城门口附近，解放后这里曾经开设崇益土产公司，后来是崇福烟糖公司卷烟、食糖、酒类、糕饼的大型仓库，供应整个崇福片的副食品。

据镇上居民诉说：1937 年日寇占领崇德后，在迎恩桥西放火烧毁了数十家商铺。同时还在北门城门口设有岗哨，所有进出城门的居民都要向日本鬼子鞠躬行礼。有人鞠躬时稍不认真，就会被鬼子拳打脚踢，甚至用枪托猛打。城门口哨所的日本鬼子遇到有长得齐整的女人，常常会被拉到兵营污辱奸淫。

随着时代的进步，用石块砌成古老的迎恩桥早已成为历史，代之而起的是一座现代化钢筋混凝土人民大桥。如今崇福镇上了年纪的人仍把这座新桥叫作迎恩桥，迎恩桥在人们心中已经变成了一个地名。

登望京桥

茶楼北面有座横跨古运河的大型石拱桥——圣堂桥，是虎啸乡农民进城的主要通道之一。圣堂桥又名望京桥，此桥位于万岁桥和北桥中间，因而俗称中桥。现建改钢筋水泥结构，可通行汽车的桥梁，此桥更名为春风大桥，

诗人吴曹麟有诗曰：

> 连天花柳又今朝，舞飞歌莺恨怎消。
> 南下春江流不断，何人频上望京桥。

望京桥是古代书生每次进考后，日夜来张望的地方。书生登桥朝北京方向远远眺望，盼望能高中金榜。为此，那时望京桥上

热闹非凡。

直塘改弯

小时候，家乡有民谣唱到："崇德吕希周，直塘改做九弯兜。"

我也会跟着小朋友们一起唱。那时候嘴里会唱这首民谣，但不知道唱的是啥意思。后来渐渐长大了，问了家中的大人，才知道崇德原来的塘河（大运河）是经过县城一直向南，笔真流经长安塘去杭州的。后来在明朝时，崇德出了个在京城做大官的吕希周，他为了抗击倭寇进犯，将崇德运河的直塘改做了九弯兜。

崇德（今桐乡市崇福地区）最早建筑的城墙是在元至正二十八年（1368年），县城周长5里30步（古时5尺为1步），设有陆地城门4扇，水城门3扇。城墙边凿市地为池，水池阔7丈，水深2丈2尺，其里步之长视城有加。明洪武十九年（1386年），海盐有倭寇进犯，当时的海防长官急于防守，下令拆除崇德城墙，将其砖石全部搬运到乍浦筑城。明嘉靖三十四年（1555年），崇德知县蔡本端奉檄重新修筑城墙，以抵御倭寇侵犯。第二年正月初七，1万多名倭寇乘崇德城墙未竣工之机，破城而入，大肆掳掠财物，残害百姓。等到倭寇退城后，浙江巡抚命令崇德知县抓紧筑城防倭。当时崇德邑绅在京城任右通政的吕希周正好在家乡休假，他得知此事后，立即会同知县商量筑城之事。吕希周极力主张运河改道，回环绕城，四周以水为障。城墙筑成后，水流绕城如带，既能通船只，又利于防卫。商议决定按照吕希周的提议筑城，吕希周将家中钱财捐献作筑城之用。经过崇德全城兵民同心合力修筑，仅用5个月时间，一堵新的城墙便顺利完工，县城周围还新开凿了护城河，使大运河改道后从城外流过。新筑的县城周长7里30步，高2丈7尺，阔1丈5尺，有水旱城门各 5 座。次年，倭寇又来侵犯，崇德县城士兵和老百姓依靠城墙坚守，使倭寇无法进城，不久便败退而归。嘉靖三十九年，知县刘宗武又在城墙上修建城楼 4 座，南北瓮城各一座，再筑箭台 30 个，敌台 3 个。明清时期曾经多次修缮加固，使城墙一直比较坚固。清咸丰十一年（1861 年）二月，太平军攻占石门县城，毁掉东南面近半个崇德城。将拆下的砖块石头，沿南北市河建造城墙，在义济桥（今春风桥）西另建城门。清同治五年（1866 年）五月，在原被太平军拆毁的县城位置上重新修筑城墙。这座城墙一直保留到抗战前夕。抗战期间，南门城墙被日军毁坏，护城河被河泥所淤塞，已经不能绕城航行。

　　隋唐以来流经崇福的运河是笔直的，从镇北经市区流向镇南，河水再流经长安塘河往杭州方向而去。而在明朝时由于倭寇屡次入侵崇德，当地百姓叫苦连天。那时，崇德右通政吕希周发动民众修筑崇德城墙，并将原先的运河直塘改成了九弯兜，同时又在城墙下开挖护城河，这就有效阻止了倭寇的进犯。改道后的崇德运河，向南流经南三里桥，往西流一小段后转向南经新开河流去，在不远处运河再向东南流，流入长安塘，接着运河水又向南往长安方向流去，实际上是运河兜了个大转弯。大运河在这里一共弯了 4 个弯，运河水经过南三里桥（包角堰桥）改道后，新河上建造了吾嘉桥（何家桥）、登云桥两座桥梁，那时形成了三桥鼎立。

　　吕希周直塘改九弯兜中还有其余 5 个弯兜是这样的，运河在迎恩桥下往西，流到北门城墙下狗肉湾向南，河水流经青阳桥附近后向东南而去，运河经司马高桥后流向西南。然后在南门城墙下弯上南，再流经南三里桥往西南方向而去。运河在这一段弯了 5 个大弯兜。

　　运河在迎恩桥附近是五河交汇处，水流很急，历来运河上的船老大，最怕经过崇德九弯兜，有谚语道："船老大好当，崇德湾难过。"

迎恩桥下的五河是指南北流向的运河，此地还有迎恩桥过东的北沙渚塘，跃进桥西的跃进桥港，流经崇福城区的古运河，还有河水沿城墙环形新开的运河流经的河道。

新中国成立后，为了方便南北船只的来往，有利于交通运输。1952年崇福运河到长安的河流，又重新开挖成直道，省去了4个大弯兜。1970年，崇福进行"三弯取直"水利疏通工程，动员民工开挖开宽崇福市河。从此大运河又恢复古运河的原貌，河水重新流经崇福市区向南，然后笔直流向长安塘而去。

运河水韵

乌镇开河

1967 年 2 月初，由于桐乡县水利建设需要，乌镇市河要开宽挖深。开挖乌镇市河的工程，全部按比例分配到各个公社的生产大队。当时，我下放在农村，和队里的社员一起去乌镇参加开河劳动。记得那次开河是 10 天换 1 个班，我去的时候已经是快挖到河底了。那时春节刚过，生产队安排一只水泥船，我们去调班的 3 个人吃过中饭后，各自准备了被头、草席和一双带扁担的竹土箕就出发了。傍晚前，船只到达了乌镇，住宿地点被安置在市河南面的一所小学的教室里。说是宿舍，其实就是在地上铺上厚厚的一层稻草，再摊上一条草席算作是床了。

第二天吃过早饭后，我们挑了土箕走过临时搭起的铁架子便桥，来到市河北面的工地上。当时，我抬头一看，只见沿河两岸到处人山人海，河岸边用石灰划出一道道分界线，上面整齐地插着红旗，旗帜上写着公社、大队的名称。有几只高音喇叭正在大声播放着革命歌曲，真是一派热火朝天，轰轰烈烈的开河劳动场面。我们到了划分为大队所在的开河工地，有几个早到的人已经在挑土了。在河岸边一上一下两条挖出的约 45 度坡度的泥台阶，足有 10 多米高。这时负责挖泥的两个人，正在河底起劲地边挖边装。挑河泥的人依次走到河底去装土，装满一担河泥足有八九十斤重，然后挑到岸上再走 20 多米的路，才把河泥倒掉，那时河岸上已经堆起了几座大土墩。就这样，整个工地的人们用愚公移山的精神，把河泥一担担挑上岸，要将市河挖深开宽。当时初春季节天气还很冷，刚开始时我还穿着棉袄，过了不多时感到浑身热起来了，便脱了棉袄穿着羊毛衫挑土。这时，我看见工地上有不少年轻人只穿着一件棉毛衫在干活，这真叫"缩缩鼻涕出，动动热气出"，一点也不假。整个上午我们休息一次，一直挑到吃中饭。中餐回到宿舍吃，大队安排人员烧饭做菜，白米饭烧得又软又香，小菜每人只有一碗青菜。由于肚子饿了，大家吃得也很开心。饭后稍为休息一会儿，又继续到工地上去挑河泥，下午中途也休息一次，然后一直干到天黑才收工。晚饭吃过后，学校操场上放映免费电影，是招待开河民工的。同时在镇上的另一个地方还有文艺演出，也是免费观看的。晚上，我们10多个人挤在一间教室里，大家睡在地铺上，条件虽然很差，但是心里却很开心，躺下后有人讲笑话，也有人讲故事。

第二天，我们继续去工地上挑泥。后来，市河越挖越深，担子也越挑越吃力了。记得当时天空常常是阴沉沉的，还下了几次雪。下雪天，工地上不停工，大家仍坚持挑土。尽管天寒地冻，整个市河工地上却一片热气腾腾，开河的各个大队社员都干得十分起劲，你追我赶在比赛进度。那时候，我看到这个劳动场面真是激动万分，心里想中国人真是伟大，硬是靠人工的力量，也敢叫山河改变模样。时间过得很快，在我们这个班开河的最后一天，中饭改善伙食，每人分到一块红烧肉，这在当时算是最好的待遇了。

乌镇市河开挖后，我出差时顺便又去看了一趟。看到在千千万万民工开挖的市河里，清澈的河水在缓缓流淌，心里真有说不出的高兴。我认为只有经过自己艰苦劳动取得的成功，才能得到真正发自内心的快乐。

家住河边

我家住在运河边的浙江崇德的崇福古镇，清澈透底的河水一直伴随我在身边流过。大运河的水曾经带给我欢乐和幸福，也带给我无数梦幻和想象。

回想童年时代，我常常跟着祖母到古老的北桥塌石阶上去玩。每当祖母在河里淘米时，是我最开心的时候，那时我只要用一只小小的竹篮，就可以舀到几条约一寸长银色的小鱼。把小鱼养在玻璃瓶内，可以观赏鱼儿游动时，各种变化万千优美的姿势，这正是我童年的一大乐趣，是一件小动物的玩具。

读小学时，星期天我常邀几个同学去北门外茅桥棣河边的廊棚上钓鱼。那时用绣花针弯成鱼钩，挖蚯蚓做引饵。钓鱼是一种乐趣，当浮子下沉鱼儿上钩的一霎时，那快活的心情简直是无法用语言来形容的。那时候，我一下午准能钓到几条半尺左右的小鱼儿，成为全家晚餐时的美味。

小镇地处杭嘉湖平原，水路四通八达，轮船可直通杭州、苏州、湖州等地。那时我坐轮船到湖州去做客，要花上7个半小时，人靠在坐椅上，可以笃悠悠地看一本厚厚的小说。这也是学生时代的一种生活乐趣。有时我欣赏运河两岸碧绿的大片桑树林，一座座崭新的青瓦白粉墙的农家在缓缓向后移去。看着这优美的水乡风光真令人心旷神怡，悠然自得。在那充满诗情画意的运河里航行，可以放松紧张的情绪，享受一下中世纪田园牧歌式的生活。有一次，我乘在船上，惊奇地发现在前方不远处有条渔船，船上的粗犷健壮汉子光着身子在阳光下撒网，下身只围了很小的一块布，当时我似乎感受到了质朴的生活画面。

后来，我作为知识青年来到大运河崇福北三里桥边的一个小村里插队落户。当地农民把运河叫作塘河，运河岸边的路称之为塘路。小村四周都是河港，农船是当地农民出门的主要交通工具。当时我年轻好学，下放的第一年就学会了摇船。每当生产队分了山薯、柴草等农产品，我就用小船自己装好后摇到崇福家中。

我下放那年头，每年夏天村里人总喜欢到大运河里去摸河蚌。那时村边的河滩上河蚌很多，下河去随手就可以摸得到。我也跟着他们到河边去摸，每次摸到的河蚌总少不了有大半篮，拿回家中剖开后取出蚌肉，然后洗净后加咸菜烧煮，这是一味难得的鲜美佳肴。真所谓是"靠山吃山，靠水吃水"。在当时物质条件十分困难的时期，河蚌也算得是一盘上等美食了。

时今再看一看江南水乡的人们，一个个长得水灵灵的，像是印着水色的烙印，这大概是常年饮用清澈河水所造就的美色，是大自然的一大杰作吧。

水绣古城

崇福古时候称之为语溪，后更名为崇德，县治长达1000多年，元代为州治所在地，1958年崇德县并入桐乡县，现已更名为桐乡市崇福镇。我的家乡是江南水乡的一个古老城镇，小镇虽然不大，有穿城三里之说，城内外无数条大小河流，如蛛网般纵横交错，形成了江南水乡独特的地域风光。

崇福镇上大街小巷众多，大小河流纵横交错，造型精美又古朴的石拱桥梁飞架河道两岸。全镇绿树成荫，花草飘香。小时候古镇房屋四周的空地上，到处长有绿油油的青草和野花，众多拔地而起的高大树木上筑有不少大小各异的鸟巢。我的家乡仿佛是一幅美丽风景的水墨画，展眼就能看见到处都是小桥流水人家。

古时候，崇福镇上有一纵二弯三横6条狭长的河流。城里有条南北纵向的市河，东西流向三横的有宫前河、县前河和蒋家弄河。二弯的河有石灰桥河、陆家湾河。

南北走向的市河，原先是穿过县城的古运河。明嘉靖三十五年（1556年）因倭寇进犯，在京城做官乞假归里的右通政吕希周，会同知县蔡本端，奉檄建筑崇德县城，改运河成曲形，纡缓绕城，四周以水为障，加以防守。民间因有"崇德吕希周，直塘改弯兜"之说。自此以后，原先的古运河便成了崇福镇上的市河。

市河，自南向北，过万岁桥，中桥，北桥，出北水门汇入护城河北段。1971年，在崇福运河"三弯取直"工程中，市河又改建为大运河，西南通至塘栖、杭州，落北通至石门、嘉兴。

宫前河，东起仓沐桥港，中穿市河四港口，进入宫前桥，观善桥，出西水门流入护城河西段。1970年筑路建房，填平河道，四港口以东填土为公园，平桥以西改为宫前路。

县前河，东起市河圣堂桥，过县桥、西寺桥、城隍庙桥，至短弄南口，向南转弯至观善桥西，汇入宫前河。1970年为筑路建房，填平河道，改为崇德路。

蒋家弄河，东起北桥西堍，经蒋家弄、晚村路，至东岳庙（原崇德县中）吕留良家友芳园七星池。20世纪70年代，在开挖崇福市河时，在北桥西堍挖出了一座南北向的小石桥遗迹，这就证实了蒋家弄原先是条河流的传说。此河在吕留良被清廷"文字狱"迫害后，家园抄没，蒋家弄河也被人填平建成石板路，改为可通行人的蒋家弄。

石灰桥河，西南起自四港口，过仓沐桥、石灰桥，出东水门至护城河东段。

陆家湾河，自陆家湾（水出弄南口）出塞栅水城门，至西南护城河南段。

万岁桥据说是唐朝开国功臣尉迟敬德公建造的，宋嘉定十四年重建。乾隆间圮后重建，同治年重修。1970年拓宽运河时拆除。

北桥的正式桥名叫永安桥，宋绍兴四年建造，明万历年间修建，清康熙、光绪年间又重建。1970 年拓宽运河时拆除。后重建钢筋水泥桥，更名为北桥。

中桥的桥名为义济桥，又名望京桥、圣堂桥，建于元至正年间，清乾隆三十年重建。1970 年拓宽运河时拆除。后重建钢筋水泥桥，更名为春风大桥。

观善桥在城隍庙西陆家湾。

保安桥在崇福寺南 80 步。

宫前桥在县治南 100 步，明永乐时期造。

县桥的正式名称为宣化桥，又名郎目桥。

西寺桥桥名为广济桥，建于宋朝。

城隍庙桥于成化十五年重建。

平桥的桥名为太平桥，重建于明正统年间。

上述城内市河上的七座小型石拱桥，均已在 1970 年拆除改为马路。

城内市河两旁原先建有不少店铺和住房，大街上有许多店铺临河而建，各户建有水阁，有的人家还在住房下河边建造石埠头。店家朝南一排的窗户外，就是一条东西流向的市河。那时的河水清澈透底，能清楚地看见鱼儿成群结队在水中游动的倩影。小时候，我很喜欢钓鱼。当时的钓鱼钩是自己用绣花针经火加热后弯成的，再找一根小竹就能做成钓鱼竿。鱼饵是我到自家灶间后面，废水沟旁湿润的泥土里挖到的蚯蚓，然后将蚯蚓剪成小段装在钩子上。我坐在靠河窗口的椅子上，把钓鱼竿伸到窗外去钓鱼。开始老是钓不到鱼，后来慢慢地有了耐性，半天下来也能钓到几条小鱼。当我看到鱼儿刚钓出水面，在半空中不时跳动，心情特别愉快。那情景至今仍历历在目，钓鱼真比吃鱼还要开心。

全镇四周原有一条环城墙而开挖的护城河，我小时候看见在北门护城河上的一座桥，桥名叫吊桥。据说这座吊桥原先是座木板桥，可以随时吊起来，是一种古代防盗防敌的设施。这座吊桥在 1958 年"大跃进"时改建成水泥平桥，桥名也就改称为跃进桥。那时，全镇东南西北四道城门内都有又厚重又高大的木制城门，入夜时城门紧闭，可以阻隔城墙内外居民的进出。

崇德城外原先有迎恩桥、司马高桥、南三里桥、北三里桥等，都是一些又高又大的石拱桥。当时南来北往的帆船，常有人背着纤绳，慢步艰难地从桥墩上走过，或走上桥顶将纤绳从桥上扔下，然后再继续背纤前行。现在全镇仅存下一座司马高桥，已成为当地的珍贵文物。古代的石拱桥结构巧妙奇特，据说是越走越牢固，时过千年也不会塌垮，这真可以说是世上奇迹，让后人敬佩不已。

北门城外的迎恩桥建于明正统年间，明崇祯年间和清乾隆年间重建。南门的司马高桥是明洪武年间建造的，清乾隆年间重修，光绪年间重建，此石拱桥原桥现仍在。南三里桥的桥名为包角堰桥，建于宋嘉定年间，明正统年间重修，清代曾三次重建。北三里桥正式名称为拱辰桥，距崇福镇北门外三里之远，明天顺年间建造，嘉靖时吕希周筑堰桥南，改运河以松老高桥东北偏经此桥而出，因此桥身特高，此石拱桥明清时曾多次修建。随着岁月流逝，现仅留有一座司马高桥石拱古桥。

我小时候镇上还没有自来水，常跟随家里大人到河埠头去玩，看他们淘米、洗菜、洗衣裳。河中过往的船只溅起的浪花，不经意间会打湿岸边人们的鞋子。那时候，我还会在河边意外地得到几条小鱼和几个螺蛳，拿回家去玩耍，这也可以说是水乡童年之乐吧。

清代诗人吴曹麟有诗曰：

连天花柳又今朝，舞飞歌莺恨怎消。
南下春江流不断，何人频上望京桥。

运河拱桥

浙江省桐乡市崇福镇是原崇德县城所在地，旧镇面积不大，有穿城三里之说。镇区内河流纵横交错，独具水乡特色。旧时，横跨在镇区的3条市河上，10多座造型各异的石拱古桥，构成了一道独特的风景线。那时，南北流向的市河上建有北桥、中桥、万岁桥、南门桥；东西流向的两条市河上建造有平桥、县桥、西寺桥、城隍庙桥、保安桥、宫前桥等。镇上的小桥结构精致，牢固美观。其中北桥和万岁桥比较高一点，桥面宽敞平整，可供几十个人同时过桥。而县桥和西寺桥小巧精致，且美观实用。崇福的每个桥都是一件难得的精品文物，可惜由于种种原因，大多数石拱桥已经被拆毁，难觅踪迹了。

全镇四周原有一条沿环城墙开挖的护城河，我小时候北门护城河上的桥叫作吊桥。据说这座吊桥原先是座木板桥，可以随时用绳索吊起来。那时，东南西北四城门口都有大木门，入夜时城门紧闭，可以阻止城墙内外的人进出。北门这座吊桥在1958年"大跃进"时，改建成水泥平桥，桥名也改称为跃进桥。

市河两旁原先建有店铺和住房，大街上有许多店铺临河，大多数朝南窗外是一条小河。河水清澈透底，能清楚地看见鱼儿成群结队在水中游动的倩影。小时候，我常坐在外公店铺靠河窗口的椅子上，把钓鱼竿伸到窗外去钓鱼，真是十分开心。那时候市河里常有小划船摇进城内闹市来，船上大多装有甘蔗、荸荠、桃子、萝卜之类的水果蔬菜。你如果想要买的话，只要把钱放进小竹篮内，用绳子将篮子慢慢放下去。一会儿，你要的水果、蔬菜就会放进篮子内吊上来，真的十分方便快乐。

崇福城外原先的大型石拱古桥有北三里桥、迎恩桥、青阳桥、司马高桥、南三里桥、大通新桥等。那时挂着高大帆布，南来北往的帆船常常有人背着纤绳，十分艰难地从桥墩上慢慢走过。崇福这些又高又大的石拱桥十分壮观，而现在全镇运河上只剩下了一座司马高桥石拱古桥，这座桥已属于省级文物保护单位，是当地为数不多的珍贵文物。

北三里桥原名拱辰桥，在北门外三里的运河上，明天顺六年造，嘉靖时吕希周议筑堰桥南，改运河以松老高桥东北偏经此桥而出，故特高。之后不果，乃于桥外建分水墩以砥中流。万历间僧如彩以桥峻不便行者具呈改建，后圮。乾隆三十九年僧杰堂募资重建，同治甲子兵毁。光绪二年重建，取名拱辰。1970 年拓宽运河时拆除，现建成钢筋水泥大桥。

迎恩桥建于崇福北门运河上，明正统年间建，崇祯间重建，清乾隆十四年重建。1970 年拆除改建人民大桥。

青阳桥洪《志》，"在青阳门外。"清顺治初许汝扬增修。同治甲子兵毁。光绪二年余令丽元请帑重建。1982 年拆除改建。

司马高桥旧名南高桥，在皂林驿东，明洪武间建。清乾隆十四年邑人沈廷槐重建，光绪二年余令丽元请帑重建。现完好。

南三里桥原正名包角堰桥，在县南 1 里，宋嘉定十三年建，明正统六年重建，寻圮，清康熙六年庠生夏方昊督建并为记，乾隆五十七年重建，寻圮，道光辛巳邓令廷彩重建，俗名邓父桥。郡守王凤生为记。同治甲子兵毁，光绪二年余令丽元请帑重建。1970 年拓宽运河时拆除。

大通新桥一名大德新桥，在县西 4 里。洪《志》，"宣德间沈璘创建。"1994 年拆除，西 300 米处建钢筋水泥新桥。

崇福运河上的石拱古桥，至今只留下了一座司马高桥，其余的均已没了踪迹。

据桐乡文史专家王士杰先生考证：

我们知道，乾隆 6 次南巡，往返均驻跸桐乡县石门镇大营。也知道，乾隆的祖父康熙 6 次南巡有 5 次（第一次至苏州未再南下）都经过桐乡县和石门县，并且以为只是经过而未停留。却鲜有人知，康熙南巡曾舟泊县境之石门镇、皂林、双桥、石门县城（今崇福镇）。关于停泊之事，以往的《嘉兴府志》《桐乡县志》均未记载。

据《大清圣祖仁皇帝实录》（即《清实录》之康熙朝）所载，康熙 6 次南巡的年月，以及 4 次在桐乡停留情况如下：

第一次南巡，康熙二十三年（1684 年）十月，至苏州即折返，未及浙境。

第二次南巡，康熙二十八年（1689 年）二月，从杭州返回时，"乙卯，上自杭州回銮，舟泊石门县石门镇。"（卷之一百三十九）

第三次南巡，康熙三十八年（1699 年）三月，前往杭州时，"乙丑，御舟泊皂林。"（卷之一百九十二）

第四次南巡，康熙四十二年（1703 年）二月，往返均未在桐乡境内停留。

第五次南巡，康熙四十四年（1705 年）四月，前往杭州时，"乙丑；御舟泊双桥。"（载卷之二百二十）

第六次南巡，康熙四十六年（1707 年）四月，从杭州返回时，"乙未，御舟泊石门县。"（即石门县城）（卷之二百二十九）

《清实录》的记载，弥补了地方志的疏漏，细化了康熙南巡过桐乡的具体情形，成为大运河桐乡段精彩往事的又一亮点。如果我们进而将康熙、乾隆两位的皇帝南巡加以对比，则更有助于对历史的观察与感悟。

乾隆南巡步步为营，一日一站，均有"大营"驻跸。比如，……嘉兴府北校场大营——石门镇大营——塘栖镇大营……往返依次启停。而康熙南巡则沿途并无固定的驻留地点，同样是过境桐乡，几次停泊的地点均不同，往返所停也不对应，驻留之处就是歇息于御舟之中。

通过对照，还可发现康熙南巡的行进速度比较快。例如，康熙二十八年二月那次南巡，从杭州启程，当天夜泊石门镇，次日就抵达吴江县城泊舟。康熙三十八年三月那次南巡，从吴江县平望镇启程，当天至桐乡皂林泊舟，次日就至余杭县谢村。每天的行进速度几乎比后来乾隆南巡时的同样路程快了一倍。这无疑跟"御舟"的大小轻重、随从人员的多少、船队的数量规模、沿途官员迎送的排场繁简有直接关系。

清代诗人吴曹麟在《语溪棹歌》中写道：

沿流行馆影敧斜，座满宾朋笑语哗。
漫道语溪溪不语，有人折柳赋皇华。

诗人乘船沿着语溪河顺流而下，看见官员公差路过的临时行馆，这时房屋的影子已经歪斜，里面却宾客满座，不时传出阵阵大声喧哗的欢歌笑语声。路过的人不要说语溪水流过没有一点声响，有人曾经折柳枝作赋，歌颂那些奉命出使的官员。

《国语·越语》记载："勾践之地，北至御儿。"《越绝书》记载："语儿乡，故越界。"语儿后改名语溪，是崇德的古称。

子恺情结

丰子恺先生的家乡石门湾就在运河边上，他的老家门口就有一条运河的支流缓缓经过，镇上的一座小桥——木场桥横跨河道两岸。丰先生出生在运河边，从小喝运河水长大，运河对他来说是深有感情的。

千年大运河从丰子恺的家乡流过，南来北往满载货物的船只川流不息。长期以来，在运河上摇过的船，大多是木制的船只，有小划船、赶鸭船、赤膊船，有篷船、帆船、轮船等等。丰先生出门去外地读书或工作，总喜欢乘坐运河里的船只。运河给了丰先生很深的影响，在他的散文和漫画中有不少是描写运河的作品。

丰子恺先生在漫画《牵》中画了一前一后两个纤夫在用力拉纤的情景，两人拉着沉重的货船，在塘路上一步一叩首地行走。走在前面的那个头纤，已经筋疲力尽，只好将肩拉换成背腰纤着，倒退着行走。二纤也气喘吁吁地把手搭在纤绳上，十分艰难地往前走去。那时运河上拉纤的船，大多是装运货物的大帆船。那些木制帆船的船舱中间竖起一根又粗又长的木桅杆，桅杆上拉着一面很大的布篷，顺风时船只借助风力，行驶的速度很快，十分省力。帆船在运河上行驶，路过石拱桥时就比较麻烦，先要拉下帆布，放倒桅杆，让船慢慢过桥洞后，再重新竖立桅杆拉起帆布。一旦遇到逆风时，帆船先是落下帆布，然后就派人上岸去拉纤，一人或几人拉着长长的纤绳，一步一步很吃力地向前行走。拉纤人在运河上路过石拱桥时，一旦遇到桥墩上给拉纤人行走的桥石破损时，一些小帆船上的纤夫常常要先由一人登上桥顶，将系有纤绳的粗毛竹拔起，从桥的一面拉起再移到另一面放到船上，然后拉纤人再重新回到岸上拉纤。

丰先生在《缘缘堂随笔集》的《肉腿》一文中写道："从石门湾到崇德之间，十八里运河的两岸，密接地排列着无数的水车。无数仅穿着一条短裤的农人，正在那里踏水。我的船在其间行进，好像阅兵式里的将军。船主人说，前天有人数过，两岸的水车共计 756 架。连日大晴大热，今天水车架数又增加了。我设想从天中望下来，这一段运河大约像一条蜈蚣，数百只脚都在那里动。"从石门到崇德的运河塘西岸原来的塘路宽阔平坦，两辆大卡车可以并行通过。塘路历来是运河上航行船只拉牵绳的道路，千千万万拉牵人在这里留下了辛劳的脚印，是他们的艰苦劳动沟通了南北交通，促进了全国的经济繁荣。运河也曾经经历过无数次灾难，近代最严重的一次大灾，是发生在 1934 年夏天的旱灾。当地民间传说，民国二十三年，天大旱，塘河底朝天。丰先生还写道："我的船在河的中道独行，尚无阻碍；逢到和来船交手过的时候，船底常常触着河底，轧轧作声。"在这里真实地记述了1934年大旱之年，丰先生乘船出门时所看见的运河干枯的情景。由此可以看出当年江南地区旱灾的严重程度，也可以感受到那个年代农民艰苦的劳动，以及水乡农民苦难的生活状况。当年，丰先生还画下了一张漫画，画的是丰先生家门口的运河支流干了，河道只剩下一条小水沟。那真叫是河底朝天，连人们的日常生活用水也成了问题。画上有几个镇上的居民，在这里也许有丰先生的家人，正坐在木场桥下河底的泥地上乘凉，画面逼真地描绘出了民国廿三年江南所罕见的大旱情景。

丰子恺先生在《辞缘缘堂》一文中写道："走了5省，经过大小百十个码头，才知道我的故乡石门湾，真是一个好地方。它位在浙江北部的大平原中，杭州和嘉兴的中间，而离开沪杭铁路30里。这30里有小轮船可通。每天早晨从石门湾搭轮船，溯运河走两小时，便到了沪杭铁路上的长安车站。""这条运河南达杭州，北通嘉兴、上海、苏州、南京，直至河北。经过我们石门湾的时候，转一个大弯。石门湾由此得名。无数朱漆栏杆玻璃窗的客船，麇集在这湾里，等候你去雇。你可挑选最中意的一只。一天到嘉兴，一天半到杭州，船价不过三五元。倘有三四个人同舟，旅费并不比乘轮船火车贵。""这种富有诗趣的旅行，靠近火车站地方的人不易做到，只有我们石门湾的人可以自由享受。"从这里我们不难看出，丰先生对运河的感情是多么的深切。丰先生感到在运河里雇船旅行是多么自由自在，又多么浪漫富有诗意，比任何一种形式的旅行，都要写意舒适。丰先生喜欢乘坐雇来的船去写生，被他称之为"写生画船"。在暮春时节，他把自己需要用的书籍、器物、衣服、被褥等一股脑儿放进船舱里，自己可以自由坐卧在船内。然后随船主摇到哪里算哪里，到沿河岸的市镇上停靠过夜。这时，丰先生便可以只身上岸去写生画画，真是心情舒畅，行动随便自由，十分称心如意。乘坐运河里租来的船只，比现在画家开着私家车外出写生还要舒适安全，尽可以慢慢边用笔画画，边欣赏不断变换的自然风光，真正把人和运河的水、土、花鸟、树木和谐地融合在一起。

丰先生在一幅名为《柳边人息待船归》的漫画中，画出了家乡人在运河边等摆渡船过河的情景。丰子恺故里石门湾附近的运河上，原来有大王渡、羔羊渡、福严渡等渡口，居住在运河两岸的农民都是要乘坐渡船来摆渡的。渡船很简陋，只有光棍一条船，由船夫一人用竹篙撑着船来回为乡间客人摆渡。在小河浜里摆渡则是另一种方式，即常年停着一条小木船，船的两横头各系一根引渡绳索，绳索的另一端分别连接在两岸渡口的大树上。摆渡时，过河人只需自己在船上用力拉收引渡绳，渡船便慢慢驶向对岸。真所谓是"河港隔断两岸路，野渡无人自拉绳"。极富诗情画意。

丰先生在一幅描写小媳妇回娘家的《归宁》漫画中，流露出水乡人和谐美满的生活情趣。"归宁"是已出嫁的女子回娘家，看望父母的风俗。刚出嫁的新娘头一次归宁叫作"回门"，据有关志书记载："逾月而妇归宁，婿亦偕往，名曰'回门'。"回门时要带上"礼品八色"：鸡、鸭、鱼、肉（蹄）、（荔）枝、（桂）圆、（核）桃、（红）枣。图中描绘的新娘是由夫婿摇着船回娘家，夫妻俩悠然自得，其乐融融，给人一种美的享受。

可是，日寇的侵略彻底毁掉了丰子恺先生安居乐业的平静生活，日军的日夜轰炸逼使他离家逃难。当时，运河又成了丰先生逃离日寇魔爪的安全通道。丰先生在避难五记之二的《桐庐负暄》文中写道：（1937）"11 月 21 日下午 1 时，我们全家 10 人和族弟平玉，店友章桂，共 12 人，乘了丙潮放来的船，离去石门湾，向 10 里外的悦鸿村（即丙潮家）进发。""我们平时从来不坐这种船。但在这时候，这只船犹如济世宝筏，能超度我们登彼岸去。其价值比客船高贵无算了。"此时运河里的船，成了丰先生一家人的救命船。

日寇投降以后，丰先生也是满心欢喜地从运河乘船返回家乡石门湾的。他在《胜利还乡记》一文中写道："我的故乡石门湾，位在运河旁边。运河北通嘉兴，南达杭州，在这里打一个弯，因此地名石门湾。石门湾属于石门县（即崇德县），其繁荣却在县城之上。抗战前，这地方船舶麇集，商贾辐辏。每日上午，你如果想通过最热闹的寺弄，必须与人摩肩接踵。又难免被人踏脱鞋子。""当我的小舟停泊到石门湾南皋桥堍的埠头上的时候，我举头一望，疑心是弄错了地方。"丰先生是怀着喜悦的心情重返故乡，可是看到的只是运河没有改变模样，其余却已是被日寇轰炸后留下的草棚和废墟，举目是一片凄凉的景象，心中产生了对日寇的无比憎恨之情。

西施歌舞

春秋时期的语儿（今浙江桐乡市崇福镇一带）曾经是吴越两国交锋的主战场，如今在崇福地区还留下不少文物和古迹。据有关史料记载，越国美女西施在赴吴国途中，曾经在语儿境内逗留过一段时间，因而留下了不少古老遗迹和民间传说。据唐代陆广微的《吴地记》记述："勾践令范蠡取西施以献夫差。西施于路与范蠡私通，三年始达吴，遂生一子，至此亭。其子一岁能语，因名语儿亭。"书中说越王勾践命令范蠡把美女西施献给吴王夫差，半路上西施与范蠡彼此相爱，过3年后方才到达吴王那里。西施在途中的亭子里生下了1个小孩，那个孩子1岁时已能说话，后人把这个亭子叫作语儿亭。

据《文献通考》记载："崇德，晋有语儿亭。"史料记载崇德在 2000 多年前称为语儿，后改称为语溪，如今还留有南沙渚、中沙渚和北沙渚 3 条古河道。崇福镇早在 6000 多年前就有人类在这里繁衍生息，2400 多年前这里曾经是硝烟迭起，刀光剑影的吴越古战场。唐乾符六年（879 年）这里正式建立义和镇，后晋天福三年（938 年）开始建为崇德县。崇福镇在长达 1020 年的时间里，成为崇德县城所在地。当地至今仍留下众多的古地名，以及有关吴越古战场和西施的美丽传说。

在崇福北门外迎恩桥过东约百米处，即茅桥埭东端城乡交界处，旧时有座歌舞庙。歌舞庙大殿前有戏台，大殿后有观音殿，据传这是西施去吴国前，在语儿练习歌舞的地方。唐朝诗人徐凝在《语儿见新月》诗中写到："几处天边见新月，经过草市忆西施。娟娟水宿初三夜，曾伴愁娥到语儿。"

我家就住在崇福北门，小时候曾经多次去过茅桥埭市梢郊外，曾经在那里见到过歌舞庙。当时庙里的屋架上，还架空放着一条长长的用布做成的龙灯。后来歌舞庙几经修缮改建，最后成了崇福供销社的一家工厂。直到如今居住在崇福镇附近的农民，依旧把这里的地方叫作歌舞庙。时过境迁，每当我路过歌舞庙时脑海里浮想联翩，常常会在眼前浮现出西施美丽的身影和婀娜多姿的舞蹈动作，似乎还能在耳边响起婉转悠扬的歌声。岁月如流水，转眼间千年之事似乎很遥远，但又仿佛就在眼前发生。近年，茅桥埭村民自动集资修建了新的歌舞庙。

崇福镇过西 3 里处，旧时有座何律王庙，俗称何城庙，今属崇镇星火村所在地。何律王庙相传是在春秋吴王所筑何城旧址上修建的，明洪武二十年（1387 年）建，成化年间重修。清咸丰十一年（1861 年）被毁，光绪元年（1875 年）再次重建。明代成化年间刻制的《何城庙碑记》记载："语溪乃吴越交争之地。吴之御越尝用何王宅基以筑斯城，故曰何城。西南凿河隍以遏其冲，东北筑将台以励其众。"何城原来筑有城墙，将台前开挖河道，是吴越古战场上的一座重要的要塞建筑。何城庙在崇福西门外，解放后被改为何城小学。我读中学时，曾经被学校多次安排到何城庙所在的村里去扫盲，做普及文化教育工作。由于崇福镇城镇建设的快速发展，如今的何城庙所在地早已经划入了镇区的范围。虽说何城庙早已不复存在，它的地名却一直沿用至今。

明正德年间编撰的《崇德县志》记载："吴筑晏、何、萱、管四城防越。"晏城在崇福镇东25里处（原晏城乡）旧时建有晏城庙，今属南日镇晏城村所在地。萱城在崇福东南30里处，现已无迹可寻。管城在崇福镇南7里处，旧时有座管城庙，今属海宁市辛江乡管城村所在地，在崇福至长安的塘路附近。

距离崇福镇北面18里处是石门镇。元代《嘉禾志》记载："越王垒石为门，以为界限之所。"石门以北属吴国，至南是越国。据有关资料记载吴王伐越时，屯兵结寨在今日石门镇草内寨所在地。我年幼时曾经跟随父母的工作调动，在石门镇马家弄里住过三四年。那时候我有空经常到垒石弄、东阳台、接待寺、南高桥、东高桥等地去玩。崇福至桐乡的公路320国道，路过旧时的吴越古战场，古时称之为西草荡，俗称天花荡，今属凤鸣街道同福新农村所在地。这里曾经是吴越交锋的主战场，据汉《史记·吴世家》记述："吴伐越，勾践迎击之槜李。"明万历《崇德县志》载："春秋时，阖闾、勾践常大战于槜李、御儿之间，裂其地面守之。""崇桐之交，所称吴越战鼓者，大荡二，小荡五、六，林莽不生，遍野荒芜茅瓦砾，至今磷青鬼啸，阴雨时无敢独行。"由此可以想象当时吴越战争是何等的残酷。如今当我乘坐汽车路过天花荡时，脑海里常常会浮现当年吴越两军交战时的情景，似乎还能听到刀剑碰击的铿锵声。西草荡过东不远处的凤鸣街道灵安路家园村有个纪目坡，也是吴越争夺的主要战场之一。明正德《崇德县志》记有："王夫差募兵五千，牧养于此。名曰纪目者，立纪纲而有条目也。""在纪目坡西北七里，亦以驻兵得名，俗讹为牛墩。"清代吴曹麟在《语溪棹歌》中称道："游屯泾上草萋萋，纪目坡边一色齐；周帐当年曾放牧，渔舟唱过荡东西。"生动形象地描绘出纪目坡一带优美的自然风光。我初中毕业后，到灵安的一所小学代课，曾经在那里听到过不少关于吴越古战场的传说故事。

在崇福镇东北角约5里处，有个自然村叫鹞子墩，今属崇福镇中夫村。村北原有一个大土墩，是吴越古战场的遗址。诗人吴曹麟有诗曰："水面波生荫口湖，春江一幅纸鸢图，偶从鹞子墩边过，几个风筝齐也无。"十分形象地描绘了当时在鹞子墩上，有人放风筝时的情景。明正德《崇德县志》记载："吴越战场旧迹不胜记，湮没居多。有谓鹞子墩、荫口湖，皆在九都，其名不知何昉。墩仅魁父之丘，湖已隔为几蹄涔，当大旱、勺水澄不涸。"我曾经下放在中夫大队西面的一个大队，那时常去中夫大队开会，多次路过鹞子墩，当时已经看不到古人放鹞子的土墩了。如今的鹞子墩村，到处是繁忙的劳动场景，一望无边绿油油的庄稼和成片碧绿茂盛的桑园，一派江南富饶的新农村景象。

据《春秋》载："吴郡嘉兴县西南有槜李城，其地产佳李，故名。"《大清一统志》记载："槜李城在秀水县西南七十里，为吴越战地。"据说今日百桃桃园村一带，是古时槜李的原产地。百桃是我市的槜李之乡，这里出产的槜李上都有似指甲印痕一条，传说是当年西施留下的指印，称之为"西施指痕"，被引为千古佳话。西施梳妆台的遗址在今濮院镇古妆桥一带。在濮院镇东的南北草荡，原有土墩百堆，高皆一丈多，传说是伍子胥练兵演陈时所设置的。据《濮川残志》记载："范蠡湖在幽湖南曲。"《桐乡县志》记有："在千金乡系范蠡献西施，功成后，出五湖以居此。"据查千金乡即今属桐乡市屠甸镇蠡湖村。

清代诗人吴曹麟的《语溪棹歌》曰：

吴越兴亡古战场，千年南宋渡康王。

青苔白骨谁凭吊，一片斜阳白马岗。

唐朝著名诗人李白作诗《咏苎萝山》曰：

西施越溪女，出自苎萝山。

秀色掩今古，荷花羞玉颜。

浣纱弄碧水，自与清波闲。

皓齿信难开，沉吟碧云间。

勾践徵绝艳，扬蛾入吴关。

提携馆娃宫，杳渺讵可攀。

一破夫差国，千秋竟不还。

崇福古井

在崇福镇居民家中未曾安装自来水的漫长岁月里，江南水乡古镇崇福城内老百姓日常生活饮用的水，是以井水为主的。当时镇上的大街小巷里到处都可以看到一口口大小不一的水井，街面上的水井是供当地居民随时随地免费使用的。崇福镇区内有名的水井有好几口，其中以崇福寺内金刚殿东侧的一口水井为最有名。这口水井是崇福禅寺有名的4件宝物之一，可以名副其实地称之为宝井。宝井的井水常年清澈，大旱不涸，市民受益匪浅，素有"冰清玉洁井"之美称。据有关史料记载，在历史上崇福历次遭受的大旱之年，每当大小河浜和水井干枯见底，镇上居民的饮用水无处可取之时，宝井却仍然有水可以供人提取，而且日夜取之不尽。这口宝井的水曾经救活了不知多少人的生命，真可以说是崇福镇上的一口救命之井。在崇福镇上，还有一口年代久远且有名的古井，那井就在蒋家弄与太平弄交界处的总管堂后面。

此井面积很大，井口有 4 个高大宽厚的用石头凿出的井栏，所以称之为"四眼井"。据县志的古代地图所标，早在明朝以前镇上已经有了这口"四眼井"。"四眼井"的石井栏两个高两个低，高的距离地面 50 多厘米，低的仅 30 多厘米，可供 4 个人同时取水。在 20 世纪 50 年代，为了安全起见，两个低的石井栏被人用石板和水泥封住，只剩下了两个高的井栏。到了 20 世纪末，崇福旧城建筑进行改造时，古老的蒋家弄被拆建，"四眼井"原有的石井栏全部被人拆除。当时这口古井由于镇上有不少居民到镇政府提建议，"四眼井"才免遭填埋，最终被保存了下来。现存的"四眼井"在蒋家弄马路旁边，其新的井盖是用 4 块直径 1 尺左右的圆形铁板制成，如今打开井盖仍旧可以提取井水，我曾经看见附近有几位居民仍在这里取水。镇上另一口古井在闹市区县前，原来的县衙门面前的照墙后。这口水井最深，到这口水井来取水的人也最多。这井在大旱天地面水位下降时，用两根绳子连起来仍旧可以吊到井水，可惜这口古井已被填平，浇上水泥马路了。20 世纪 50 年代，我在崇德县中读书时，食堂前新开挖了一口深井。井口装有木质手动打水机，当时由在校学生轮流打水，供应全校师生的生活用水。该水井后来改用马达抽水，效率提高了不少。当时，镇上有不少居民家中都有供自家使用的小水井。记得太平弄里有户人家的水井造在室内，可避风雨落雪，真是别出心裁的水井建筑杰作，为水井之一大奇观。

古时的崇福镇上，由于居民有饮用井水的习惯，也就产生了以挑井水为生的这一行当。挑水者大多是身强力壮的汉子，他们每天脚穿草鞋，肩挑担桶，一清早就穿东家进西家，把清洁透明的井水送进一家一户，然后收取几个小钱，生活十分清苦。镇上人十分尊敬担水人，称呼他们为"挑水大伯"。挑水大伯担水的桶是木质的，比较低矮，担桶内外光滑呈暗暗的青色。每只水桶内系有一小块长方形的木板。这样，井水打满后，用扁担铁钩挑起水桶，即使脚步走快一点，随着木板的浮动，桶内的水也不会溅到外面来。

打井水有窍门，初打水者很难把水提上来。一般打水的方法是在提桶边系一个块铁秤砣之类的重物，这样，水桶慢慢放入井内后，会自动倾斜进水，然后不用费劲就可将井水提起来。

井水清洁卫生，还含有多种矿物质，是理想的饮用水。井水还有一大特点是冬暖夏凉，夏天用井水洗澡十分凉快，冬天用井水洗衣洗菜一点也不冷。我家院子里原先也有一口小井，井水常年保持恒温。夏天家里有剩余的饭菜，就放在水桶内，然后吊在水井的水面上，这样饭菜就不会变质，真可算是一台原始自然又无异味的冰箱。

古诗《梅庵闲趣》写道：

花庵处地偏，郁芊竹林间。
燕山五枝桂，玉井十丈莲。
夏荷俱擎盖，春柳尽脱棉。
知乐养性中，悠然比陶潜。

河边钓鱼

记得小时候每年放暑假时，我最喜欢做的事情就是到小河边去钓鱼。那时我们这些小孩子，口袋内谁也摸不出一分钱。钓鱼用的全套钓鱼竿都是自己动手做的。我们先是到自家竹园里去砍一根两米多长，又细又直的小竹来做钓竿。那钓鱼钩是在自己家里找一枚缝衣裳的绣花针，用剪刀钳住后放到煤油灯上去，等到钢针烧红后，再用钳子将针慢慢弯成钩子形状。钓鱼钩做成后用一根长长的细弦线串起来，然后找来几根粗的麦柴杆，弄干净后剪成约一寸长的几小段，将它穿在弦线上作浮子。最后是将弦线系紧在小竹上，到这时一根自制的简易钓鱼竿便做成了。

那时候，钓鱼最好的诱饵是蛐鳝（蚯蚓），蛐鳝喜欢潮湿肥沃的土壤。为此我们就跑到灶间后面的排水沟边上，在肥沃的泥土里挖掘蛐鳝。那时只要一会儿工夫，就能挖到几条又粗又长的蛐鳝。我们将蛐鳝剪成小段，装盒子内留作钓鱼时的诱饵之用。

夏天的中午气温很高，我们这几个贪玩的孩子硬是不肯午睡，悄悄地溜出后门，去屋后不远处的一条小河边钓鱼。人坐在河边树荫下的小土墩上，然后拿出钓鱼竿动手装诱饵。这时河面上微风吹来有丝丝的凉意，心情十分轻松愉快，这也是我们最开心的时候。我把一小段蛐鳝串在钓鱼钩上，然后用力将钩子抛出去，尽量抛到河中央去。这时，大家一声不吭，也不随意走动，安下心来静静地坐着等候鱼儿上钩。

当时在我脑海里忽然想起了民间传说中的姜太公钓鱼，古代有位著名人物名叫姜太公，他会独自一人默默地坐在江边，心里想着愿者上钩的奇特理念。此思想境界真所谓是高深莫测，我们现代人却很难能理解这种精神境界。据民间传说姜太公曾经率领军队，在桐乡境内筑建好多高高的土墩，精心操练兵士。

此外我还看到过一幅很有名的画，叫作"寒江独钓图"，图中画的是一个渔翁，下雪天一人身披蓑衣，独自坐在小舟上耐心钓鱼的情景，其意境也可谓高矣。

过了一会儿，我发现麦秆做的浮子好像磕头虫一样"扑通、扑通"上下晃动着。当时我心里暗暗高兴，知道是鱼儿来觅食了。随着最前面那个浮子的快速下沉，我的心跳也骤然加快，慌忙把钓竿一提，鱼钩露出了水面，只见那段蛐鳝短了一截，鱼儿却没个影子。这时，我不灰心，再装上一段蛐鳝，重新将鱼钩抛到远处，耐心地等待。又过了好一会儿，浮子又在动了，我赶紧一拉，又一次没有钓到鱼。这样经过三番五次后，我试着等到前面的四五个浮子全都沉到了水里后，才将钓竿用力拉起，这时我感到手里沉甸甸的。"鱼！"有人大声喊着。这次总算成功了，只见一条三四寸长的小鱼在鱼钩上翻滚乱跳，鱼鳞在阳光下不时闪着银光。我赶紧把鱼儿放进早已准备好的小桶内，鱼儿一脱钩便活泼泼在水桶内游动起来。接着我在鱼钩上换了一段蚰鳝后，又重新抛到了河里，再一次耐心等待，这天我一下午钓到了10多条小鱼，成了晚餐时的美味，真是开心呀。

从那次钓鱼之中，我慢慢悟出了一个道理，钓鱼的窍门就是要有耐力，要耐心等待，不能性急，真所谓"欲速则不达"，那"拔苗助长"的做法，是难以钓到鱼儿的。钓鱼如此，我想做其他事情也应该是这个道理吧。我们做任何事情，一是要耐心等待，二是要等待机会。等到一有机会时，就要抓住不放，迅速出击。只有这样，你心里想做的事情，才有可能取得成功。

在20世纪中叶，崇福镇上还保留着自然原始风貌。那时全镇到处是绿草成茵，树木林立，小河流淌着清洁的河水，鱼虾清澈可见。我发现在大操场的西北角，有六七口大小各异的池塘，池塘东面有几棵高大粗壮的银杏树，大树北面一座据说是乡贤吕留良家的东岳庙（现在是崇德初中所在地）。这里的池塘分布有致，相互连通，后来我才知道这是吕留良家友芳园里有名的七星池。池塘是我们童年小伙伴们的乐园，在池塘里有许多小鱼、小虾。池塘旁绿油油的青草十分茂盛，五颜六色的野花遍地盛开，池边的几枝小树上常有一群群小鸟儿在鸣叫跳跃。我们拿一只自己用纱布做的小捞勺，可以在池塘里随手捞起几条小鱼，然后将小鱼放进盛有清水的玻璃瓶内，拿回家去慢慢观赏。银色闪光的小鱼在瓶子里自由自在欢快地游动，动作千姿百态，十分惹人喜欢。

风味小吃

崇福茶楼

北门城外的日新茶室，为上海莘庄人老陈所开。出早市的菜农，在临街座位泡茶设摊，既可品茗又可卖菜，生意较为兴隆。其余茶馆多为夫妻店，设施简陋，"小屋一间，临河搭棚，板桌条凳，小壶小盅"。一般只开早市，天未亮就开张，集市散便收摊。

崇福禅寺俗称西寺，西南面有福和楼茶馆店，靠南面临河的座位十分优雅，不仅光线明亮，而且风凉气通，在这里邀三五好友，泡一壶龙井细茶慢慢品味聊天。真是一种难得的享受。福和楼街对面有一片单间门面的稻香村糕饼店。店内销售云片糕、芝麻饼、月饼、酥糖等，这些糕点全都是自家店内加工生产的。这家稻香村店的糕饼做工精细，质量上乘，颇受顾客青睐。茶客可在这里一边吃糕点，一边慢慢喝茶，真是一举两得的好事。

在崇福西门城门内有一家规模超大的茶馆，茶馆门前的西大街是芝村、上市乡农民进城的主要通道，大街上整天人流繁忙，川流不息。这家茶馆店堂开间进深，里面还设有书场，常年有苏州评弹艺人来此说唱献艺。书场每天有下午和晚上两场演唱，镇上的老年茶客在这里可以慢慢地一边品茶，一边听书，在此休闲真是优雅舒适，悠然自得。

美味小吃

崇福地处杭嘉湖地区，原属于浙江省崇德县治所在地。崇德县 1958 年并入桐乡县（市），从古以来此地涌现吕留良、吴之振、丰子恺等不少名人学者。崇福镇在长达 1000 多年的县治之地期间，商业繁荣，饮食业也甚为发达。解放初镇上的茶馆、食铺、饭店随处可见。据《崇福镇志》记载："解放前，崇福为县治地，服务业较发达。民国三十七年（1948 年），镇上有茶馆 68 家、旅馆 1 家、浴室 1 家、照相馆 4 家、理发店 27 家、面饭食铺 16 家、茶食店 8 家。饮食服务店铺约占全镇商铺总数的四分之一。"按规模大小崇福饮食业可分为 3 类：一类是店面大，设备全，常年雇用职工的有沈合顺菜馆、刘福兴面店等 6 家；二类是店面小，资金少，夫妻经营的邬恒昌糕团店、大兴馄饨店等 20 家；三类是家门设摊的有张永兴烧饼店、范源昌油条店等 4 家。还有流动串贩，沿街叫卖者 40 多人。长期以来，镇上居民的饮食习惯，大多喜欢以红烧小菜为主。崇福较为著名的美味佳肴有"全聚兴"饭店的红烧羊肉、"万家春"饭店的家常黄鱼、"共和园"饭店的清炒虾仁、"大庆馆"饭馆的虾圆面等。

当年镇上的饭馆面店服务态度很好，只要有顾客进门，在桌子边一坐下，店家的跑堂便上来询问，然后拉长调子高声唱道："鳝丝面一碗——""酥鸭大面一碗，加底——"稍等片刻，一碗热气腾腾的面条就送到你面前。凡有客户到店家叫送面，店里的伙计会立即把刚出锅的面条，用篮子快速送到顾客家里。

崇福人食用红烧羊肉的时间很讲究，只是在秋冬两季，具体是每年立秋后第二天开羊锅至次年清明前为止。当时在崇福的城隍庙甬道上和营门口（地处大街县前与春风头中间，旁边有一条小路可直通蒋家弄）有两个羊肉摊，分别设有一口大铁锅烹煮红烧湖羊肉。摊主将切成大块的羊肉放进锅内，待羊肉烧煮一段时间，除去污膜后，再放入酱油、黄酒、红糖、红枣、老姜、辣椒、香料等辅料，然后上面放几只大瓷盆压紧，再用温火烧煮好几个小时，直至羊肉皮色酱红，酥熟紧汤，香味四溢时方好。烧熟的羊肉放在锅中，等到出售时才分成小块随用随取，上面再放一点蒜叶姜末。那摊位上同时还出售冷切羊肉，这里的冷切羊肉颜色白净，大多是用羊头肉烧煮的，价格便宜、味道却鲜美好吃。

当时镇上的几家酱酒店内都设有三四张小桌，专供酒客上门品尝。镇郊喜欢饮酒的农民卖了鸡蛋、蔬菜后，会到这里花几个小钱，要一开烧酒或绍兴酒，然后再点上一盆过酒菜，慢慢品味。过酒菜有店家自己烧煮的鸭头、鸭脚、鸡翅、鸡脚、肚子、茴香豆、香豆腐干等，价廉物美，味道可口。

那时在崇福县前有一个专卖猪耳朵的小摊，摊主将猪耳朵洗净烧熟后，切成一条条均匀的细丝，出售时再洒上一点细盐。镇上人叫它为"麻皮丝"，价廉物美，是过饭的好小菜。

在卖猪耳朵的摊位旁边还有一个熟食摊，专卖豆制品熟食。摊主特制的烹调技艺，能烧出味道独特的色香味俱佳的美味。摊位上有素鸡、素包圆、素香肠、素火腿、香辣豆腐干等。摊主嗓门很高，边喊（实际上是吟唱）边卖，吸引顾客前来购买。

镇上西寺前和城隍庙前，还有现沸现卖的油沸臭豆腐干。这里的油沸臭豆腐干不仅块儿大，而且沸得很考究。每块沸好的臭豆腐干外面呈老黄色，略有点硬邦邦的感觉，臭豆腐干内几乎已经沸空。在旁边的小桌上放有红辣酱和甜麦酱，任你随便蘸用。那味道，吃起来真的是很过瘾。

那时候，每天在全镇的大街小巷里，常有饮食小吃担边走边叫喊。最多的要数馄饨担，主人挑一副竹制的馄饨担子，一头有煮馄饨的铁锅，另一头的架子上有碗勺和调味品。馄饨是现煮现卖的，刚煮熟出锅的小馄饨，盛在用肉骨头熬制的鲜汤里，上面再撒一点青翠的香葱，吃起来味道特好。馄饨除了有鲜肉馅的以外，还有豆沙馅心的甜馄饨。甜馄饨是在水锅内蒸熟的，每只馄饨下面放有一小张粽叶，方便食用。

同时还有出售京粉头的小吃担沿街叫卖，京粉头形状像粉丝，但一条条短而粗，可以用汤勺带汤食用。京粉头汤用的是肚子汤熬制的，味道蛮鲜。摊主在出售时，每碗京粉头上面会放几条切细的肚丝，像是面条的浇头一样。

另外还有人挑着担子，沿大街小巷卖热豆腐干。热豆腐干是用嫩豆腐干、鲜酱油，外加八角茴香烧煮的，现烧现卖。在寒冬腊月里，能吃上几块香喷喷透鲜百烫的豆腐干，顿时会感到浑身舒服。

在 20 世纪 50 年代中期，在轰轰烈烈的私营工商业进行社会主义改造中，崇福工商界也改变了经营形式。出现以国营商店和集体合作商店为主的经商模式，其中在饮食行业中国营大众饭店规模较大，经营品种最多，质量也比较好。大众饭店地处市中心西寺前，以经营面饭小吃为主，大众饭店有 3 间门面，西面经营面食饭菜，东面销售小吃冷饮，上面还有个楼层是一统间，有宽敞舒适的饮食环境。大众饭店面食以肉丝面、鳝丝面、三鲜面、黄鱼面最有名，每碗面几乎全部落小锅烧煮，味道鲜美。当年我下放在农村，记得有一年"双抢"刚结束，一天我们七八个小伙子一起相约到大众饭店去吃饭，当时名曰"汰河泥腿"。虽说我们是农民，饭店里的小菜也烧得很好吃，价格又实惠。东面的小吃主要经营包子、茶糕、烧卖、馄饨等品种较齐的各式糕点。其中冷饮柜夏天供应的冷饮品种很多，有棒冰、雪糕、冰激凌、冰汽水，还有自家用冰水制作的冰绿豆、八宝汤、酸梅汤等。八宝汤内放有蜜枣、冬瓜糖、糯米饭、红绿瓜丝等，清凉蜜甜，十分解暑好吃。其中店内自制的冰冻饮料价格便宜，味道又好，很受欢迎。记得当年我最喜欢吃 3 分钱一杯的酸梅汤，在炎热的夏天，吃一杯冰冷又酸又甜的酸梅汤，真是十分解渴消暑。

崇福饮食合作商店以小吃部生意最好，小吃部坐落在大街中段，太平弄口。小吃部名曰小吃，实际上是一家只供应面饭的饮食店。这家两间门面的小吃部，面朝大街，顾客进出十分方便。店内供应的是本地居民喜欢吃的家常小菜，饭菜烧煮得符合大众的品位，为此饭店生意兴隆。常年顾客盈门，遇到节假日去那里吃饭，要立等一会儿才会有座位。

当年在西寺前金刚殿东面，有一个崇福镇饮食公司的烧饼摊。这个烧饼摊生意特别好，买1个烧饼只收3分钱1两粮票，每天都要排队等候才能买到。这个烧饼摊营业员的服务态度特别好，常年笑脸迎客。烧饼质量考究，圆圆的烧饼又厚又大，每个烧饼里面不仅有青葱、芝麻，还嵌有一小块活猪油。咬一口刚烘好百热沸烫的烧饼，满嘴鲜香，真是味道好极了，我曾经常去那里品尝。

红烧羊肉

每年秋冬季节，崇福镇大街上的酥羊大面的面店，每日天还只有蒙蒙亮就开门迎客了。店家都有一只或两只大铁锅，上一天傍晚要将切成大块的羊肉大火烧煮，然后用文火慢慢闷烧一夜。等到第二天凌晨，羊肉已经烧得酥香入味，满街香气四溢。只要顾客一坐下，羊肉面店的伙计便立即将刚烧熟的面条捞起，熟练地放在有羊汤的大碗里，又另取一只高脚碗放上香酥的去骨羊肉，再加一小撮切得细细的姜末和大蒜叶，最后加一点红辣酱，红的、黄的、绿的点缀在羊肉上，颜色煞是好看。只要一看就会让你胃口大开，品尝后则满嘴浓香久留。

在崇福喜欢吃羊肉面的饕餮们为了吃到心仪部位的羊肉，都会起个大早，凌晨5点多钟，吃客们便早早来到熟悉常来的羊肉面馆，一碗面条，一碗羊肉，自己再熟练的打一碗黄酒或者白酒，便美美地开始吃起来。这时面店里的食客们互相打招呼，谈谈身边的趣事，在满屋浓浓的羊肉香味中，迎来一批又一批爱吃羊肉面的顾客。当年吃完后，每碗羊肉面付2两半粮票，2角9分钱，算是面店里最高价的面了。尽管价钱高，但来吃羊肉面的人还不少。就是原在崇福工作过，已经退休回外地家乡的有几位老职工，每年秋冬时节也总要来崇福住上一段时间，再尝尝崇德酥羊大面那难忘的味道。

崇福镇上祖辈传下来吃羊肉的习惯，是每年"立秋"第二天开羊锅，也就是说到立秋以后镇上人才开始吃羊肉，直至下一年清明为止。此时，每天下午3点左右，崇福镇上有几家羊肉面店开始在大街上设摊出售红烧羊肉。卖熟羊肉的地点分别在县前、城隍庙前、营门口等地。只见在一只只大铁锅内，热气腾腾烧得香酥的红烧羊肉香味四溢，十分诱人。摊上的羊肉是现称现卖的，生意十分红火。另外，还有烧煮精细的白切羊肉也同时出售，肉色白嫩略显透明。特别是用价贱物美的羊头肉烧煮的白切羊肉，更是又实惠又美味，往往会很快一抢而空。白切羊肉在食用时蘸少些酱油，味道会特别鲜，真是常吃不嫌。

据史料记载，崇福的酥羊大面至少已有上百年的历史，解放初全镇羊肉面店有二三十家之多，镇上的老人回忆说，全镇以大街上刘福兴面馆的羊肉面为最好。

崇德的羊肉烹煮方法是一代代留传下来的，面店老板选料十分讲究，一般要选择当年长大的子羊。子羊肉质又嫩又壮，极易烧酥，而且口感好。同时配料也很考究，是将整只白羊清洗后，切成一块块一两斤左右重的大块羊肉，然后放入锅中用柴火烧煮。羊肉加水，烧沸后撇去浮沫，再放入酱油、黄酒、红糖、红枣、老姜、甘蔗梢、辣椒等辅料，然后在羊肉上面放几只大瓷盆压紧，先用大火然后用温火烧煮几个小时，直至羊肉皮色紫红，酥熟紧汤，香味四溢时方好。烧熟的羊肉放在锅中，等到食用时才分成小块随用随取。在刚起锅羊肉的碗里上撒一些黄澄澄的姜末，青绿色的细蒜叶，再添上一小匙红辣酱，这就使羊肉色香味俱佳，真的是就是看看也过瘾。

崇德盛产湖羊，镇区四周的乡村里几乎家家都饲养湖羊，几年前一般农户饲养的湖羊有四、五头之多。湖羊的饲料是青草，成本很省，农活稍停时，勤劳的农人随时随地会去割羊草来作饲料。用青草喂养的湖羊，肉质特别好吃。羊毛又是很好的轻纺原料，崇福的小湖羊皮长期以来更是我国出口的"软宝石"，深受外商的青睐。如今随着科技的发展，崇福羊肉已经可以深加工，进行真空包装，运销国内各大中城市，销量也很好，深受客户欢迎。这样，就能使风味独特的崇福红烧羊肉让更多的人品尝到。可是笔者认为要想吃到真正美味的羊肉，还得亲自到崇福来品尝当场现烧的羊肉和酥羊大面，这味道是没得话了。或是买回一大盒刚烧好的红烧羊肉，这也是不错的选择。

羊肉的营养价值极高，味甘性温，具有暖中补虚，开胃健身的功效。羊肉的蛋白质含量每公斤有 133 克，脂肪比牛肉略多，每公斤含 346 克，胆固醇含量较低。因此，对体虚畏寒，产后虚损，气管炎咳喘，贫血和常感虚寒的人来说，秋冬天最好能常吃羊肉，滋补作用比较明显。

芝麻酥糖

芝麻酥糖是崇德有名的糕点之一，有着悠久的生产历史，最早源于唐代，享有"茶罢一块糖，咽而即消爽，细嚼丹桂美，甜酥留麻香"的美誉，为历代名人所称赞。传统特色产品酥糖是由屑子与麦芽糖骨子是麦芽糖酿制而成，经过原料配制、碾霄、熬糖、拉糖、压糖等多道特殊的传统工艺精制而成，产品呈长条和麻将形，块型整齐，用蜡纸包好，酥糖霄中均匀分布着麦芽糖骨子，吃时酥糖霄香甜、芝麻香浓郁、骨子松脆入口即溶。

芝麻酥糖是高级营养补品，味道香甜酥脆，具有健胃润肺，健身强身之效，老少皆宜。它是孝敬老人的最好礼品，也是真情奉献。

每回吃酥糖，是一家人亲情的传递，是一种互敬互爱的体现，说说笑笑，畅谈美好生活，心里就像酥糖那样甜蜜。

芝麻酥糖是旧时过年的贵重礼品，一般是至亲或做新客人时，才去买了送人的。在20世纪七八十年代，商品供应很紧张，特别是副食品更难买到。

副食品商店供应的食糖、糕点、茶叶等商品都是由营业员用纸质包装袋一包包灌装，商品质量保证，货真价实，分量称足。每年春节期间是副食品供应旺季，商品营业员的工作量很大，他们白天要不间断地出售商品，到了晚上经常还要开夜工，分小袋过秤，提前包扎好商品。包扎副食品商品有一定的技巧，只有几两的食糖、糕点等商品分别要用一张包装纸包成三角包或斧头包，技术不熟练的话就容易散包。最难包装的是瓶装酒，要用一根塑料绳将2瓶或3瓶酒包扎好，拎在手里不能松绳散掉，因此不能稍有闪失。

当年我们门市部是自己到食品厂去进货的，由于糕点生产供不应求，常常要等候一会儿。于是我便有时间与食品厂老师傅交谈，询问糕点制作过程。厂里的老师傅知道我是门市部负责人，他们对我很客气，便一五一十地告诉我几样糕点的制作方法。其中蜜糖糕是一斤米粉加一斤白糖做成的，酥糖是有重麻酥糖、猪油酥糖、黄豆酥糖等品种。

崇福三味

栗子山薯香

浙江省桐乡盛产山薯，尤其以崇福镇出产的山薯为佳。崇福地处杭嘉湖平原，乡村土壤为半沙土，土质肥沃，很适宜种植山薯。崇福的山薯皮色暗红，肉心姜黄，呈椭圆形。山薯个儿不大，每个约200克左右，大小比较均匀。崇福山薯用锅子烧熟后，香气扑鼻，吃起来甜津津有沙豆味。这就是被外地人冠于美名的"栗子山薯"。每当崇福"栗子山薯"一运到上海，会很快被抢购一空。

烧"栗子山薯"方法十分讲究，首先要把山薯洗干净，然后加水要适量，不可太多。这样等到山薯烧熟后，锅底上会有一层焦糖。这锅底山薯味道特别香甜，你只要闻一下就会胃口大开。吃一个刚开锅的热山薯，准会叫你回味无穷。鲜山薯好吃，但容易腐烂变质。崇福农民保存鲜山薯有好办法，在每年秋收把大批鲜山薯翻起后，挑选一部分大小匀称又无损伤的山薯，放进自家的地窖内储藏起来。这地窖内的山薯，除了少部分用以留种外，大多数是放到冬天和来年开春后自己食用的。经过窖藏的山薯烧熟后，味道更加香甜味美。如果有条件把山薯放到炭火上去烘来吃，那味道真的比栗子还要香甜，更加好吃得多。

雪里种萝卜

桐乡有一种很有名的土产叫雪里种萝卜，这萝卜粗细约有5厘米左右，长度倒有20多厘米，表皮呈鲜红色。雪里种萝卜皮薄很容易剥开，味道脆甜汁水颇多。这种萝卜挑选时一要看粗细均匀；二要用手掂一下，沉甸甸的是实心好萝卜；最后要挑表皮上略有裂缝的萝卜。这表明萝卜刚成熟，正是食用最佳之时。

冬天下过雪后，从雪地里挖出来的雪里种萝卜，味道特甜，汁水也格外多。吃起来又脆又爽，这萝卜味道真的比梨子还要好吃。如果有人咽喉干燥难过，吃了这萝卜后，马上会满嘴清爽舒服。假若有人消化滞顿腹胀便闭时，只要吃几个雪里种萝卜，效果就很好。这里的民间有个说法，萝卜加饴糖放在水锅上蒸熟，吃了有滋补作用。当地有句俗语说得好，"冬吃萝卜夏吃姜，郎中先生空白相。"由此可见，崇福的雪里种萝卜的确是一样好东西。

农家甜麦酱

春季每当蚕豆和小麦收起后，桐乡农村有不少农户忙着开始做甜麦酱。农民自制的甜麦酱呈深棕色，味道咸甜适中，清香可口，吃了食欲大增。

农家甜麦酱吃起来香甜，做时却十分讲究。先要把新收的蚕豆剥成豆瓣，然后加入小麦粉和适量清水拌匀，再用加水的铁锅将蚕豆小麦粉蒸成麦糕。等到麦糕蒸熟凉透后，用刀切成长方形小块，放入干净的竹匾里。几天后把晾干的麦糕敲碎，放入酱缸内，再加进适量淡盐水，把麦糕碎块搅拌成薄薄的糯糊状。为了不让苍蝇、小虫子飞进豆酱内，在酱缸口拉上一层薄薄的丝绵。每天清晨，把酱缸搬到屋外阳光下去曝晒，傍晚收进屋里，这样日复一日地把酱缸搬进搬出。等到辛苦一个多月后，甜麦酱就制成了，这时你会闻到甘甜的酱香味。农家甜麦酱不仅可以用作调味品，而且还是一盘下饭的好小菜。

夏日米粥

在炎热的夏天，有些人会感到口渴胃口差，用餐时米饭吃得少了，喜欢喝点大米粥。说起大米粥，日常生活中有着多种多样的配料方法。煮粥首先要挑选优质晚稻米或是香粳糯米，用这些米煮成的粥浓稠稠，香喷喷的，色香味俱全，可以增加食欲。其次煮粥用的水最好要选用井水和纯净水，这样煮成的粥，色香味俱佳，食用时有一股淡淡的清香味。在夏季适当吃一点米粥，可以补充人体对水分的需要，又容易消化吸收，对老人和小孩更加适宜。

夏天吃绿豆粥可以起到清凉解暑的作用，绿豆要选用上等新绿豆才好，绿豆洗净后放入香粳米，用文火慢慢煮，待绿豆大米煮熟后加少量白糖即可食用。夏日鲜藕大量上市，有人喜欢用鲜藕煮粥，藕粥煮熟后的颜色呈深褐色，在藕粥内放入少量桂花白糖，等到凉透后食用，那味道十分清香可口。

赤豆具有补血的功效，用赤豆煮粥，先要将赤豆煮成豆沙样，这样煮成的粥稠浓，色泽暗红，吃了极易消化，又可起到食补的作用。不喜欢吃甜食的人，可以先将排骨或肉骨头煮熟，然后放入晚稻米和少量食盐来烧煮即成。肉骨头粥吃起来鲜美爽口，营养又丰富。另外还有一种江南特有的价贱物美的霉菜粥。霉菜粥是用上等霉干菜切细，然后加入大米、食盐、味精煮成米粥，吃起来有一股霉干菜所特有的香味，味道咸滋滋的，吃了令人胃口大开，是夏天别有风味的家常饮食。

近年来，夏季在超市里出售的八宝粥，一直受人欢迎。听装的八宝粥食用方便，但价钱较贵。八宝粥其实可以自己动手来烧，不但价钱便宜，而且营养丰富。八宝粥可选用质量好的红枣、绿豆、赤豆、莲肉、米仁、桂圆、核桃等原料，烧煮时先把赤豆、绿豆用水浸透煮熟，然后再放入其他的食品用文火慢慢烧煮。自家烧的八宝粥货真价实，比较实惠。同时，还可以用南瓜、西瓜、冬瓜、苦瓜等瓜果来煮粥，瓜果煮粥清凉化水，消暑解渴宜于夏季饮用，特别是在高温期间最适合人们每天都吃一点。

咸笃鲜味

春节临近，随意走过居民小区和农家乡村，抬头便可看见在不少人家住宅的晒竿上、屋檐下挂满了盐花花的咸肉、咸鱼和晒得紫红色的酱鸡、酱鸭等自制的年货，形成了一道独特的风景线，到处洋溢着一种浓浓的温馨的年味。

在春节期间，家家户户都要烧煮大块的咸肉，招待来访的亲戚朋友。咸肉在大锅内闷烧时会散发出阵阵香味，闻到那种浓烈的肉香，真叫你会食欲大增。等到咸肉烧熟后，用菜刀切成长方形厚薄匀称的小块。那整齐地装在盘内的咸肉，一块块有着黄澄澄的肉皮、玉白色的肥肉、渐渐加深暗红色的精肉，看看也能让人胃口大开。还有咸肉骨头上留有的精肉，这当然是最香、最好吃的了。记得小时候大家都抢着要啃咸肉骨头，那种鲜美的味道真是至今难忘。那时家里条件差，一碗咸肉要吃一个新年。等到所有客人都来过了，大家才能慢慢品味咸肉的味道，其实到这时咸肉的色香味早已不如当初了。自家腌制的咸肉味道特别鲜美，商店里出售的咸肉美名曰"加香肉"，实则比自己家里腌制的咸肉，色香味都要逊色得多。我家几乎年年都要自己动手腌制咸肉，腌肉先要挑选皮薄精肉多的腿肉。腌肉时要将盐均匀放在鲜肉上面，然后用手将盐在肉面上用力搓匀，边搓边加盐。肉腌好后过二三天将肉卤倒出，再用盐腌一遍。此后再腌10来天时间，等到咸肉腌好后，就拎到门窗外去晾晒。那些腌肉后剩下的肉卤，还可以废物利用，拿来腌鱼。用肉卤腌制的咸鱼，经晒干后吃起来别有一番风味。

春节过后，自家腌制的剩余咸肉，还可以烧煮更鲜美的小菜。家乡有一道小菜称之为"咸笃鲜"，那就是用咸肉烧新鲜肉，按照咸肉和新鲜肉大约各半的比例烧煮。等到锅内烧肉的水烧开后，加入少量料酒，用文火将肉慢慢烧熟，其味道鲜美无比。等到春笋上市后，用本地竹园产的春笋烧咸肉，吃起来又香又鲜，味道也很好。自家腌制的咸鱼晒干后，与鲜活的鲫鱼放在盘子内一起清蒸，那盘小菜美名曰"文武鱼"，其味道也是鲜美可口，百吃不厌。用腌制过的雪菜与冬笋放在一起炒，也是一只好小菜，有名曰"炒二冬"，是初春的美味佳品。

咸肉与新鲜肉一起烧，味道特别好吃，究其原因是可以有待于我们进一步探讨。我们只知道单一的咸肉初吃还可以，多吃一点就会感到味咸口渴。新鲜猪肉单独烧，也没有与咸肉一起烧煮鲜美可口。这大概有着一定的哲学道理，小菜如此，其他生活上的事情也是如此。

现在生活条件好了，我们有条件能够经常吃到鱼肉。谁知道荤腥吃多了，营养过剩也会生出各种毛病来。只有荤素搭匀，适当吃些粗粮，才能使人达到身体健康的目的。人们从事体力劳动时，一旦劳累过度就会生病；然而缺少活动，却也会导致肥胖和疾病发生。所以一个人连续工作一段时间后就需要休息，这就叫作劳逸结合。学工科的人，抽空学一点文学知识，在写科学论文时，就会使论文有声有色，写得得心应手。同样学文科的人，挤时间学点科学理论知识，写文章时就不会毫无根据地胡说八道，违反一般的科学常识。由此看来，世界上的万事万物都是需要合理搭配，才能达到完美的结果。

肉馅月饼

中秋节是我国的传统佳节，中秋月饼又是中秋节的时令礼品。月饼之名，早在南宋时期就已经有了，当时的人们因为圆形的面饼宛如皎洁的明月，故称之为"月饼"。月饼形如圆月，与人们企盼的全家团圆之心愿相符合，因而也称之为"团圆饼"。

地处杭嘉湖平原的浙江崇德土地肥沃，物产富饶，商业繁华。每年中秋节不仅有品种繁多的苏式月饼和广式月饼上市，还有销售本地生产的肉馅月饼。据镇上的老人讲述，崇德自古以来，每年八月半中秋节前后，镇上的10多家糕饼店都要出售店内自制的肉馅月饼，这是崇德的一大名点。崇德肉馅月饼制作十分讲究，先要用上等面粉加水做成月饼皮。月饼馅心要选用新鲜的猪腿肉，洗净切碎后加入香葱，食盐等辅料，然后放进平底铁锅用油煎制。等到锅内香味四溢时，肉馅月饼已经做成。崇德的肉馅月饼现做现卖，色香味俱佳，此时满街香气袭人，顾客盈门。尝一口刚出锅的肉馅月饼，感觉又酥又鲜，食后嘴内尚留余香，令人胃口大开。

1956年，在崇德县中读初中时，国家处在困难时期，社会上物资供应十分紧张。平时上街去买东西，除了用要钞票以外，还要凭粮票、油票、肉票、糖票、布票、煤球票等等票证供应。当时特别紧张的粮食，实行每人每月定量供应，居民每月25斤，中学生每人每月供应32斤，这已经是对年轻学生的特殊照顾优厚待遇。市场上鱼肉蛋产品很少，糕点、水果等食品供应也十分短缺，有些畅销商品还要凭票排队供应。在我读初中，过第一个中秋节时，学校为了让每个同学在中秋节能吃到月饼，校领导千方百计同镇上的有关部门联系，做了许多具体又辛苦的工作，才让每个同学尝到了月饼的味道。

记得那年中秋节当天，校园内的几株高大的桂花树上挂满了一串串金黄色的桂花，整个校区到处能闻到浓郁的桂花香味。这一天下午课外活动时，学校广播室正在播放的优美动听的抒情歌曲声突然停了下来。很快喇叭里传来了校广播员甜美的声音，内容是通知各班派一名同学到总务处去领取月饼。这时，刚刚从操场上锻炼回转，坐在教室里的同学，听到广播便一下子欢呼跳跃起来，有的还情不自禁地拍起手来。当时，大街上副食品商店供应的月饼数量很少，想买到月饼是一件很难的事情。为此，同学们对学校能够分月饼给大家，感到格外高兴。一会儿，班上的生活委员领来了十分珍贵的月饼，每人一个分了。同学们分到的是苏式白糖小月饼，那时商店里卖8分钱1个，还要收半两粮票。这个苏式月饼只有玻璃杯子口大小，厚度也只有1厘米左右，每个月饼面上贴有一张方形的纸片，纸上还盖有传统的红色方印。

这天晚上，学校还举办了中秋联欢晚会，同学们在晚会上表演了精彩的节目，有独唱、相声、双簧、大合唱和歌舞表演等，大多是各班自编自演的节目。每个节目演出后，都得到了热烈的掌声。学校老师也一起参加演出，全校师生中秋之夜沉浸在一片欢乐之中。

蛋糕糖糕

春天万物生长，百花齐放。在这美好的春天食品也多种多样，桐乡有一种食品可称之为美食，那就是鸡蛋糕嵌蜜糖糕。

鸡蛋糕嵌蜜糖糕看起来黄澄澄松喷喷，吃一口香甜软糯，味道特好。这是一种由两样糕点合成的食品，其制作工艺十分讲究。笔者曾经在糕点加工厂，亲眼看到过糕点师傅烘制鸡蛋糕和蜜糖糕的制作过程。蜜糖糕是采用上等糯米磨成粉，然后用1斤糯米粉掺1斤白砂糖的比例拌均匀，放入蒸笼内后在上面撒少些核桃肉、红绿瓜丝，再用蒸汽将糖糕蒸熟。等到蜜糖糕凉透后，把它切成一条条10多厘米厚，1尺多长的长方形形状，到这时甜蜜糯软的蜜糖糕就做成了。鸡蛋糕则是先要将新鲜鸡蛋一个个打入桶内，开动搅拌机将蛋搅拌均匀，然后加入面粉和适量的水，再开动搅拌机将它拌匀。接着在烘盘底上涂一层菜油，再把拌匀的蛋和面粉原料放入烘盘的正方形盘内，最后将一只只烘盘放进烘炉内，用火慢慢将蛋糕烘烤成油光发黄的颜色，这时鸡蛋糕便制成了。每块蛋糕约10厘米厚，边长七八十厘米的正方形形状。

食品店里出售的鸡蛋糕嵌蜜糖糕，是营业员将糕点经过再加工合成的。先把方形的蛋糕切成6块或8块，然后将每一小块蛋糕从中间剖开。接着是把蜜糖糕切成小块，再将剖开的蛋糕翻转来，蛋糕的里层朝外，最后把蜜糖糕嵌入中间，一块鸡蛋糕嵌蜜糖糕就这样全部制作完毕。制成的鸡蛋糕嵌蜜糖糕犹是一件精心制作的工艺品，看起来十分美观，被当地人称之为"金镶白玉嵌"。

鸡蛋糕嵌蜜糖糕不仅好吃好看，而且携带十分方便。当我们外出去旅游或出差时带几块在身边，如果在中途肚子饿了，就可以拿出来充饥。鸡蛋糕嵌蜜糖糕也是出门做客时送礼的最佳食品，它可以保存多日而不变质。崇福镇上有几位糕点师傅做工很精巧，他们制作的鸡蛋糕嵌蜜糖糕真是色香味俱佳，是镇上的一大特色食品。吃过他们制作的鸡蛋糕嵌蜜糖糕的人都说味道不错，真可以与超市里的一些高档食品比品高低。

元宵汤圆

旧时元宵节有"上灯圆子落灯糕"的风俗。元宵节家家要吃白糖小圆子或汤圆，也叫作吃元宵。

赤豆糯饭

农历十二月廿三，从很早以前家乡就流传着一个风俗，那就是这一天家家户户都要烧赤豆糯米饭。传说烧赤豆糯米饭与旧时的祭灶仪式有关。

旧时家家户户都是砌土式灶头用柴草烧饭的，每座灶头上方的灶山上留有一块祭请"灶神"的地方。"祭灶"这风俗由来已久，传说灶神每年要上天去，向天帝报告世上人类善恶等举止行为，天帝就是据此对人间进行奖赏与惩罚。为此，人们对"灶神"十分尊敬和崇拜，不敢稍有一点怠慢。

"灶神"俗称为"灶家菩萨"。每年农历十二月廿三那天，家家户户都要"送灶"。这天傍晚，每家的灶头上供奉"灶神"像，灶山上的礼品少不了赤豆糯米饭。为此每年腊月廿三那天，就形成了家家都烧赤豆糯米饭的传统习俗。烧赤豆糯米饭先要把赤豆用水淘净浸透，将赤豆用文火慢慢烧酥，然后再放入糯米烧熟。赤豆糯米饭吃的时候，要在饭里放上义乌糖或者赤砂糖，拌匀了再吃。加了红糖的赤豆糯米饭看起来颜色是紫红色的，味道又甜又香，真是色香味俱佳。20世纪六七十年代，粮食和副食品供应紧张的时期，到了腊月廿三那天，我家的赤豆糯米饭还是要烧的。那时食糖是按人分季定量分配供应的，每人一个季度的食糖只有二两半。食糖不够用，只得用糖精来代替。我记得，当年家里烧的赤豆糯米饭，吃起来有点苦味，后来才知道是放了糖精的缘故。糖精是化学合成品，没有一点营养价值。在此后的几年里，我家烧赤豆糯米饭时干脆不放糖和糖精，这样吃起来味道倒还不错。现在，时代进步了。烧饭都使用小巧玲珑的煤气灶，祭请灶神的活动也渐渐淡化了。唯有每年腊月廿三那天，还有不少人家还要烧赤豆糯米饭来吃，这个传统习俗还没有被人们所遗忘。如今粮食副食品供应充足，赤豆糯米饭也烧得多了，红糖可以随你放，有的人家还要添加上蜜枣、冬瓜糖、红绿瓜等甜味，味道就更好吃了。当天多余的赤豆糯米饭，如果放到第二天早晨用菜油煎热，吃起来那味道更是别有一番风味。

那时祭灶还少不了要供上灶糖。灶糖是用饴糖做的，吃在嘴里甜滋滋、黏糊糊的。传说灶山上供上灶糖是想拍"灶家菩萨"的马屁，请他上天时，向天帝不说坏话，只说好话。灶糖有两种，一种是用饴糖制成的硬邦邦的糖块，要用力敲碎了才能吃。另一种是用麦芽来做的糖塌饼，糖塌饼做工考究，内心有黄豆末馅心，外层洒有芝麻，吃起来又甜又糯。"送灶"仪式结束后，这一年中难得的灶糖，当然便成了孩子们口中的美食。

如今，用饴糖制成的灶糖和用麦芽制成的糖塌饼，已经很少能吃到了。而腊月廿三那天，一家人聚在一起，和谐快乐地边吃赤豆糯米饭，边回味着旧时风俗的韵味，还是一件十分有趣味的事情。

寺庙古迹

崇福禅寺

浙江省崇德县的崇福禅寺始建于梁朝天监（502—519 年）年间，当时称为常乐寺。后晋天福三年（938 年），始建崇德县。宋祥符年间改名为悟空寺。宋天禧年间皇上赐予寺额"崇福禅寺"。从此后崇福寺便名声大振，远扬海内外。千百年来崇福寺几经历史沧桑，人祸战乱，曾几经摧毁又多次修复，经受几番磨难，重又复生。

崇福禅寺是浙北名寺之一，鼎盛时期僧房殿堂林立，东至太平弄，西至五桂芳弄，北至大操场，南至崇德大街。西寺殿阁高大峥嵘，泥塑佛像栩栩如生，四周红墙围绕，寺外银杏森森，寺桥玲珑有致，大殿内香烛通明。金刚殿北的铁质高大巨型香鼎口径有蚕匾大小，常年香烟袅袅，香客络绎不绝，一年四季热闹非凡。凡是有商客过往来镇上，必定要去崇福寺瞻仰观光。宋朝陆竣在《崇福寺田记》中写道："崇福寺其大刹也……僧数且二百余。"原寺有"三殿二塔"。还有"钟楼佛阁"和"五百尊大罗汉堂"，僧房库房，配殿经藏，一应俱全。

我小时候走进西寺金刚殿，看见东西两旁塑有高大威武的四大金刚，形象凶煞可怕。殿中央朝南塑有金装弥勒佛，朝北塑有立像韦驮菩萨。佛像肃穆超脱，庄严凝重又富有人情味。左边石台上塑有手持琵琶白色的东方持国天王和手握宝剑青色的南方增长天王。右边大石台上塑有红色的手中缠绕一蜃的西方广目天王和右手拿伞，左手持银鼠的绿色北方多目天王。金刚殿又称天王殿，因此在太平天国时期才得予保存。

现今桐乡市崇福镇的镇名是因崇福禅寺而得名的。崇福禅寺在当地俗称西寺，地处全镇市中心，是全镇最热闹的地方。西寺南面有座宋代建造的小桥，桥名曰广济桥，镇上人称它为西寺桥。桥身两旁的石缝内长有几十根细长墨绿色杂草，石桥下清澈见底的河水缓缓流过，人站在桥面上时而能见到无数尾细长的小鱼在水中追逐来回游动。西寺桥西堍有一个七八米开阔的河埠头，整齐平坦的船埠全是用长条整块的花岗石砌成。再过西就是全镇有名的福和楼茶馆店，店面有四间门面，楼上还设有雅座。底层店内靠南面临河的座位十分优雅，不仅光线明亮，而且风凉气通，微风拂面，鸟语花香。在这里邀三五好友，泡一壶龙井细茶慢慢品茗聊天，真是一种难得的享受。福和楼街对面有一片单间门面的糕饼店，店内销售云片糕、芝麻饼、月饼、酥糖等各种糕点。这里品种繁多的宁式糕点，全都是店内自家加工生产的，做工精细质量上乘，颇受顾客青睐。西寺桥东面有一家回族同胞开设的伊斯兰点心后，店内全天出售羊肉包子、羊肉煎饺和煎饼。回民独特的加工技巧，制作的点心香气扑鼻，味美可口。街上过路的行人常会被这香味四溢的羊肉煎饺所吸引，情不自禁去买几只尝尝，以饱口福。西寺南面临街的山门口有几间平屋，屋内摊位众多，有出售连环画和玩具的；有卖桃子、枇杷新鲜水果的；还有在糖盘内出售碧绿的新鲜青梅外拌有雪白糖粉的糖拌梅子，糖拌又糯又甜的双角熟老菱，一串串用小竹棒串起的五六个半透明紫红色糖烧熟荸荠十分诱人，颇受镇人喜爱。每年秋冬季节清晨，附近水果店里烧的一锅本地产山薯，随着"熟山薯开锅啦！"的叫卖声，冒着香甜热气的红皮黄心热山薯十分吸引人，最好吃的要算有点焦糖的锅底山薯，又香又甜。当时还有几个拎着竹篮子站立在店门口卖茴香豆、南瓜子的老头和老太婆。西寺山门口悠长动听的叫卖声此起彼伏，煞是好听。

旧时的崇福西寺，一走进山门便可看见金刚殿前东西两侧的两座古朴雄伟且秀丽的宝塔。塔高12米，是八角形7层实心砖结构，塔身每层四周塑有造型各异、仪态端正的菩萨。宝塔顶端常年有无数鸟雀盘绕飞翔，并伴有八哥、黄鹂、麻雀的欢叫声响彻云霄，为西寺增添了不少热闹。据清光绪《石门县志》记载："东西列二塔，唐无着禅师造。"僧一峰《重建二塔记略》又云："语溪崇福，其来尚矣。寺前二塔，雄伟峻拔，足以壮一方，其有关于乡邦者甚矣！粤自吴越国王赐铜亭银盒，盒内藏舍利、宝贝等物于西塔上。"天启二年（1622年）《重修二塔记略》云："西塔修时，拆出乌斯藏渗金佛一尊，银盒一座，内有淡红色如梅豆大一颗，不识其物，银弥勒一尊，手执珠一串，放光石一块，珊瑚树一枝，金刚塔一座，血书《金刚经》一卷，西门杨秀才写。东塔修时，拆出银龛一座，内银佛二尊，金刚塔一座，银盒一座，坚固子一颗，珠三颗，宝石三块，金花一朵，雄精一块，朱砂一块，重十两，玉梅花两朵，古铜炉一座。"

微风吹来，金刚殿四角飞檐下的铜铃，会发出清脆悦耳的叮当声。这两座宝塔在20世纪50年代中期因塔身严重倾斜，危及附近的民房，两塔顶层各拆去了六七两层，其余塔身在1966年"文革"期间被全部拆除。镇上曾经传说宝塔里有定风珠，等到塔顶拆下时却没有找到这件宝物。当时宝塔顶层拆除后，在崇福镇小校内展出了从宝塔中拆得的珍贵文物。那年我在参观时看见展品中有不少金银珠宝，其中有一尊一寸多高的菩萨，据说是金菩萨。同时展出的还有几本用红色朱砂写成的经书，虽历经千百年，字迹仍清晰可辨，亲眼看到这些难得一见的宝物，真使我大饱眼福。

走过几棵高大的银杏树后，就可漫步走进金刚殿。殿内烛火通明，檀香烟味飘逸四散，清脆响亮的铜钟声和木鱼敲打声，夹杂着和尚喃喃的诵经声，不时从西寺内传出。亲临此地，仿佛来到了佛教圣地。清咸丰十一年（1861年），太平军一把火烧毁了西寺大部分寺院，金刚殿是崇福禅寺唯一留下的寺殿。

据崇福民间传说，西寺是被一个名叫陆财天的人带头放火烧的。清咸丰年间，石门县有个人名叫陆财天，他家租了崇福寺的寺产田3亩，每年要交租米3石6斗。碰到年成不好时，他家收起的粮食连交租米还不够。当时，官府的苛捐杂税很重，衙役常来催讨威逼。陆财天在被逼得无可奈何的情况下，忍痛以月息3分的高利，向城里的钱库司借了高利贷。从此以后，陆财天真像是雪上加霜，日子越来越难过了。陆财天虽说生活贫困，但是他从小就养成练武的习惯。每年清明节，在芝村迎水会的标杆船和拳船上，他总是一个主要角色。咸丰二年，太平军打到江南。消息传来，陆财天欢喜若狂。一天，他暗里与李秀成派来的人接触，秘密召集拳船上的穷人加紧练武，准备迎接太平军进城。可是，这些举动被当地的地保知道了，地保立即密告钱库司。当天夜里，陆财天被捕入狱，受到严刑拷打。陆财天被捕后不久，与其相依为命的老母亲因过度担忧和饥饿而死亡，家里的租田也被转租给了他人。拳船上的朋友偷偷将此不幸消息告诉了陆财天，当时他悲痛欲绝，暗下决心要报仇雪恨。咸丰八年秋天，陆财天乘狱中牢头禁子监管不严之时，越狱逃跑。他当即潜入债主钱库司家，很快进入内房将钱库司杀死。紧接着陆财天偷偷出城，化妆成换糖担，一路北行前往南京方向去投靠太平军。没多时，陆财天成为李秀成部下的小头目。咸丰十年，陆财天带领太平军进攻石门玉湾镇。当时，驻守东高桥炮船头的清军炮船，连解缆绳也来不及，用快刀割断绳子拼命逃向县城。清兵炮船撤退路过马家桥时，当时桥边正在演出羊皮戏，观众闻讯慌忙逃命。谁知这时太平军的一支队伍已经冲到了眼前，人群更慌了，四散奔跑。

第二年，太平军又攻入石门县城。陆财天率领部下冲锋陷阵，等到攻破城门后，便一直冲到大街上西寺前。当时，他听说寺僧用西寺寺产田地盘剥穷人，想起自己的不幸遭遇便怒火冲天。一怒之下，他带头用火烧了西寺寺院。金刚殿又名天王殿，因为殿名与洪秀全天王谐音，所以才保留了下来。太平军占领石门县城后，陆财天在归王府属下任职。后来没多时，太平军节节败退，归王邓光明叛变投敌。当时陆财天不愿意跟随归王投降，独自躲到乡下避难。不久，陆财天被人出卖，大义引颈被杀害。

解放后西寺的僧房改为镇上的小学。我小时候就在这里读书。当时，南面校门口有一口大井。进校门后有一个小天井，天井东面是教室，西面是食堂。北面有个礼堂，是同学们集中开会的地方。礼堂东面有个小房间，曾经开设无人商店，用以对学生进行思想道德教育。礼堂北面是教师办公室。学校的老教室有两长排，一排是泥地，无窗户。还有一排室内有地板，东西两面有木板门窗，室内光线昏暗。下雨天，教室里有几个地方常漏雨，教学环境很差。那时在校门外，还残留有多块十几米长被毁的寺院长方形大石柱。金刚殿后面有一只巨型的黑色铁香鼎尚在，香鼎的口比蚕匾还要大，鼎高有 2 米左右，底座是一块约一米高圆形硕大的花岗石。

崇福寺据史料记载，寺内有"一楼二塔三阁四件宝"。

一楼是指"钟楼"，建于元朝廷佑七年，在金刚殿东南偶悬挂一口巨大铜钟，钟重万斤，声闻十里，现存放在杭州灵隐寺内。被称为"元钟"。

二塔是山门通道旁的两个石经幢，俗称宝塔。建于唐朝乾符年间。塔内藏有舍利珠、佛像、铜佛像和金银珠宝等物。

三阁是指"元量寿阁""罗汉堂阁"和"藏经阁"。内有"三圣尊像"和"五百大罗汉"还有许多雕塑、绘画、刺绣等古代艺术珍品。

四件宝中的第一件宝是寺内留有列代碑刻，有王厚之临本《兰亭序帖》石刻、唐朝《无着禅师赞宁碑记》、南宋陆竣《崇福寺田记》、蔡开《崇福寺藏记》和僧人妙宁《崇福寺记》碑刻等。

第二件宝是列代匾额。元朝大书法家赵孟頫书《敕赐崇福禅寺》。明朝严世藩书题《祝延圣寿》等。

第三件宝是寺内有一口水井，井水清澈，大旱不涸。市民受益匪浅，素有"冰清玉洁井"之美称。

第四件宝是一口日本钟，形似古代编钟，有1丈多长，声音洪亮清越，是日本国天台寺原物，后由国人重金购得供于寺中。

崇福西寺几经磨难。如今保存下古建筑金刚殿，列为县级文物保护单位。近年来经省市文物部门出资整修，现今容貌壮观。古朴典雅，为后辈留下了宝贵的历史遗产，实为庆幸。

城隍庙宇

崇德县（今桐乡市崇福镇）城隍庙地址宋代时在县西隅，明洪武十五年（1382）徒崇福寺西（今甬道内）。景泰，嘉靖、万历间相继修治，岁久复记。清顺治十八年重修，至康熙八年（1669）竣工。有正殿3间，中堂3间，寝殿3间，东西庑各9间，水火两亭，在甬堂左右阐威门3间，肃敬楼3间，外门1间。乾隆二十二年（1757年）两殿灾后重修，规模宏壮，咸丰辛酉（1861年）毁。同治六年（1867年）邑人重建，规模尚未如旧，而雕饰过之。大殿前有戏台，俗称"无柱台"，为浙西有名的二只半戏台之一。清康熙《石门县志》载：康熙四年，丈量基地为二十二亩九分六厘七毫，勒石碑存记。嘉庆《石门县志》载："守土官莅任必斋宿致祭。而每月朔望则有行香之礼。"此庙，长期以来，为道上居住管理。中华人民共和国成立后，改建为粮仓。清光绪《石门县志》载有康熙劳之辨所撰《重修城隍庙记》，邝世培所撰《续定城隍庙基址碑记》，夏文介所撰《重修城隍庙碑记》。

崇福镇市中心西寺往西约 200 米处便是旧时的城隍庙，庙前的甬道又长又宽，这里两旁的小商贩搭起各式各样的布帐篷，形成一个热闹的小商品市场，各种小吃和日用小商品应有尽有。那时的城隍庙面积很大，南面甬道口临崇德大街，北面至大操场，东面靠五桂坊弄。我小时候走进城隍庙大门时，最先看见的是一座造型精致的小石桥，此桥式样很像天安门前的金水桥。小桥下水池内养有红鲤鱼，无数红色鲤鱼儿摆动尾巴欢快地流动，很讨人喜欢。走过桥后绕过几棵古朴高大有浓浓绿荫的大树，便是几幢排列整齐的高大的殿堂，里面供奉着一尊尊仪态各异又大小不同的菩萨。城隍庙里终年人流拥挤，烛光明亮，檀香烟味弥漫，香火源源不断。

旧时的城隍庙门临西大街，有三对朱漆大门。门楼用一式水磨青砖砌成，青砖上镌刻戏曲人物和狮子滚球等图案。庙门上方的竖额上书有"城隍庙"3 个楷书大字，蓝底金色。门楼朝北是"果报不爽"4 个泥金大字，两侧有"暗室亏心，神目如电"的警句。进庙门，是近百米长的石板甬道，两旁种植松柏、梧桐、银杏等树木。甬道尽头是五开间肃敬楼，楼下中间为过道，两旁塑神像、神马。东侧有扶梯可登楼，楼上供有 100 多尊小神像，从 1 岁至百岁第岁一尊，每尊有木牌标明每个年龄的星宿，为此肃敬楼也称为太岁楼。穿过肃敬楼，有左右两亭，称水火亭。亭北是仙桥湖，湖呈长方形水池，深约 5 尺，四周围有青石栏板，这是庙内的放生池。湖上架有一座造型古朴志同道合走向的石桥，俗称仙桥。仙桥湖东西小屋各塑有 5 尊神像，称之为十司殿。走过仙桥是两层建筑的阐威门，又叫仪门。仪门上悬挂一把大算盘，意思是世人千算万算，不及城隍一算。仪门楼层是一座三开间的坐南朝北的戏台，戏台中间无柱子，顶部为穹形，俗称"吊柱台"，顶部结构俗称"螺丝结顶"。戏台北面是一个石板铺地的大庭院，东西两侧有两条长庑廊，廊内分列全县72座土地庙的神像。庭院北面有一只高约丈余的铜铸大香炉，安放在巨大的园石座上，炉顶瓶生三戟，炉体四周记录捐助铸鼎善男信女的姓名。大香炉后面是一座大殿，飞檐翘角，殿脊高耸。大殿正中的大匾题写"休想瞒我"，中间是城隍菩萨的塑像，高达3丈多。两旁赏善罚恶司的高大塑像，还排列着全副执事。后面有二殿供奉朱城隍，进内有城隍的寝殿，也称夫人殿。殿内的城隍和夫人木雕像，与真人一样大小，四肢关节活络，身上袍服可以脱换，迎神赛会时，就是抬这座城隍像巡行。再进内还有祈求子孙的太君殿，专管人间天花的痘疮殿，收瘟疫的元帅殿，纪念泥木工祖师的鲁班殿，供奉神仙的纯阳殿。大殿东西两侧有地狱、天堂，天堂前面有玉皇殿，地狱前面有地藏殿。西边天堂塑有天上诸神大型彩色群像，东边地狱里则是一幅幅地狱的恐怖图旧时每年农历十月廿三，传说是当地城隍菩萨的生日。在此前后六七天时间是镇上的重大节日——城隍庙会，也可称之为崇福镇上的"狂欢节"。

清代诗人吴曹麟《语溪棹歌》有诗：

两家门第一家风，仙佛师儒道本同。
演教寺连崇圣院，何时都作梵王宫。

何城古庙

据明《崇德县志》载："今一都有何律王庙（今桐乡市崇福镇芝村星火村何城庙），勾践拓地北至御儿。夫差筑何、晏、萱、管四城拒之。何城有何律王庙，相传吴王遣以筑城者。"明成化《何城庙碑记》记："语溪乃吴越交争之地。吴之御越尝用何王宅基以筑斯城，故曰何城。西南凿河隍以遏其冲，东北筑将台以励其众。"萱城，明正德《崇德县志》记："在县东南三十里。"桐乡市位于杭嘉湖平原中部，市境在春秋时期为吴越交界处。吴越战争前后延续了38年，许多重要的战役在桐乡市境内进行，留下了许多历史遗址和古地名。

据清光绪年间《桐乡县志》记载："越勾践拓地至御儿，吴夫差筑何、晏、管、萱四城以拒之，晏城其一也。何城、萱城在今石门县境，管城在今海宁县境。桐境晏城正与海宁交界，有东晏城、西晏城之名。"从这段话中可看出，晏城和其他3城都是春秋战国时，吴王夫差为抵御越国所造（注：石门县即以前崇德县，为避清太宗年号讳，才改为石门县，民国三年复改石门县为崇德县，1958年崇德县并入桐乡县）。

相传春秋中期，晋楚争霸时，晋国曾联吴以制楚国。当时伍子胥因楚王残杀其父兄而投奔吴国，为吴国出谋划策，带兵杀敌。公元前506年，吴王阖闾任用伍子胥统军伐楚，楚军大败，吴军直入郢都。这时，楚得到秦国的救援，越国又乘虚进攻吴国的都城，吴被迫撤兵。公元前496年5月，越王允常去世，吴王阖闾多年积恨，乘越国丧，起兵伐之。越嗣王勾践率兵抵御，双方在槜李（今桐乡百桃一带）展开激战。这就是历史上有名的"槜李之战"。一战下来，阖闾受重伤，临死前要儿子夫差一定不要忘记对越国的仇恨，为他报仇。公元前494年，吴王夫差为报父仇，败越于夫椒（今江苏苏州），即历史上著名的"夫椒之战"，并乘胜攻入越都。越国大败，退于会稽（今浙江绍兴）。吴国夺回了从御儿到浙西的大片土地。面对越王勾践的求和，大将伍子胥力劝趁势灭越。但他哪里知道，夫差是个贪图安乐之人，不仅不听伍子胥，还在吴国边疆建造了晏城、何城、管城、萱城4座城。

何律工庙俗称何城庙。在镇西3里（今属芝村星火村），系春秋吴王所筑何城旧址，明洪武二十年（1387年）建。成化年间重修，清咸丰十一年（1861年）毁，光绪元年（1875年）里人重建。民国后期何城庙改为何城小学，中华人民共和国成立后改建为乡村企业。明成化俞德芳撰有《语溪何城庙记》石碑，现存桐乡博物馆。

古时何城庙遗址在镇西郊区何城庙东北300米（今属崇福镇芝村星火村所在地），为西周或春秋、战国间遗址，南北宽300米，东西长500米，文化层厚达170厘米。陶器以印纹硬陶为主，纹饰有米字纹、席纹、网纹、方格纹、曲折纹，也有一器兼施数种纹饰。除硬陶外，还有原始青瓷和泥质红陶和灰陶，少量灰沙陶。地面还采集到鱼鳍形，丁字形鼎足，由此推测，还可能有比西周更早的地层存在。现为县级文物保护单位。

汉《史记·吴世家》载："吴伐越，勾践迎击之槜李。"明万历《崇德县志》引北宋《崇德县学记》云："春秋时，阖闾、勾践常大战于槜李、御儿之间，裂其地则守之。"该志又云："崇桐之交，所称吴越战场者，大荡二，小荡五六，旷阔极目，林莽不生，遍野荒茅瓦砾，至今磷青鬼啸，阴雨时无敢独行。"清光绪《石门县志》云："就李为吴越交争之地，因有吴疆越界之说。"今崇福镇附近留有不少吴越之战的遗迹。

御儿之名，见于《左传》《国语》等多种史籍。汉元封元年，封辕终古为御儿侯。御儿又称作语儿，曾经有一个美丽的传说。《越绝书》："勾践入臣于吴，夫人产女于亭，养于就李。勾践胜吴，更名女阳，更就李为语儿乡。"崇福镇南旧有女阳亭，为一风景点。后来有把"女阳"指代原崇德县境者。

何城作为春秋时期吴国抵御越国的要塞，"可以往，难以返"的地形布阵，充分体现了孙武之兵法；尤其是当年的何律王以他律家律族的文化，闪耀着特有的灵气和魂魄。2500余年后当年属何城的地盘，尽管它已是竹林掩映木楼老屋、桑田围圩相嵌、河浜依然密布的乡村，而那河隍、百米之内必有的河浜等地形地貌，总体没有改变。何城是一座庙。庙宇的大殿及耳房成了一所小学。之后，随着小学的搬迁，整座庙宇逐步拆除，能容纳几百号人的礼堂建成后，医疗站、兽医站、图书室、代销店陆续进驻，如今的何城庙已成为历史遗址。

崇福镇过西 3 里处，旧时有座何律王庙，俗称何城庙，今属崇福镇星火村所在地。何律王庙相传是在春秋吴王所筑何城旧址上修建的，明洪武二十年（1387 年）建，成化年间重修。清咸丰十一年（1861 年）被毁，光绪元年（1875 年）再次重建。明代成化年间刻制的《何城庙碑记》记载："语溪乃吴越交争之地。吴之御越尝用何王宅基以筑斯城，故曰何城。西南凿河隍以遏其冲，东北筑将台以励其众。"何城原来筑有城墙，将台前开挖河道，是吴越古战场上的一座重要的要塞建筑。

何城庙在桐乡市崇福镇西门外，解放前被改为何城小学。我读中学时，曾经被学校多次安排到何城庙所在的村里去扫盲，做普及文化教育工作。由于崇福镇城镇建设的快速发展，如今的何城庙所在地早已经划入了镇区的范围。虽说何城庙早已不复存在，它的地名却一直沿用至今。

清代诗人吴曹麟的《语溪棹歌》有诗曰：

> 吴越兴亡古战场，千年南宋渡康王。
> 青苔白骨谁凭吊，一片斜阳白马岗。

崇德孔庙

崇德县（现桐乡市）崇福镇有座孔庙，原是县学的主要建筑物。崇德孔庙始建于北宋元丰八年（1085 年）年，起初建在县城市河以西，元至正二十一年（1361 年）搬迁到万岁桥河东。近年因崇德路向东延伸，孔庙大成殿又整体往南移动了数十米。现存的孔庙大成殿是清同治四年（1865年）年重建的，有殿堂3间计307平方米。屋顶为歇山式，屋顶覆盖土平瓦。檐柱、山柱、角柱都是采用正方体花岗岩作材料。后面的金柱用包镶法，前面的金柱及覆盆式柱基础系明代旧物。孔庙是崇德列代读书人朝圣的殿堂，也是文人墨客游览观赏的胜地。解放后，孔庙曾经改建为小学校舍，后来又成为镇上的一家五金厂的厂房。直到"文革"以后工厂迁出，到1981年被列为县级重点文物保护单位。1985年以后，孔庙得到崇福镇政府等有关部门的重视，多次出资重新装修，基本恢复原貌。

崇德孔庙也称为文庙，除了大成殿主体建筑外，前有"文房四宝"笔、墨、纸、砚，以及石狮子、牌坊。后有桂山等景物相配套。旧时曾有"桂山聚秀、魁阁凌虚、文璧穿云、芹池浴日、桃蹊簇锦、杏树联荫、虹影双飞、鲸音远度"八景。

所谓"笔"也就是大成殿前的古建筑"文璧巽塔"，该塔是明嘉靖通使吕希周所建。原有坤、离、巽3塔，清道光二十九年（1849年）倾斜坍塌。现存的文璧巽塔是清咸丰三年（1853年）重建，塔底用花岗岩筑须弥座，塔高18米，六面七级仿木实体楼阁式砖构建筑。塔身有铁质葫芦式塔刹，每级有仿木砖雕式屋檐，檐下有仿木浮雕斗拱和立柱，三面开棂窗，另三面出壶门，窗门相间，壶门内有礼、乐、射等砖刻单字。这座文璧巽塔挺拔秀丽，四周绿树成荫，鸟语花香，现在已成为古镇崇福的标志性建筑。

在荷花池西面有一座精致的小桥——仓沐桥，这就是"墨"。原来的仓沐桥在孔庙西面，建于清代，是一座三孔平桥横跨河上。仓沐桥于1970年，崇福轮船码头改建时被拆毁。现该桥改建在孔庙南面的荷花池上，是一座仿古的水泥石拱桥，式样文雅秀气，成了中山公园的一个景点。如今桥上常有人弹琴唱歌，为公园增添不少欢乐气氛。

孔庙前的荷花池旁原有一堵宽阔的白粉黑瓦照墙，也称为照屏，东西横亘 50 丈，原护有石栏石柱，周边植有桃李杨柳等树。照墙竖立在池边上，犹如一张雪白的纸张，因此称之为"纸"。该照墙因年久失修，在 20 世纪 50 年代已经倒塌。

所谓的"砚"是孔庙前的一个荷花池，也叫作泮池。荷花池南北 30 丈，东西 50 丈，曾开结并蒂莲，古人以为吉兆，作诗曰"泮池绿泱泱，莲开并蒂芳"。如今的荷花池，池中养鱼，水质清澈，池边筑有一座精致的"仓沐桥"，池周植有桃树、柳树等花草树木，风景十分优美。每年夏天，池中翠绿色的荷叶田田，粉红色的莲花十分可爱，把小池打扮得犹如一位江南美女似的，吸引着无数游客前往观赏游览。

孔庙南面现存的一对石狮子，石料光洁如镜，做功非常精细，狮子的神态栩栩如生，是镇上一件珍贵的文物。在 20 世纪 70 年代镇上开挖市河时，这对石狮子被埋入污泥之中，后经镇上有识之士提议后，重新挖掘出来，现保存完好。

在石狮子附近存有一座明代的牌坊——张玙功德坊，俗称秋官坊。石坊建于明代中期，门阙由花岗石构成，顶部已毁，残余部位高约 4 米，东西宽 4 米，上有双钩阴文"明正德丁丑科张玙"字样。上额枋有白鹤云纹浮雕，下额枋有狮子滚绣球浮雕，造型生动活泼，是一座文物价值颇高的古建筑。

孔庙后面原先有座桂山，山上遍植桂花树。当年桂花盛开时，满园浓香扑鼻。桂山腰里建有"吕晚村纪念亭"，亭额分别为数学家苏步清、古建筑家陈从周所题。亭中有民国二十二年（1933）立的纪念碑，石碑正面刻有教育家蔡元培先生题写的"先贤吕晚村先生纪念碑" 10 个大字。另外还有鲍月景所绘的吕晚村披发像、马一浮的篆额、张宗祥的跋等名家书画。"吕晚村纪念亭"现在已经迁移到崇福中山公园的"吕园"之内，近年在园内刻有当地文史学者蔡一先生和邹蔚文先生研究吕留良的文章。"吕园"建在荷花池南岸，与孔庙相距不远，是纪念明末清初著名学者乡贤吕留良先生的园地。

明代诗人沈明臣有诗《文峰对鼎》：

鲁官多胜概，巍塔鼎形分。远兆三台象，高连列宿文。
顶光摇水日，笔势写空云。岁岁青霄客，题名上雁群。

东岳庙迹

崇德东岳庙最早建在县衙东南面一百步处，明朝嘉靖年间因一场大火庙宇被烧毁，后改建于城隍庙前的市河边。万历中期，东岳庙移建到演武场（大操场）北面（今崇德初中校址）。当时身为明朝王室宗亲的城南郡马吕燠回乡后，将东岳庙圈入吕家园内，成为一座家庙。庙内原塑有元帝像一尊，因此东岳庙又可称为真武庙。清咸丰十一年（1861年），庙宇被太平军放火烧毁。光绪元年（1875年）镇上有人筹资，在原址上重修东岳庙。庙宇殿左面原有包丞神像，殿右面有朱天君像。东岳庙西面建有"五猖殿"，如今在桐乡市博物馆里还存有"重修东岳庙崇圣宫碑记"石碑一块。抗战期间，东岳庙被日军占领，文物古迹损坏十分严重。

解放初，东岳庙还遗留下一些破旧的庙宇房屋，当时被改建为校舍，起初取名崇德初中，后更名为崇德县中。我在县中读书时的校门离地面有一米多高，砌有十多级石台阶。当时的校门仍沿用原来的东岳庙门，有两扇厚重的木板大门，进门后还有一扇作为屏风的木板墙，两旁还有两扇木栅矮门。木栅门东面是学校传达室，西面是体育用品室。进门后有一个宽敞的大天井，中间铺有整齐的石板，两旁植有花草树木，其中东西两棵造型别致且弯曲多姿的古柏早已高过屋檐，这里的环境十分清静优美。天井左右两边各有几间厢房，左面有化学和物理实验室，背面有几间教师寝室。右面有校医务室和总务室。走过天井是一个大礼堂，大礼堂原是东岳庙的主体建筑，古老的庙宇高大宽敞，室内的木柱粗大滚圆，根根笔直稳重。礼堂左面搭有一个讲台，上面挂有马恩列斯和毛泽东画像。大礼堂地上铺有方形的地砖，可容纳五六百人坐着听讲，这里是全校师生经常集会的地方。那时在礼堂东南角的屋檐下挂有一只铜钟，手拉动绳索时发出清脆的"当当当"声音，全校上下课全凭校工的打铃声来掌握时间。直到如今，那清越响亮的铃声，还常常在我的耳边回响。礼堂后面在树丛中有几间平屋，四周装有明亮的玻璃窗，这是学校的图书馆兼阅览室。当时阅览室内有几排长长的书桌和木板凳，墙上挂有几幅列宁的生活画像。记得课余时间，我们常常到阅览室去看《人民画报》《解放军画报》和阅读各种报纸和其他杂志。从这里过西有一幢两层楼的小楼房，楼房北面是一个小巧精致的荷花池，每年夏天在水池中翠绿的荷叶丛中点缀着粉红色的荷花，显得十分鲜艳。荷花池北面有一堵古城墙，城墙脚下是学校的小操场，那时有两个篮球场，还有跳高、跳远的沙坑、双杠单杠、爬竿、木晃板等简陋的体育活动设置，是同学们课外时喜欢活动的地方。在礼堂西面有一排平屋，这里是教师办公室。再过西有几间宽敞的屋子，这里是旧时的"五猖殿"，那时候已经改建成师生用膳的餐厅。餐厅内摆有四五十只八仙桌，当时学生用餐是8人一桌，每餐只有一砂锅小菜，小菜大多是青菜萝卜，由学生轮流分菜。吃饭时没有凳子，大家站着就餐。餐厅前是一块大空地，种有几棵大树，树旁有口水井，附近有一个很大的伙房间。礼堂东面有两间新建的平屋用做教室，教室前面有一块植物试验园地，我们在这里曾经试种过新品种浙大萝卜。那时同学们的兴趣小组还有蒸气育秧，超声波等实践活动。学校东北角还有新建造的一排整齐的曲尺型教室，全都是平屋，我们曾经在这里度过了愉快的学生时代。

校园里处处种有高大的树木和开着五颜六色鲜艳的花草，金秋时节校园南面的一株柿子树上结满了火红的柿子，远远望去好像是挂满了一只只小小的红灯笼。校园里还有几株高大的桂花树，等到金秋十月桂花盛开时，那香味浓烈芳香，飘满全校各个教室场馆，真的是香气醉人，令人难以忘怀。我曾经有幸在这里上中学，当时的读书环境清新幽静，学习气氛也十分浓厚。学校里的老师个个认真备课，专心教授；学生刻苦学习，求知欲旺。当年师生关系十分融洽，记得有一年中秋节，由于学校老师去镇上到处奔走联系，终于让全校学生尝到了当时难得吃到的月饼。

那时候在学校大门口有几棵八九米高，树干要两三个人手拉起来才能围抱的银杏树，每年秋季树上结满了一颗颗绿色的银杏果子，果实累累十分壮观。那时学校门前还有一个长满青草，宽敞平坦的大操场，这里是同学们体育锻炼的场所。操场南面有一个很大的足球场，这里曾经是全国足球名将戴麟经在家乡踢球的场地，西面还有两个篮球场。操场东西两旁各有一座土山，高约十多米，这里是一个儿童乐园，春天可上山放自己糊的风筝，夏天能用蜘蛛网粘住知了，秋天又能捉到蛐蛐、叫蝈蝈，冬天可爬到土山上观雪景，听小鸟歌唱，真是其乐融融。

当年我在崇德县中读书时，学校西南面还有几个形状各异的水池，最北面的一个池塘在城墙脚边，池塘周围种有树木，池边杂草丛生。池塘内有不少小鱼小虾和青蛙，记得那时候在星期天，我们几个同学常去池塘边钓鱼，用自制的纱布小勺捉毛毛鱼（蝌蚪），玩得十分开心。到后来我才知道这几个被废弃的水池，原来就是吕留良家遗留的"七星池"遗迹。清光绪年间邑人徐福谦撰写的《语溪十二景》之一《潭水秋澄》曰："寒潭近接七星旁，旧园荒凉说友芳，秋水一泓长寂寂，楼台无影入池塘。"可惜过了不久，这个有名的"七星池"遗迹，被无知的人填平，建造房屋了。

在大操场西面城隍庙夫人殿后面，有一块3米多高，婀娜多姿，四周镂空的奇石——梅花石，梅花石原先的位置是在城南郡主的梳妆房外面，所以此石又称为"梳妆石"。当时我看到在梅花石下面有一座四周雕刻花纹的方形石台。据有关史料记载，这是一件吕留良家中友芳园的遗物。

清代诗人吴曹麟在《语溪棹歌》诗中写道：

> 金谷平泉几野邱，友芳园里动人愁。
> 多情一片梅花石，大雅堂前万古留。

虎啸寺院

虎啸寺坐落在石门县城北面3里处，寺院建筑雄伟、古朴。寺院山门口有一顶横跨京杭大运河的石拱桥——北三里桥，桥身高大、坚实，呈半圆形，与河水中的倒影连成优美的圆形。运河在这里转了一个弯，江南有名的虎啸寺正好坐落在港湾内。南来北往的船只被寺院挡住了视线，两船在桥下相遇时常有碰撞之事发生。

虎啸寺规模很大，建有正殿、偏殿数间。整个寺院造型奇特，从桥顶向北远远望去，活生生是一只蹲下的大老虎的形象。一跨进寺院山门，便见清一色的青石板铺就的大天井。走过天井才进入大雄宝殿，殿内的菩萨造型逼真，香案上烛光常明，香烟弥漫。虎啸寺依桥傍水，运河两岸的香客络绎不绝，历年香火旺盛。

传说清咸丰年间，寺内来了一个黑胖和尚，不久凭着一身功夫夺得了虎啸寺方丈的位置。那个胖和尚平时喜欢喝酒，偷荤吃素，鱼腥鸡肉样样都尝遍。有一天，胖和尚带头去打了一只野狗，在寺外桥西的空地上烧狗肉来吃。更让人害怕的是自从胖和尚来了以后，附近村坊上去虎啸寺烧香求菩萨的女人，接二连三失踪。有人说至少有20多个村姑，去寺里烧香后没有回到家里。近来常有三五成群的村民在寺内寺外到处找人，结果总是不见人影，一时间弄得人心惶惶。后来，县城里的茶馆店还传来老虎吃人的消息，说有人亲眼看见在北三里桥附近有老虎咬死了一个女人。这可怕的消息惊动了桥南桥北不少村民，住在虎啸寺周围的村民手持长矛、大刀，自发组织日夜轮流到桥头放哨。村民们在桥边苦苦守候了一个多月，始终没有看见老虎的影子。从此后，很少有人敢到虎啸寺去烧香了，连通向寺院的泥路上也都长满了杂草。

一天午后，天气晴朗。有人在桥顶无意中望见远处有一条大船正向南驶来，看样子像是京城大官乘坐的官船。消息一下子传了开来，一会儿工夫，在北三里桥两岸聚集了数百人。等到大船驶近时，岸上的村民一看果真是条官船，便立即大声呼喊起来："青天大老爷作主，为百姓除害。"大船徐徐靠了岸，从船舱里走出一个当官的来，传话叫村民派人上船来详细讲述事由。大船里乘坐的是一位巡按大人，他听了村民陈述后觉得这事情很奇怪，这里地处杭嘉湖平原，很少听说有老虎吃人的事情。再说，要是老虎吃了人，为何没有被害人的血迹和尸首。

接着，巡按大人立即带领卫队上岸，走近虎啸寺。这时，只见山门紧闭，空无一人。卫兵用力猛敲山门，过了一会出来一个小和尚把山门打开。巡按率兵直奔大殿，在寺院内外搜查了一遍，不见有女人的身影。

第二天早晨，巡按将一名船上的侍女叫来，要她扮成村姑的模样去寺内烧香。过了一会，那侍女换了服装，一副村姑打扮，手拎香篮走上岸，假扮去寺内烧香。巡按又派一名卫兵暗中跟踪。只见那侍女缓缓走进大殿，先在菩萨面前点燃香烛，然后慢慢跪在蒲团上叩头跪拜。等到侍女跪拜完毕，正在起身时，只听见"啊呀！"一声叫喊，刚才还跪在蒲团上的侍女这时已不知去向。说时慢，那时快。躲藏在大门外的卫兵一看情况不妙，急忙跑上前去观看，只见蒲团下的一块木板翻落下去，露出深不见底漆黑的地洞，这才知道侍女一定是掉入洞内了。卫兵急速跑回船上，向巡按禀报侍女掉入洞内之事。巡按听后，马上吩咐卫队把虎啸寺团团围住，自己亲临现场指挥。

这时，寺内的和尚已全部被叫到大殿上听候处理。当卫兵押着胖和尚走出大殿时，村民们在门口内三层，外三层围着看热闹。有几个村民大喊杀死胖和尚，为受害者报仇。巡按大人对村民们说先将罪犯押回县城，待审问后按皇法处置。

演教古寺

桐乡市梧桐街道高桥开发区因要编写文史资料书籍，"立夏"刚过，求是中学费国平老师在繁忙的教学工作中调了一个下午，和我一起去高桥演教寺采访。因上午已经与村文管员沈洁浪女士联系好，车子到了演教禅寺停好不久，沈洁浪便匆匆赶来了。文管员沈洁浪带我们到演教寺古建筑老的"大雄宝殿"去看望采访许掌发师父。掌发师父今年已经86岁高龄，见我们来访他非常高兴。掌发师父又十分健谈，他说自己原来是崇福中百公司批发部职工，家就在演教寺附近，退休后正巧遇到演教寺要整修重建，便放弃休息，全心投入演教寺的化缘资工作。他来到熟悉的崇福镇上，不辞辛苦，吃着自家饭，走街串巷一家一户去诉说化缘。掌发师父一心为重建演教寺的精神，深深感动了镇上年老的佛教信徒，他们慷慨地拿出自己的积蓄，多多少少出钱捐款。

掌发师父每收到一笔化缘来的捐款，不管钱多钱少，哪怕是1块钱也要出收据给他们。掌发师父还关照捐款人要量力而行，首先要顾牢自己的生活，不要拿出超过自己能力太多的捐献。掌发师父还化缘铸造了一只演教寺的铜钟，铜钟重2吨半，是铜铁合金制品，由苏州铜钟厂铸造而成。掌发师父还多次上门动员演教寺附近的乡人，将珍藏的一尊乌木雕塑的"行宫观音"菩萨捐献给演教寺。同时他还耐心说服一位农民，将从沙渚塘河中打捞起来的，一只原演教寺雕刻有西游记图像的小龙桌归还给寺内。

掌发师父说演教寺寺院古时候初建时的面积有18亩3分3厘3，这刚好是佛祖释迦牟尼迦沙衣衫的大小。这3厘3的3，正好在寺南砌了一堵照墙的用地面积。

演教寺在"文革"期间曾遭到极大的破坏，寺内设置和佛像几乎全部被毁。现经政府出资及佛教信徒的捐赠，寺院已逐渐恢复原貌。现今演教禅寺的监院住持法名释智能，系桐乡市佛教协会副会长。

据有关史料记载，演教寺始建于后晋天福八年（943年）。原系晋银青光绿大夫尚书李益之宅，初名保安禅院，宋治（1064—1067年）初年改名为演教寺，为极负盛名的江南三刹之一。演教寺历经千年变迁，各有盛衰。自改名演教寺后，拓地添屋规模日展。全盛时建筑宏伟，有哼哈二将（山门）、天王殿、大雄宝殿、观音殿及钟鼓楼、千佛阁等共数十间，僧侣30余人。寺内有大片松树林，进门有座香火桥。20世纪70年代"文革"期间，演教寺惨遭拆除，经桐乡县佛教协会极力保护，仅存下大雄宝殿一座。这座大雄宝殿殿阔13.3米，进深13.1米，面积174平方米，此殿是明代旧物，格心棋盘形，裙板有浮雕纹饰，线条古朴简练，清雍正四年（1726年），民国十三年（1924年）曾大修，替换部分构件。

改革开放以后，1981年6月被桐乡市人民政府列为市级重点

文物保护单位。2001 年，经市民族宗教局和市文化局批准，以
"以旧修旧"原则对演教寺进行修缮。2011 年启动了新大雄宝殿
建造工作，至 2013 年建成，殿内供奉七佛如来，为浙江省之唯
一。

1991 年 9 月，现寺僧及佛教信众捐资，在重修大雄宝殿后，
又重建了观音殿，规模较原殿更加高大雄伟，其中尤为珍贵的是
在"文革"期间，由信徒冒着巨大风险保存下来的一尊"行宫观
音"菩萨，据考证此佛像塑造于宋朝，是当年村民祈求秋雨时所
使用的佛像。

关于寺的由来，有一段传说。

据传，当时有一位僧人，路过高桥环桥头这个地方，发现这
里三水并行，一山耸立，真是个得天独厚的好地方，便想在这里
建造一座寺院。过去建寺大都依靠百姓资助。但老百姓不会无缘
无故捐资，当年的僧人便想了个办法。

这年初夏，黄梅季节到来之前，有僧人买来 10 担青蚕豆，
晒得毕燥。又从外地庙中捧来一尊木雕镀金小菩萨塑像。一天
晚上，那僧人在一块早已看中的空地上挖了个泥潭。他先将蚕
豆倒进泥潭，然后将那尊小菩萨塑像放置蚕豆之上，再用长草
的一块块泥皮覆在上面，使人看不出有什么变化。不久梅雨季
节来临，经过雨水的浸泡，蚕豆逐渐膨胀，蚕豆上面的小菩萨
塑像便一点点地顶开草皮，升出地面。这尊小菩萨塑像被一个
割草的农民发现后，一则地下显出菩萨的消息便就此传开了。
人们纷纷前来观看。这时，那僧人便乘机在菩萨塑像前焚香礼
拜，说什么这地方是佛光圣地，出神佛的地方，现在菩萨已经
自己显现出来，我们应该为他建造寺院，以避风雨。附近老百
姓听他这一说，纷纷捐款。不久，一座规模相当的寺院便建起
来了。

演教寺的这个传说直到演教寺建成时，一直流传到了四周寻

常百姓家。演教寺极盛之时，宗教节日也逐渐成为人们普遍接受的民俗节日。尤以腊八节和盂兰盆会的影响为最。

福严禅寺

福严寺在崇福镇东北角乡间，离我的家乡桐乡市崇福镇很近，只有七八里路。小时候，曾经跟随父母去过福严寺，给我的印象是庄严古朴、神秘莫测。杏黄色的寺院建筑有一种神秘莫测的感觉。寺院内不时传出的拉长调子的诵经声，随着幽幽的檀香味四处扩散开来。外有一大片高大古朴的松树林，少说也有一百来棵，微风拂过，发出一片"沙沙沙"的松涛声，还有几只拖着毛茸茸大尾巴的松鼠，在枝干上飞快跑动、跳跃。

时隔30多年后，我才有空第二次去游福严寺。那是在"文革"后的第一个春天。清明节后，独自一人骑自行车前往。沿着窄长的乡间小路，一路上金黄色的油菜花散发出阵阵诱人的清香，绿油油的麦苗一望无边，沿途村前屋后的桃树上开满了粉红色的花朵，把乡村打扮得艳丽多彩。小路两旁的农田里，当地的农民正在不停地忙碌着，他们三三两两坐在小凳子上嫁接小桑苗。小桑苗是这里的特产，我曾经在这里下乡干过农活。接桑苗是一项技术性很高的农活，不掌握熟练的技巧，是很难将桑苗接活的。我在春意盎然的田野里悠然骑过，顿时感觉心旷神怡，心情得到了极大的放松。我不时停下车来，深深地吸几口田野里的新鲜空气。不多时，在一片绿色环抱的麦田里，与这座寺院不期而遇，杏黄色的寺墙和大红色的窗框显得十分醒目。这是在福严寺旧址上新修建的建筑，殿外的天井里挤满了香客。

福严寺最早建于梁代天监二年，距今已有1400多年。古寺占地面积54亩，寺内有三大殿：天王殿、大雄宝殿、圆通宝殿。

寺院四周有数以千计的古木，寺前的一片松树林更是郁郁葱葱，繁茂无比。千年沧桑，时代更迭，这座千年古寺又重新焕发生机。

第三次去福严寺是在新世纪即将来临之际，那是在一个国庆长假期间，我带了全家人再次光临福严寺。当我们乘坐的汽车在福严寺外停下时，我发现眼前已是一座规模宏大，气势不凡的寺院。跨进山门，是一座与杭州灵隐寺规模相似的"天王殿"，大殿里新雕塑的四大金刚佛像肃穆威武，其形象栩栩如生。北面的一座大殿建筑刚刚完工，还来不及塑上佛像。我们参观完寺内的大殿，又浏览了小山、池塘，然后拿出相机拍照留影。

在福严寺山门休息时，我们听到一位老者正在讲述福严寺的历史与古迹。

寺内最有名的东西是寺藏的四件宝物：绉云峰、石补钟、马皮鼓和阴阳镜。绉云峰是我国江南园林三大名石之一，该石秀丽多姿，犹如一位亭亭玉立的古代美女。绉云峰现存放在杭州西山花圃盆景园内，供中外游客观赏。

石补钟高有2米多，重量约5吨。当地传说在浇铸这口铜钟时，因为铜汁不足，有一位福严寺和尚急中生计，在铜汁内投入一块石头，终于将铜钟浇铸而成，因此便取名石补钟。该钟撞击时，音量清远动听，周围十里方圆都能听到钟声。石补钟现已物归原主，安放在福严寺里。

马皮鼓造型古朴，鼓面很大直径有一米左右。相传此鼓是用马皮制作而成，敲击时其声音洪亮，数里之外也能听到鼓声。

阴阳镜系铜质，直径近2米，重量有500多斤。阴阳镜光亮度极高，能照见景物。传说从阴阳镜内能看见阴司地府，因而闻名于世。据说有人照见了死去的亲人在阴间受罪之状况，顿时悲痛欲绝，便一头撞向铜镜，从此后铜镜变得模糊不清了。该宝镜现在依旧存放在福严寺里，供游人观赏。

近日，福严寺又修建了大雄宝殿，殿内新塑的十八尊罗汉仪态威严，栩栩如生。殿堂高大宽敞，红烛高照，幽幽的檀香味四处飘散。新建的观音殿塑有一尊千手四面观音佛像，其观音像造型高大雄伟，仪态慈祥可亲，是当今寺院所少有的大佛之一。如今的福严寺已基本恢复了原有的规模和风貌，香客和游人长年不断。

崇德风俗

喜过新年

农历正月初一是新年，如今叫作春节，过春节也就是过大年。一年一度的新年，可以说是我童年时代最快乐的日子。那时候在江南小镇崇福过年的情景十分闹猛，年味也很足。记得在农历年前半个月左右，家中的大人们都要忙着为子女添做新衣裳、新鞋子，还要上街去置办年货，买肉、鱼、蛋、菜，还要买一只鸡，这是过年时必不可少的供品。那时我们平日的小菜很少有鱼肉荤腥，鸡肉只有在过年时才能吃到。过年时家中还要备好糖果、橘子、甘蔗、青果、长生果、南瓜子、状元糕、橘红糕等新年年货。这些糕饼果子是孩子们平时难于得到的高档食品。

近年关时，家里要算厨房里最忙乱，大人们忙着用米粉做小圆子，这是年初一早餐全家人要吃的甜点——白糖小园子，有甜甜蜜蜜的意思。还要做供品用的米粉制品，我最喜欢的是那些用米粉做成的鱼、鸭、鸡、羊、猪、兔等小巧玲珑的动物，这些小动物米粉制品做好后，再在这上面用红颜料来点眼睛。等到米粉动物蒸熟后，看起来很是可爱。用米粉做的小动物刚蒸好时热气腾腾的，大人们就分给孩子们吃，这时小孩们手捧又糯又香的米粉馍馍又蹦又跳，真是高兴极了。

农历十二月二十三，按民间风俗要吃糯米饭。记得那时家里烧的是赤豆糯米饭，在吃的时候饭面上再添放一点红糖，这碗又香又糯的糯米饭，一年之中也就能够吃到那么一餐。当时，糯米饭烧好后，第一碗是要供在灶山上的灶神面前，以表示敬意。当地的民间传说在这一天，各家的灶神，要上天去汇报这家人一年来的所作所为。为了不让灶神讲坏话，家家要供上画有菩萨像和粘有一面小镜子的金黄色的灶元宝，再供上饴糖塌饼，还要请他吃糯米饭，以此来封住他的嘴巴。然后，一家人按辈分大小，一个个上前朝灶家菩萨叩拜，保佑家人平安，身体健康。大年三十夜，各家各户还要"接灶"，也就是将灶元宝点燃后，在灶前烧给灶家菩萨，郑重又庄严地迎接灶神回来。

大年三十的年夜饭，是一年中最为丰盛的一餐。这天一家人要忙碌一整天，先要烧好几桌供祖先和土地菩萨的小菜，从上午开始一桌一桌慢慢祭拜。桌面上放满荤素小菜、糕点、水果、黄酒、盅筷等，然后再点燃香烛，按辈分大小一个个依次叩拜。在叩拜时要严肃认真，心里还要默默许个愿，求来年平安幸福，万事如意。

接下来的年夜饭做得很是考究，辛苦了一年的人们，到这时才可以尽情开怀大吃一顿。这时，如果小孩不懂事吃多了，大人也不会责怪。一家人开开心心，有说有笑在愉快中享受这难得的团聚饭的美味。等到年夜饭吃好后，长辈会摸出早已准备好用红纸包的"压岁钱"。每包内有二角或四角钱，虽说钱不多，但是孩子们已是高兴得又叫又跳，真的开心极了。要知道当年孩子们平时口袋里，常常是连一分钱也摸不出的。

大年初一，天刚蒙蒙亮，大街小巷便是鞭炮连天响。新年第一天全家人要起早，小孩子要穿戴早已做好放在箱子内的新衣裳、新鞋子、新帽子。在家里看见长辈时要抱拳，先称呼家长，然后再道一声："新年好！"大人们也会笑着回敬一句："新年好！"这就叫作拜年。年初一，家里的客人比较多，招待一定要客气。在我的八仙桌上放着几只玻璃高脚盆子，盆内分别放有

糖果、橘子、状元糕、橘红糕、麻片糕、南瓜子等。在每只糖果
盆子上面，还盖有盆子大小圆形的大红剪纸和翠绿色的柏枝，十
分醒目好看，满屋子到处洋溢着过年的喜庆气氛。

记得我在家里逐一向大人拜好年后，每年还要随父母到外婆
家去拜年。我们拎了礼品来到外婆家，外婆特别开心。每次她总
是笑嘻嘻的泡一盅白糖青果茶给我喝，说喝了糖茶，一年会甜甜
蜜蜜的。接下来外婆把糖果、糕点、水果拿给我吃。有时，外婆
在大年初一，还会拿出大刀、宝剑、汽车之类的玩具送给我，真
叫我惊喜万分。回想当时的过年，真的十分开心，叫我回味无
穷。

宋朝诗人王安石的诗歌《元日》写道：

> 爆竹声中一岁除，春风送暖入屠苏。
> 千门万户曈曈日，总把新桃换旧符。

元宵迎灯

农历正月十五的"元宵节"也叫作"灯节"。"元宵节"也
是古代男女青年相亲的好日子。崇德有旧谚曰："十三上灯十八
落。"即从十三日开始，全镇张灯结彩，至十八日收灯结束。这
五夜若无风雨，旧俗认为是"五谷丰登"之兆。十五日称之为
"上元"，这天夜里灯火最盛，上灯时有舞龙灯、扮历史和民间故
事人物表演、击元宵鼓等活动。大街小巷锣鼓喧天，往来人群如
织，热闹非凡。从民国时期开始，元宵节期间才有迎花灯活动。
旧时元宵节还有"上灯圆子落灯糕"的风俗。元宵节家家要吃白
糖小圆子或汤圆，也叫作吃元宵。

在 20 世纪 50 年代初，镇上大迎花灯。记得有一年春节过后
的元宵节，为庆祝农村土改胜利，家乡浙江崇德县举办了一次大

型迎灯会。当年我还在崇福镇小读小学，那天傍晚全镇各家各户都有人提着自家做的花灯，来到各自的居委会集中。记得那天我提了一盏家里人用竹篾和纸糊的兔子灯，兴趣勃勃地走进北大街居委会的大门。这时我看见在一间宽敞的厅屋里，已经黑压压地挤满了大人和小孩。到居委会来参加迎灯会的男女老少有100多人，每个人手里都提着各式各样的花灯。我看到这一盏盏制作得小巧玲珑的花灯十分招人喜欢，花灯的形状有五角星、鲤鱼、兔子、和平鸽、六角形、双圆形、扇形、宫灯等。花灯内点燃蜡烛后，五光十色的灯光照亮了整个大厅。我家糊的那盏兔子灯，灯笼中央可以点蜡烛，点亮后十分好看。我们在居委会集中后，排队来到镇上的大操场上。这时，宽阔大操场上已经人山人海，我看见有许多来自农村的花灯队伍。其中有不少龙灯、狮子灯、翻杆灯等大型花灯，这些花灯在优美的江南乐曲伴奏下，正在表演翻滚动作，金光闪烁的灯光飞舞四射，引来了不少观看的人。这时大操场上夜幕将临，司令台四周红旗飘舞，锣鼓喧天，灯光闪闪，人们沉浸在一片欢乐之中。这时天空中不时地燃放着五颜六色的烟花，把整个天空打扮得漂亮极啦。当天色渐渐地暗了下来时，只听见在大操场司令台上有人大声宣布"迎花灯开始"。

这时，浩浩荡荡的迎灯队伍沿着大街由北向南缓缓行走。迎灯队伍在中途由居委会干部跟在队伍两旁负责分发蜡烛，以确保一路上花灯盏盏明亮。长长的迎灯队伍犹如一条金光闪闪的长龙，先到蒋家弄朝东进入北大街，再上南到春风头，向西沿东大街缓缓游动。每到灯光特别明亮处，迎灯队伍便暂停下来，开始舞龙灯、跳狮子舞等表演。这天晚上，全镇所有商店都大开店门，商店里无数盏汽油灯和蜡烛灯光照亮了街面。大街两旁观看花灯的人来自全县城乡各地的居民，男女老少挤在一起，整个场面热闹非凡，此时崇福全镇沉浸在一片万人沸腾的欢乐之中。记得这天的迎灯队伍，在欢快优美的民间丝竹的音乐声演奏下，还有几台由俊俏小孩打扮的红楼梦、西游记、白蛇传等人物的戏剧花灯台阁最引人注目。其中让我至今还记忆犹新的一个台阁，是台阁上用小木板制成的一行漂亮的楼房模型，房屋前面有稻田、水池，沿途的几株树木上安装着闪光的电灯。这10多盏模型电灯是用干电池连接的电珠，然后用半个乒乓球作灯罩，做得十分景致漂亮。那时候镇上和乡村的居民家里大操场都还没有通电，这个花灯台阁表达了当时人们对美好生活的向往。如今看来很值得我们回味，也更应该珍惜今天的好日子。

宋代辛弃疾有词《青玉案·元夕》曰：

东风夜放花千树，更吹落，星如雨。
宝马雕车香满路，凤箫声动，玉壶光转，一夜鱼龙舞。
蛾儿雪柳黄金缕，笑语盈盈暗香去。
众里寻他千百度，蓦然回首，那人却在，灯火阑珊处。

百花生日

农历二月十二日传说是百花生日，也叫作花朝节，这是我国民间的一个传统节日。

旧时民间庆贺百花生日的盛况十分诱人，各地的画匠花友聚集一堂，一拼手艺；花农挑着整担的芍药，叫卖声回响在大街小巷；青年男女漫步花间，文人墨客触景生情；夜间在花树枝梢上还张挂起"花神灯"，灯火与花枝相映成趣。

记得我小时候，每年百花生日这天，家里人都很忙。大家先把一张大红纸裁成小方纸，然后分头将小红纸粘到自家后院种植的桃树、梅树、李树、柳树上，表示祝贺节日。同时，院子里种的月季花、蔷薇花、桂花、海棠花上，也小心翼翼地将一张张红纸贴上去。那些花草树木全都打扮得鲜艳漂亮，充满喜庆的样子。这时候，在墙角里独自飘着暗香，雪白美丽的梅花正开得闹忙，嗡嗡作响的蜜蜂正围着花朵儿不停地飞舞。李树、桃树在长满鲜嫩绿叶的枝条上，已涌现出无数个青绿略带红色又结实饱满的蓓蕾，欲将蓄势待放。东面泥土打造的围墙下的两株樱桃树，树干长得很高，满树那粉红色的樱桃花，开得密密麻麻，花色娇艳漂亮。在樱桃树四周有几只蝴蝶，正围着花儿翩翩起舞。

矮小的海棠花在墨绿色圆形的叶子中间，绽放出几朵娇小玲珑粉红色的花朵，真是太美了。种在小花坛里的月季花，正开着大红和粉红色的花朵，花枝旁的一丛嫩绿的青草，把花朵衬托得更加娇艳。我常常凑近去闻一闻，那浓郁清香的花香味十分令人陶醉。月季花是一种一年四季都会开花的植物，花朵有大有小，颜色有大红、粉红、紫红等多个品种。月季花虽说不娇贵，随处可以见到它的身影，但十分讨人喜欢。院子中央那丛直径二公尺、一人头高的蔷薇花，成了院子里的主角。在蔷薇花丛内满目都是花的蓓蕾，其中已有三三两两粉红色的花朵，在绿叶中开放。一阵温暖的春风吹来，柳树上带着鹅黄色嫩叶的枝条随风飘荡，偶尔有几只春燕带着呢喃的叫声从天空中飞过，院子里充满了春意盎然的气氛。

我记得那时候每年的3月份，家里人总要上街去买几枝花苗来种植。那些山茶花、杜鹃花、牡丹花是很难种活的，即使是种活了，也很难能开出花来。有一次，我从街上买来一盆正在开花的兰花。可是到了第二年，兰花的叶子长势很好，但不知什么原因，这枝兰花就是不开花，到了第三年、第四年依旧不开花，真是弄得我想不出什么好办法。小时候，有一年春天我曾经在不留意中把剪下的柳枝和荆树条随便扦插在松土里，然后每天用洒水壶灌水后，在枝条根部洒些水。不用几天，柳枝、荆树的枝条上爆出了几个新芽。啊，总算种活了。看到自己种活的树苗，心里真有说不出的高兴。其实，后来我知道，柳树和荆树是极容易被种活的两种江南水乡的植物。

现在，每年 3 月 12 日为植树节。这很凑巧，植树节与传统的农历二月十二百花生日的节日，在时间上十分相近。植树节期间是仲春季节，气候温暖，湿润多雨，很适宜栽种植物。每到这个时候，镇上的机关、学校都要举办一些植树活动。在河岸两边、屋前屋后的空地上会冒出不少新栽种的树苗。还有许多居民自觉地在自家的院子里种上几枝小树苗，栽上几盆花草。经过几年精心培育，树苗就长粗长高，成了一道美丽的风景线；花草也长得茂盛，花儿朵朵开得鲜艳。植树不仅美化了环境，而且还可以保护土壤，有调节水分和净化空气的作用。如今，随着现代化建设的飞速发展，环境污染日益严重，为此更要提倡全民动手，植树造林。人人应该自觉多种树，种好树，为绿化环境，美化家园出一份力。

清代诗人蔡云在百花生日之时作诗道：

> 百花生日是良辰，未到花朝一半春；
> 红紫万千披锦绣，尚劳点缀贺花神。

端午佳节

端午又称为端五、重五，即农历五月初五的意思。端午节举行的一个重要活动仪式就是纪念屈原。人们在屈原投汨罗江后，用米做成粽子，然后往江中投掷粽子，以祭祀屈原。同时，由于农历五月天气渐热，古时为防止热毒，于是就有了种种防病的方法。古代最早的历书《夏小正》中记载"蓄采众药，以蠲除毒气。"《续汉书·礼仪志》记述"朱索五色桃印为门户饰，以止恶气。"晋代周处的《风土记》说："五月五日，以菰叶裹黏米煮熟，谓之角黍，以象阴阳相包裹，未分散也。"又据《崇福镇志》

记载："古时端午节崇德地区的活动有悬艾、饮酒、竞渡等。悬艾，就是将艾叶剪成老虎形状，戴在身上，以辟邪恶。饮酒，是在酒中加入雄黄、菖蒲屑后饮用，有去邪解毒的意思。竞渡，即比赛划船，有驱赶瘟疫的意思。后来发展为民间的赛龙舟，一种传统的娱乐活动。"

我的家乡在江南水乡小镇，自古以来当地居民对端午节看得很重。那时过端午节，中餐吃的小菜十分讲究，一般人家的餐桌上都要有黄鱼、黄瓜、黄豆芽、黄鳝、雄黄酒，称作"吃五黄"，以避邪毒。当年过端午节，粽子是一定要吃的。过端午的传统风俗，历千年不衰，一直到现在还依旧如故。本地居民自家裹的粽子分为三角锥形和四角枕形两种，都是用粽叶包裹糯米，然后烧煮而成的。

据梁代吴均《续齐谐记》记载："屈原五月五日投汨罗而死，楚人哀之，每至此日竹筒储米，投水祭之。汉建武中，长沙区曲白日忽见一人，自称三闾大夫，曰'君当见祭，甚善。但常所遗，苦为蛟龙所窃。今若所惠，可以楝树塞其上，以五彩丝缚之，此二物蛟龙所惮也。'曲依其言。世人作粽并带五色丝及叶，皆汨罗之遗风也。"相传屈原在农历五月五日那天投汨罗江而亡。当时的楚国人十分悲哀，每年五月五日用竹筒放米，投入江水中祭祀。到汉建武年间，长沙有人在白天看见一个自称是三闾大夫的人，那人诉说："人们心善祭祀之物，但常被蛟龙偷食。如果继续祭物，请用楝树叶放在上面，再将五色丝线缚紧。这两种物品蛟龙见了十分害怕，所祭的东西就不会被偷食。"于是民间用糯米裹粽子时，用五色丝和楝树叶扎结实，然后再将粽子投入江水中祭祀。杭嘉湖地区用五色丝线扎裹粽子的习俗，一直流传至今。

我在孩提时，家乡过端午的风俗味还很浓。端午那天，小孩子要戴虎头帽，那是一顶圆形带状的彩色帽子，正中绣有老虎头像，虎头旁还粘上两根洁白的鸡毛，看上去虎虎有生。小孩脚上要穿虎头鞋，彩色的鞋帮上绣有老虎头像。稍大一点的孩子，不再戴虎头帽，而是在额头上用姜黄色的雄黄写上一个"王"字，据说可以避邪。记得我小时候，有一年过端午时，家里的大人在我的额头上，用雄黄写上一个"王"字。据祖母说，额头上写"王"字是去邪解毒、避虫害的意思。那时，我还曾经穿过一件姜黄色短袖衬衫，上面印有许多形态各异的老虎。

晋《风土记》记载："采艾悬于户上。"《荆楚岁时记》说："采艾以为人，悬门户上，以禳毒气。"又说："以艾为虎形，或剪采为小虎，帖以艾叶，内人争相戴之。"后世则于艾以外，又加菖蒲，亦作人形，又作剑状，称为蒲剑，云以却鬼。按此风似始于唐，唐代有"端五以菖蒲或缕或屑以泛酒"之说。

我小时候过端午，印象最深的是挂香袋。那时端午那天，小孩的头颈里都要挂一串香袋。这香袋做功很考究，一般是用五彩丝线结成七八只一串，5分硬币大小精巧的三角锥形粽子的形状，在里面放有中药味芳香的香料，下面还系有一个细丝做的红缨儿，十分招人喜欢。据说这虫豸百脚（蜈蚣）闻到香袋的气味，会远远离去。我记得自己小时候曾经有过一串漂亮的五彩香袋，在颈上挂了好几天，那香味特别好闻，又可以当玩具玩耍。

《荆楚岁时记》有"竞渡俗谓是屈原"之说。《隋唐·地理志》说："屈原以五月望日赴汨罗，土人追至洞庭不见，湖大船小，莫得济者，乃歌曰：'何由得渡湖？'因而鼓棹争归，竞会亭上习以相传为竞渡之戏。其迅楫齐驰，棹歌乱响，喧振水陆，观者如云，诸郡率然。"

端午节，当时在崇福有芝村水会的摇快船比赛，去观看的城乡居民人山人海，真可以说是热闹非凡，这是一项传统的纪念屈原的民俗活动。我记得小时候，有一年过端午节，农村的一位亲戚带我到乡下去玩。我看到有五六条赤膊船在河港里比赛，每条船上有二三个年轻力壮的小伙子。比赛一开始，各条船上的人都在拼命摇船，小河两岸观看的人很多，大声爽朗的笑声夹着欢呼声此起彼伏，场面十分热烈欢快。

桐乡崇福地区旧时过端午有一个习俗，第一年出嫁女儿回娘家，端午那天要用红头绳扎粽子送到男方，分赠给男方的亲属。同时还要附有"绣花荷包""药材香袋""绸布老虎""绒线菱角"等礼品，分送给男方村上的小孩子。

端午那天，家家大门上悬挂"正心修身，克己复礼"8字草书组成的钟馗画像，称之为"端午符"。当年店家的粽子质量很好，有火肉粽、精肉粽、大肉粽、肉骨头粽等，价格比较贵一点。那时由于经济原因，我们吃的粽子大多是家里人自己裹的。每年端午那天，镇上大街小巷到处飘散出粽子的清香味，十分诱人。自家裹的粽子，馅心除了有少量肉之外，大多只放些豆腐干、蔬菜之类东西。有时在粽子内只放少许豆沙，粽子起锅后剥去粽叶，蘸一点白糖，吃起来又糯又香，津津有味。

端午节那天，在家门口、床架、帐钩上还要悬挂菖蒲、艾叶和大蒜头。中午时分，各家开始焚烧艾叶、白芷、苍术，用来避瘟解毒。然后用艾叶蘸后，洒在家中阴暗角落里，有灭菌消毒除百虫的作用。那是因为端午节时天气渐渐转热，虫豸百脚（蜈蚣）活动频繁，对人体危害较大。

唐代诗人杜甫有诗《端午日赐衣》：

官衣亦有名，端午被恩荣。
细葛含风软，香罗叠雪轻。

水龙大会

每年农历五月二十，是崇福的水龙会。水龙会由来已久，据镇上年长的人回忆至少已有上百年的历史。

水龙会是镇上的一个传统节日，传说五月二十是崇福水龙菩萨的生日。旧时崇福镇上的街道是以街坊来划分的，每个街坊都建有专门存放水龙消防设备的房屋，俗称水龙间或叫作洋龙间，属于街坊的公共财产。水龙间的大门和所有消防器械全都被漆成大红色，镇上的水龙间及其消防用品一直保存至20世纪60年代。后来由于消防设备机械化的改进，原先使用的老古董设备不再使用了。当时每个水龙间内，存放着一面大红色精制的长方形旗帜，上面绣上金黄色某某街坊的字样，每次进行消防救火时，这面旗帜是作开路先锋用的。消防间屋子正中有一台铁制的四轮消防车，这是一辆用杠杆原理制成的手动消防车。车上安装着一只金黄色大铜铃，车子推动时，铜铃随着震动便会发出"当当当"响亮的声音。水龙车是救火的主要消防器械，同时在水龙间里还存放着几十米长的灰白色帆布消防水管，救火时水管内充满水后就变成一条直径约十厘米长的水龙。水龙间四周的墙边还堆放着十来副红颜色的木桶、扁担，这是救火时人工挑水用的工具。另外还备有几十顶救火人员专用的红色藤帽和一顶高大铜质的指挥员头盔。那顶头盔式样很像是古代罗马战场上将领所佩戴的头盔，看起来十分威武。小小水龙间像是一个19世纪时期的消防博物馆，在这里可以看到旧时救火时所用的各种各样设备。

那时候，镇上一旦发生火灾，就有当地居民主动拿出铜锣或者面盆"叮叮当当"敲起来，边跑边喊："某某地方火烧了，快去救火！"很快向全镇居民发出火警警报。这时，镇上的人听到火警后，会立即丢下手中的活，快步跑到失火的地方去救火。一会儿，各个街坊的水龙车"叮叮当当"先后在大街上推过，不用多少时间，十多辆救火的水龙车全都到场。水龙车上的水管伸到河里吸水，同时还有不少人用担桶挑水上来，等到消防车内的打满后，水管口上的铜质水枪便喷射出粗大的水柱，好像是众多的水龙从嘴里吐出巨大的水来，水流从天而降，那场面真是非常壮观。众多的急风暴雨般的水柱喷向熊熊大火，火势渐渐被压了下去。这时候，还有几十位救火勇士在河边挑水，来回不停地跑着，那情景也十分感人。真是一方有难，众人相助。经过与大火一番奋力搏斗后，大火终于被全部扑灭。这时，有人会拿起铜锣"当——当——当"地敲慢锣，这锣声叫作太平锣，意思是说火警已经解除了。到这时，救火的人群才会松一口气，然后拖着疲倦的身体陆陆续续散去。当时，在救火的勇士中有的受了伤，有的衣裳被烧破或丢失东西的，可是谁也没有嫌气。那个年代救火人员全都是义务的，没有一分钱报酬，这种出于公心，助人为乐的精神真是十分可贵。

每年农历五月二十那天，崇福镇上各个街坊的水龙全都要经过认真维修，然后集中到大操场上，接受全镇人民的检阅，这就是水龙会。这一天，镇上热闹非凡，四邻八乡的男女老少都会赶到镇上来观看水龙表演。全镇各街坊的水龙车队伍在大操场集中后，沿大街来到北桥附近市河两岸的河堤上，各队摩拳擦掌摆开龙门阵，准备比试一番。比赛开始后，各队人马精神抖擞施出浑身解数，他们用力摆动水龙活塞杠杆抽水，尽力让水管射出的水又高又远。这时沿河十多条水龙一齐喷水，射程最远可达四五十米，有时几条水龙的水柱交织在一起比高低，那场面真是十分壮观。此时如果有船只在河里经过，那船上的人都会被浇得像落水鸡，引得岸上水上笑声连片。在水龙比试中，两岸观众不时爆发出雷鸣般的掌声和欢笑声，这正是镇上的狂欢节，那场景真叫热闹非凡。

提起崇福水龙会，镇上人不会忘记一位名叫张明皋的老先生。他原是崇福百货公司的职工，人长得高大，一只脚有点跛。每逢水龙会期间，他总是一马当先，头戴指挥水龙的铜头盔，大声指挥协调水龙队的秩序，是镇上消防事业的一位难得的热心人。

插地藏香

农历七月三十插地藏香的习俗由来已久，这是与民间传说中的七月三十地藏王菩萨生日，有关的一项民俗活动。据明代陆启浤《北京岁华记》记载："七月晦日为地藏佛诞供香烛于地。此风辇下亦行之。"在浙江桐乡崇福地区，旧时每年农历七月三十那天傍晚，家家户户都要在自家门前的石阶上点燃蜡烛，称之为点地藏灯。同时，还要在家门前的空地上插有棒的地香，这就叫作插地藏香。这时家里的儿童要去拾来砖头瓦片，把它慢慢搭成宝塔的形状，再在上面烧些劣质的琥珀屑或木屑，这可以算是做游戏，当地俗话叫作"点狗尿香"。

据《中华全国风俗志》中的《南京采风记》记载："七月杪为地藏王诞辰，迷信者创为拜香会，或因己身有病，或子女为父母，或妻为夫病，至庙中许愿，病愈后，至七月时斋戒沐浴（女人则发辫解散），身著罪衣罪裙，手执小凳，凳端燃香一支，插之，自家中拜起，拜十年者则十步一拜，拜五年者五步一拜，三年一年均随其所许而行。"解放前，在七月三十这天，镇上民间还有"拜香会"许愿活动，去许愿的人祈望地藏王菩萨能保佑全家人平安健康，祛病消灾。"拜香会"许愿是由信徒手持插香的小板凳，然后五步一拜或者十步一拜，边走边拜从自己家门口一直要拜到庙宇里，这情景真有点类似西藏佛教信徒虔诚的朝拜活动。每年七月三十晚上，还有放河灯的民俗活动。河灯是用五彩纸手工做成莲花的形状，称之为"莲花灯"。"莲花灯"做成后，在灯内点燃蜡烛，然后小心翼翼放入河中。天色渐暗，这时候镇上放河灯的人多了，一时间河面上漂浮着五颜六色的彩灯。此时由于水面上的光照，水波闪闪发亮，那景色十分美观，让人们尽情地享受这美好时光。在这天晚上家家户户还要点荷花灯，那灯是自家用彩色纸张做的，把彩纸剪成荷花瓣形状，然后糊成精美漂亮的荷花灯，灯底座中间放上盛菜油的小瓷杯，等到点燃灯芯后放在各家的门口，千家万户灯光闪烁，那场景也十分壮观。

现在崇福镇上的古旧街道里，还保留着插地藏香的习俗。每年农历七月三十晚上，在古老的横街上，家家门前都要点地藏香。我曾经在那里居住过，每年七月三十夜晚，看见在盛夏的夜色中，那条漫长的横街上有不少人忙碌着。家家户户门口点燃的棒香，在黑夜中亮着一片片点点繁多的火光，好像是天上无数的星星在闪耀。那一支支棒香大多插在阶沿石上的缝隙里，有的插在盛泥的废旧面盆里，还有的插在煤饼或塑料泡沫板上。虽说插香的地方不同，可是点燃的棒香都在散发着幽幽的清香。与此同时各家各户还点燃红蜡烛，有的家门前还燃起一堆堆"狗尿香"，燃烧的大多是木屑。那时整个大街上到处弥漫飘散着檀香的香味，人来人往漫步观光，真是热闹非凡。这一天晚上要数孩子们最快活了，他们抢着要在自家门前插棒香，然后满街乱跑观看谁家的棒香插得多，谁家的蜡烛点得最明亮。孩子们最想得到的是一根根点燃后刚熄灭的香棒，为此他们早早等候着，巴不得那些棒香快点熄灭。每当他们发现有一根棒香熄灭了，便会很快拔出收集起来。就这样他们把香棒一根一根地拔起来拿在手里，最后比谁拔得最多，真的十分有趣。

这些玫瑰红色的香棒用场不小，可以自己动手做成精巧的花篮。做法是先将每根香棒弯成匀称的"之"字形，然后把弯曲的香棒按照花篮大小，一根根慢慢地搭架起来。你掌握了做花篮的技巧，一会儿，一只用香棒搭成的小巧玲珑的花篮便会成。三五成群的孩子们提着自己编织的花篮，串东家走西家去玩耍，真是十分开心。

清代郭麐《七月晦日诗》曰：

> 万百千灯并一炬，幽幽鬼火青如雨，

人间那识那落迦，但闻中有幽冥主。

中秋月饼

中秋节是我国的传统佳节，中秋月饼又是中秋节的时令礼品。月饼之名，早在南宋时期就已经有了，当时的人们因为圆形的面饼宛如皎洁的明月，故称之为"月饼"。因月饼形如圆月，与人们企盼的全家团圆之心愿相符合，因而也称之为"团圆饼"。

城隍庙会

浙江崇福市中心西寺往西约 200 米处便是旧时的城隍庙，庙前的甬道又长又宽，这里两旁的小商贩搭起各式各样的布帐篷，形成一个热闹的小商品市场，各种小吃和日用小商品应有尽有。那时的城隍庙面积很大，南面甬道口临崇德大街，北面至大操场，东面靠五桂坊弄。当年走进城隍庙大门时，最先看见的是一座造型精致的小石桥，此桥式样很像天安门前的金水桥。小桥下水池内养有红鲤鱼，无数红色鲤鱼儿摆动尾巴欢快地流动，很讨人喜欢。走过桥后绕过几棵古朴高大有浓浓绿荫的大树，便是几幢排列整齐的高大的殿堂，里面供奉着一尊尊仪态各异又大小不同的菩萨。城隍庙里终年人流拥挤，烛光明亮，檀香烟味弥漫，香火源源不断。

旧时每年农历十月廿三，传说是当地城隍菩萨的生日。在此前后六七天时间是镇上的重大节日——城隍庙会，也可称之为崇福镇上的"狂欢节"。每次城隍庙会出会时的场面十分隆重，前面有各式彩旗和锣鼓开道。紧接着是各种民间传统的文艺体育表现活动，有踏高跷、打莲湘、耍大刀、采莲船、马灯舞、提香拜香、戏剧台阁等，跟随着队伍前进的还有江南丝竹笛子、胡琴、喇叭、唢呐演奏的精彩表演。优雅轻快的江南水乡乐曲四起，乐声宛转悠扬，吹吹打打热闹非凡。大街两旁沿途观看的城乡居民人山人海，欢笑声此起彼伏。崇福庙会期间，全镇大街上的人群拥挤不堪，有时甚至是人推着人慢慢行走。当时，宽阔的大操场上南面用木板搭起高高的戏台，台上轮流演出越剧、京戏和花鼓戏等各种传统戏剧节目。大操场的空地上用棉布、绳索围成一个个圆形场地，里面分别有杂耍、马戏团、动物展览、飞车走壁表演的木偶戏等各种娱乐活动，前来欣赏观看的人川流不息。在西寺前还有看"大洋画"、套泥菩萨、打拳头卖膏药等各种民间艺人和外地商贩前来凑热闹。一年一度的庙会，是崇福四乡的农民辛辛苦苦做了一年，难得的趁庙会期间休息娱乐的日子。庙会还是镇上商家生意兴隆赚钱的好机会，也是孩子们有吃有玩最开心的时候。

崇福庙会最忙的要算是到城隍庙去烧香的老太婆了。庙会前夜，也就是十月廿二夜里要去"宿山"，也就是每个来城隍庙烧香信佛的老太太，都要在庙里静坐着念一夜经，以此表示自己的真心和虔诚。于是崇福镇上就有了家喻户晓的"热山茹换铜火炉"的民间传说。

说的是在城隍庙会"宿山"那天夜里，由于天冷大多数的烧香老太太都带来了取暖用扁圆形的铜火炉。到半夜时分，天气越来越冷了，烘手的铜火炉此时大多已经不热了。这时候有个"好心人"雪中送炭，拎来了一大篮冒着热气又香又甜的熟山茹（番茹），依次分给在座的每一位"宿山"的老太太。那些老太太捧着热山茹连声道谢，感激不已。接着，那个"好心人"说好事做到底，要帮她们去添加炭火。有几个老太一听以为真的碰上了好人，一面吃着热山茹，一面很爽快地把铜火炉交给了那个"好心人"。结果却让在场的老太太大吃一惊，等到她们山茹吃完了，那个"好心人"却还没有把铜火炉拿回来。于是，老太太心里急了，她们急匆匆找遍了城隍庙的所有的殿堂，但是那个"好心人"早已没有了影踪。到这时，心善的老太太才恍然大悟，原来是受骗上当，被那个"好心人"用热山茹骗走了铜火炉。这个民间传说至今仍在流传着，它告诉我们"害人之心不可有，防人之心不可无"，要像孙悟空那样，有一双金睛火眼，不要被假象所迷惑，随时随地提高警惕，识别世上那些巧妙伪装的骗子。

清代诗人吴曹麟《语溪棹歌》有诗：

两家门第一家风，仙佛师儒道本同。

演教寺连崇圣院，何时都作梵王宫。

饴糖塌饼

那时祭灶还少不了要供上灶糖。灶糖是用饴糖做的，吃在嘴里甜滋滋、黏糊糊的。传说灶山上供上灶糖是想拍"灶家菩萨"的马屁，请他上天时，向天帝不说坏话，只说好话。灶糖有二种，一种是用饴糖制成的硬邦邦的糖块，要用力敲碎了才能吃。另一种是用麦芽来做的糖塌饼，糖塌饼做工考究，内心有黄豆末馅心，外层洒有芝麻，吃起来又甜又糯。"送灶"仪式结束后，这一年中难得的灶糖，当然便成了孩子们口中的美食。

如今，用饴糖制成的灶糖和用麦芽制成的糖塌饼，已经很少能吃到了。而腊月廿三那天，一家人聚在一起，和谐快乐地边吃赤豆糯米饭，边回味着旧时风俗的韵味，还是一件十分有趣味的事情。

廿三祭灶

每年春节前夕的农历腊月廿三那天，在我的家乡流传着一个家喻户晓的风俗，那就是家家户户都要烧赤豆糯米饭，并举行祭请"灶神"的民间传统仪式。

祭请"灶神"也称之为"祭灶"。据有关资料记载，"祭灶"这风俗由来已久，早在上古时期，灶就因为与人们的饮食起居生活有密切的关系，而被人们当作一种神而加以信仰与崇拜。西汉时期民间传说"灶神"会在月晦之夜归回"天界"，向天帝报告人们善恶等举止行为，天帝就据此对人间进行奖赏与处罚。为此，人们对"灶神"倍加尊敬。旧时我国民间家家户户对"灶神"的信仰与崇拜都十分虔诚，谁也不敢稍有怠慢。

在家乡浙江崇德的居民俗称"灶神"为"灶家菩萨"，每年农历十二月廿三那天，家家户户都要送"灶家菩萨"上天。旧时每家的柴灶上面的小龛内供有灶神。"送灶"时，用灶糖和赤豆糯米饭，连同其他供果与一杯清茶，祭请灶神。祭毕，将灶神像放在篾扎纸糊轿中，焚化在垫有冬青、柏枝的柴堆上，使其"劈柏"发声，俗称为"送灶"。

我小时候家里人多，灶间里的灶头很大。灶头上分别砌有大中小3只铁锅，其中间还嵌有4只紫铜汤罐。灶头内烧的是柴草，每当铁锅里的饭菜煮熟时，汤罐内的水也热了，可以用来洗脸和洗涤小菜和衣物，是一种名副其实的节能灶。每年十二月廿三傍晚，各家柴灶的灶山"灶神"像前要点燃香烛祭拜请。"祭灶"时，灶山上供奉的有金银纸张叠成的"元宝"以及灶糖、糖果、赤豆糯米饭等。关于灶糖这里流传着一个民间传说，灶糖是用饴糖做的，吃在嘴里甜滋滋、黏糊糊的。灶山上供上灶糖是想拍"灶家菩萨"的马屁，请他上天时，向天帝多说好话。灶糖有二种，一种是用饴糖制成的硬邦邦的糖块，要用力敲碎了才能吃。另一种是用麦芽来做的糖塌饼，糖塌饼做工考究，内心有黄豆末馅心，外层洒有芝麻，吃起来又甜又软。"送灶"时，有人还把干草抛在屋顶上用来喂饱"灶神"的马，让他能尽快上天，以便能在天帝面前"好事替我多说，恶事替我隐瞒"。

根据当地民间传说，"灶神"上天后，要到大年三十那天才回到人间。旧时大年三十这天傍晚，家家户户就要举行"迎灶"仪式。各家的主人要十分恭敬地持香在门外遥空长揖，谓之"接灶"。灶山上的灶膛内重新陈设新的灶神灶牌，供品用年糕或小圆子，俗称"接灶圆子"。人们用礼品和郑重的礼节相迎，是为了给"灶神"留下一个美好的印象。

旧时腊月廿三"送灶"那天，家家户户要烧赤豆糯米饭。先将赤豆洗净，用铁锅烧熟至酥软，然后放入糯米一起煮成赤豆糯米饭。吃饭前先在饭面上放一点红糖，然后拌匀了再吃。这紫红色的赤豆糯米饭味道很好，又甜又香。旧时每年就这一天才能吃到赤豆糯米饭。人们出于对灶神的尊敬，即使在 20 世纪 60 年代国家经济困难时期，腊月廿三的赤豆糯米饭还是要烧的。当时食糖也很紧张，要凭票供应，每人每个季度才供应半斤。记得当年烧赤豆糯米饭时，是在赤豆糯米饭内，放少些糖精来代替食糖。据说糖精是一种有甜味的化学制品，吃多了要得病的，如今再也没有人用糖精来代替食糖了。

现在，随着社会的进步，人们生活条件的改善，"祭灶"这一传统风俗已逐渐被人们所淡忘，"接灶"和"送灶"的旧俗已经废除；而腊月廿三烧赤豆糯米饭的习俗却一直流传了下来。如今，有不少人家到腊月二十三这一天，依旧是一家人高高兴兴聚在一起，甜甜蜜蜜地吃赤豆糯米饭。这时候老人们常常会边吃赤豆糯米饭，边回味旧时祭灶风俗的韵味，享受生活的甜美。

宋朝诗人吕蒙正有诗曰：

> 一碗清汤诗一篇，
>
> 灶君今日上青天；
>
> 玉皇若问人间事，

乱世文章不值钱。

吃年夜饭

除夕也叫作"除夜""大年夜""年三十"，是中华民族的一个重要的传统节日。"除"，是指除旧迎新的意思。"夕"，就是夜晚，指的是每年腊月"月穷岁尽之日"的夜晚。古时候，"除夕"那天人们有不少习俗活动。东汉时，时人"常以腊除夕饰桃人，垂苇茭，画虎于门"。从那时起，除夕被作为岁末年初交替的代称，在民间沿袭了下来。宋代以后，庆贺除夕，开始成为百姓生活中的一件大事。"士庶家不论大小，俱洒扫门闾，去尘秽，净庭户，换门神，挂钟馗，钉桃符，贴春牌，祭祀祖先，遇夜则备迎神香花供物，以祈新岁之安。"明朝朱元璋传旨，除夕前，门上须加春联一副。从那时起，世人过年时开始在门框上张贴吉祥喜庆春联，这个习俗就此流传下来了。

除夕是旧年将要过去，新年就要来临之际的意思，对于老百姓来说，还有一种团聚的意思。因此，旅居他乡或者在外谋生的家人，都要赶在除夕前回到家中，与家人一起欢聚过年。除夕夜晚，因其"一夜连双岁，五更分二年"，是"迎年"的高潮。老百姓把"除夕"夜的这餐"年夜饭"看得很重。"年夜饭"的小菜特别丰盛，旧时平日很少吃到的鸡鸭鱼腥，这一餐都要尽量搬上桌面。"年夜饭"对于小孩子来说最为开心，他可以放开肚皮大吃一顿，这在平时是不可能的。除夕夜有个传统习俗，就是大人要送给小孩"压岁钿"，也叫"压岁钱"。旧时，家里的大人要将铜钱用彩线穿起来，编成龙的形状，放在小孩睡的床脚边，这钱就叫"压岁钱"。第二天一早，孩子起床后的第一件事，就是拿"压岁钱"。后来，使用了纸币后，"压岁钱"改用红纸或红封袋包上纸质钞票所代替。

　　除夕夜还有一个习俗被称之为"守岁"。人们吃好"年夜饭"后，全家人聚在一起边吃水果瓜子，边谈笑嬉乐，达旦不寐；直到深夜子时零点时刻，家家户户鞭炮齐鸣，夜空中开满火花，大家欢天喜地"辞岁迎新"。现在时代不同了，每年除夕夜还有一项重要的娱乐活动，就是除夕晚上观看中央电视台"春节联欢晚会"精彩的文艺节目，这真是一道丰盛的精神食粮。如今的孩子们生活得很幸福，他们除夕夜得到的"压岁钱"一年比一年多。如今城乡人民的生活水平逐年提高，物质生活也越来越丰富。当今的社会，虽然旧的过年习俗渐渐被新的生活方式所代替，有的已经被人们所淡忘。然而，除夕团聚吃"年夜饭"，这一象征中华民族团圆、欢乐的活动，却一年又一年地流传下来，而且越来越被人们所重视。

旧时风俗小故事

贺岁拜年

　　崇福镇在举办"水乡风俗"表演，一天下午春生、彩花二人乘车来到崇福镇，走进第一展厅"春节"。电子鞭炮"乒乓，乒乓"响个不停，男主人穿长衫马褂，女主人穿大红旗袍。二人拱手道："新年好。"八仙桌上8只盆子里装着糕点水果，上面盖有大红剪纸。女主人泡了二盅热气腾腾的糯米红糖茶，送到客人面前。彩花和春生接过茶，彩花喝了一口，说："这茶又甜又香，真好吃。"

元宵走桥桥

　　二人来到第二展厅"元宵节"，这里点亮着一盏盏五光十色的花灯，彩花高兴地说："这花灯真漂亮。"春生说："你看这是兔子灯，鲤鱼灯，宫灯，扇子灯，五角星灯……"正说着，一位漂亮农家姑娘端上二碗雪白滚圆的汤圆，送给客人们尝尝。彩花吃了一口，是白糖细沙馅心，说："真甜。"春生说："这汤圆是糯米水磨粉做的，吃起来特细腻。"崇福镇人在元宵这天，一家人要到全镇的桥上去走走，走桥桥不可重复，据说这可消灾祛病，保佑平安。

百花生日

春生同彩花走进"百花馆"，这里有桃树、梨树、梅树、枣树……每枝树上粘着一张方方的大红纸。彩花奇怪地问："树上的红纸是干什么用的？"春生说："每年农历二月十二是百花生日，树上要贴红纸。"现在每年三月十二日国家定为植树节，号召我们多种树，绿化环境，两个节日的意思差不多。

清明迎香市

春生说镇上的"清明"节很特别，除了上坟祭祖外，还做清明圆子，甜麦塌饼。甜麦塌饼是用芽麦晒干后磨成粉，加进食用野草做成的，吃起来又糯又甜十分可口，同时还要迎香市。彩花正想问时，一队人马拥进场来，只见有扛大旗的，吹笛拉琴的，踏高跷的，扮演戏剧人物的队伍浩浩荡荡过来，真是热闹非凡。香市还有杂技，马戏，踏白船表演各种节目。

立夏称人

彩花走进"立夏"馆，闻到一股香味，问是啥味道。春生说："这是立夏饭，在大米内放进咸肉、春笋、豌豆，吃起来味道真叫好。"彩花尝了一小碗立夏饭，连声叫好。崇福镇人在立夏日还要称人，旧时用一支大秤挂起来，大人小孩轮流去称，讨个吉利。立夏日吃麻球，据说不会被乌蚊叮。

中元河灯

彩花和春生走进了"中元节"馆，七月半是鬼神节，是纪念祖先的一个传统节日。镇上居民大多在这天要吃馄饨，晚上要举行放水灯活动。放水灯十分好看，你看河面上漂浮着一盏盏红红绿绿的小纸灯，灯内点燃着蜡烛。彩花看得很开心，也点燃了一盏水灯，放到小河里，让水灯慢慢漂去。

七月卅地藏香

春生拉了彩花进一间屋子，地上插满了点燃的棒香。棒香点得密密麻麻，像是天上的星星，多得数不清。彩花感到很奇怪，问："啥事要点这么多的香？"春生说："这叫七月卅地藏香，是纪念祖先的一项活动。"香点过后，留下的香棒还可以编织成精美的香篮。彩花说："这太好了。"

中秋"烧斗香"

这里是"中秋"展厅，幕布上投影一个圆圆的月亮。月亮上有桂花树、嫦娥和小白兔。桌子上堆满了月饼，水果，还有用线香做成一只方斗斛。彩花问："这香是干啥用的？"春生说："这叫烧斗香，崇福镇人在八月半除了赏月，吃月饼，吃糖芋艿，饮桂花酒外，还要用彩绢或彩纸扎糊京剧人物模型，插在斗香上，放在露天点燃斗香。烧斗香是礼拜月神，祝祈平安团圆的意思。"

端午粽子

春生和彩花二人来到"端午"馆，只见墙壁上挂着屈原的画像。彩花进门就闻到一股香味，问了春生方才知道这是镇上饭馆的粽子飘出的香味。端午粽子是采用优质原料精心加工而成的，色香味俱佳。春生和彩花二人尝了粽子，又香又糯真是赞不绝口。过端午吃粽子是崇福人的风俗，从古一直延续至今。

重九登高

"重阳节"这天崇福人有登高的风俗。镇上没有山,登高只是走高桥,镇上众多的石拱桥,成了镇上人重阳登高的好去处。春生说,登高可以锻炼身体,增强体质。彩花要春生陪她沿河的桥上去走走,春生一口答应。春生还说,重阳节时菊花开了,这里的杭白菊很有名。彩花要去买一点,春生说早已经买好了。

冬至祀祖

这里是"冬至"馆,春生介绍说,崇福镇人过冬至很重视。俗话说"冬至大如年",过冬至时要买鱼肉荤腥祭祀祖先,还要做糯米圆子,庆贺丰收。农民辛苦了一年,得到了丰收,就要高高兴兴过个节,走亲访友庆贺一番,彩花吃了一个黄豆末馅心的冬至圆子,说又香又糯很好吃。

腊月敲更

春生对彩花说:"旧时在崇福镇上有个的风俗叫'腊月敲更',当时在严寒的冬天,每到夜晚打更人要在全镇的大街小巷上巡逻,边敲竹筒边叫喊:'火烛小心,谨防盗贼——'敲更时按照时辰不同,敲的点数也不同。这在当时对社会治安有着积极的意义。"彩花说:"这倒很好玩。"

廿三送灶

春生同彩花走进一个展厅,彩花问:"这大米饭为啥是红色的?"春生说:"这叫赤豆糯米饭,每年农历十二月廿三,崇福镇人家家都要烧这饭,据说是为了讨好灶神菩萨。彩花,你尝一尝。"彩花说:"肚子吃不下了。"这里还有人在一只石臼里打年糕,春生介绍说:"年糕是用糯米磨成粉,上灶去蒸熟,然后放进石臼里去用力打,这样打出来的年糕又糯又韧,很好吃。"

天贶晒虫

二人来到一个场地上，看见晒着许多衣裳。彩花问："这是什么风俗？"春生说："这叫'天贶晒虫'。江南有黄梅天，气候潮湿，所以镇上的居民每年天贶，也就是农历六月初六这天，家家户户都要拿出衣服来晒。寺庙里的经书也要搬出来翻晒，让火热的太阳光把虫子晒死。"

分龙彩雨

春生介绍说，农历五月二十是崇德水龙会，传说是水龙菩萨生日。这一天全镇各个街坊，都要边鸣锣边出动洋龙到河边去比试。比谁的水柱高又远，沿河两岸观赏的人很多。这是镇上居民自发组织的消防活动，在当时曾经起到了很大的作用。彩花指河里说："水龙比试开始了，真好看。"

立冬进补

彩花闻到一股香味，说："真香。"春生说："这是有名的崇德羊肉面香味。镇上人有个习俗，立冬日进补。这天吃了羊肉，黄芪烧鸡比平日要补得多。走，我们吃羊肉面去。"二人各要了一碗羊肉面，彩花边吃边说："啊，羊肉面味道又香又鲜，真是太好吃了。"

祀瘟元帅

春生说，崇福镇旧时还有祀瘟元帅风俗，农历五月十五要迎会。这天由二人抬只空轿，一路走一路喊："瘟鬼捉进轿——"队伍经过酒店时，店家要将一碗烈性白酒浇到火盆内，蹿起很高的火焰来，据说可辟邪。彩花说："这倒是很别致的，我想当时的场面一定是很热闹的。"春生说："听说是很热闹的。"

敬糯米糖茶

春生说，崇德旧时的风俗，家里有客人来访，主人会敬上一碗糯米糖茶。这茶是用糯米锅巴加红糖用开水泡制而成的。泡茶时加进桂花、芝麻、橙皮等，吃起来可口开胃，回味无穷。彩花尝了一口，连说味道很好，甜滋滋香喷喷的。春生说，糯米糖茶吃过糖水后，可将碗中的食物全部食用，这就叫作吃糖茶。

逢九做寿

春生和彩花来到"寿俗馆"，看到这里挂着"福禄寿喜"大红贺幛，桌上摆放寿桃，寿面贺寿物品。崇福镇旧俗人到50岁方可做寿，此后逢十做寿，但都要提前一年做寿。镇郊农村男子在29岁要做寿，俗称"斋星官"。因为韩信29岁时，被刘邦的妻子所害，因此称作过"韩信关"。

镇人婚俗

二人来到"婚俗厅"，展厅里挂着大红双喜贺幛，布置了旧时拜堂成亲的场景。崇福镇婚俗是先要出八字，合婚，报吉，迎亲结婚好几个程序。在这期间，男方要多次送给女方钱财。结婚时举行隆重的仪式，一拜天地，二拜高堂，再是夫妻对拜，然后送进洞房。

子恺笔下

漫画大师丰子恺先生出生在崇德石门湾，家乡的风土人情给他留下了很深的印象。丰先生热爱家乡的一草一木，更热爱家乡的风土人情。他用自己的笔深情地画下了养蚕、缫丝、车水、喝茶、过端午、挑野菜、吃老酒以及媳妇回娘家等生动的情景。从丰先生其中的几幅漫画作品，就可以看出画中那浓浓的乡土风俗情趣。

端午故事

五色丝粽

相传屈原在农历五月五日那天投汨罗江而亡。当时的楚国人十分悲哀，每年五月五日用竹筒放米，投入江水中祭祀。到汉建武年间，长沙有人在白天看见一个自称是三闾大夫的人，那人诉说："人们心善祭祀之物，但常被蛟龙偷食。如果继续祭物，请用楝树叶放在上面，再将五色丝线缚紧。这两种物品蛟龙见了十分害怕，所祭的东西就不会被偷食。"于是民间用糯米裹粽子时，用五色丝和楝树叶扎结实，然后再将粽子投入江水中祭祀。杭嘉湖地区用五色丝线扎裹粽子的习俗，一直流传至今。

饮雄黄酒

端午时节天气渐热，古代有饮雄黄酒的习俗。古人以为菖蒲和雄黄可以去邪解毒，因此在酒中加入菖蒲屑和雄黄后饮用。后来有人认为朱砂也有去邪解毒的作用，因而改用朱砂浸酒，在端午日饮食。民间用朱砂酒涂在人们的额头、手心、脚底心，以及将朱砂酒洒在墙壁、门窗角落里，来驱赶蜈蚣、毒蛇等有毒的虫子。近代人则认为雄黄有毒，不能饮用，端午日改用黄酒来代替雄黄酒饮用。在江南端午日饮黄酒的习俗，一直沿用至今。民间习俗在20世纪50年代，还有人用雄黄酒，在孩子额头上书写"王"字，以此辟邪。

划龙舟赛

屈原五月五日投汨罗江而亡，当时楚国人为寻觅屈原，出动无数船只，冒雨沿汨罗江追寻到洞庭湖，因湖面宽大最终没有找到屈原。船只在回归途中场面宏大，十分壮观，形成万舟竞渡之势。此后，每年端午节，江南各地便有赛龙舟纪念屈原的祭祀活动，船上彩旗飘动，动听的棹歌声此起彼落，热闹非凡。从古以来，桐乡崇福地区端午日就有划船比赛的水会活动，各村坊派出年富力强的小伙子来参加划船赛，以此在祭祀屈原之时自娱自乐。

悬挂菖蒲

古时在端午日各地都悬挂菖蒲、艾草。古人用艾草剪成老虎形象，也有用彩绸剪成小虎贴在艾叶上，然后穿戴在身上。后人用菖蒲剪成人形或剑状，称之为蒲剑，据说可用来驱鬼辟邪。近代端午节时，用菖蒲、艾草悬挂在大门口，驱赶邪恶毒虫。也有用菖蒲屑浸酒饮用。至今每年端午节，城乡各地都还有悬挂菖蒲、艾草的习俗，以此驱赶蚊虫。

童年端午

提起端午节，小时候的故事就好像刚发生的一样浮现在我眼前。那时候，镇上一般人家过端午节都十分隆重。因为端午那天有得吃，有得穿，小孩子是最开心的。记得我儿时过端午节时，家里人给我穿上一件印有许多小老虎图画的黄色上衣。还给我脚上穿一双虎头鞋，彩色的鞋帮上绣有老虎头像。接着又在我的额头上用姜黄色的雄黄写上一个很大的"王"字，大人说这是可以避邪的。我最喜欢的是母亲把一串五颜六色精美的香袋，挂在我的脖子上。挂在我脖子的那串漂亮的香袋，做功很考究，全部是用五彩丝线，人工精心编结成为五分硬币大小的粽子形状，七八只精巧的三角锥形状的小粽子串在一起。在五彩的小粽子内面放有芬芳的香料，香袋下方还系有一个红色细丝线做的红缨儿，十分招人喜欢。我把这串漂亮的五彩香袋在颈上挂了好几天，每天那幽幽的略带药材气息的香味飘散开来，真是特别好闻。那精美有趣的香袋不仅有解毒辟邪的作用，同时还可以当玩具玩耍。

据民间传说，屈原在端午节那天因悲愤投汨罗江而亡，老百姓裹粽子的起因是为了纪念屈原。因此过端午节，少不了要吃粽子。（包粽子、吃粽子的细节见本书《端午粽子》）

那时过端午节那天，中餐吃的小菜十分讲究，一般人家的餐桌上要有黄鱼、黄瓜、黄豆芽、黄鳝、黄酒，称作"吃五黄"，以避邪毒。小时候听大人讲，原来过端午节要吃雄黄酒，由于雄黄有毒，后来改为喝黄酒。小时候端午节那天吃饭时，祖母总是抱着我，用筷子蘸一点黄酒放进我嘴里，让我尝尝黄酒的味道，也算是吃了黄酒。我童年时还听家里人讲《白蛇传》的故事，据说端午那天白娘子因为误喝了雄黄酒，而显出了白蛇的原形，从而引出了一段曲折有趣的爱情故事。

那时过端午节，农村里有划船比赛。我记得小时候，有一年过端午节时，农村的一位亲戚带我到乡下去玩。到了乡下，看到的事物都十分新奇，当时只见村里的河港里，停有五六条木头制成的赤膊船，每条插上小旗的船上，站着两个年轻力壮的小伙子。比赛一开始，各条船上的人都在拼尽全力地摇船，小河两岸观看的人很多，笑声夹杂着欢呼声此起彼伏，场面十分热烈欢快。

记得端午节那天，在家里的门口、床架、帐钩上还要悬挂菖蒲、艾叶和大蒜头。中午时分，各家开始焚烧艾叶、白芷、苍术，用来避瘟解毒。然后用艾叶蘸后，洒在家中门背后、墙角等阴暗潮湿的地方，有灭菌消毒除百虫的作用。端午节时天气渐渐转热，虫豸百脚（蜈蚣）全都出来活动，对人们危害较大，特别是小孩子最容易受到伤害。焚烧蘸有中药的艾叶时，那些虫豸百脚会从喑处跑出来，容易被人发现后除掉。

桐乡神歌

　　神歌是浙北地区的一种古老的民间酬神祭先仪式歌，在桐乡最早流传于濮院，后来扩传至梧桐、百桃、屠甸、炉头、乌镇等地。据濮院出生的神歌先生王阿大（1928年生）口述，他唱神歌是他父亲，阿四传授的，王阿四唱神歌为王复兴所传授（王复兴生于清同治十一年，即1872年），可见，早在同治年间，神歌已在桐乡流传。但据方志记载，流传时间则更早。清乾隆三十九年（1774）出刊的《濮院琐志》记载："酬神祭先……所酬之神益众，供献肴粿楄，分布上下，名大土地……召祝献者，掌坛率子弟鞠躬、再拜，毕，祝献者演唱神歌。"由此可见，神歌在桐乡流传至少已有230年历史。

　　神歌又名赞神歌，通常在举行待神仪式时演唱。旧时，桐乡民间所流传之待神仪式，主要用于谢神、婚嫁、小儿周岁等。其规模按请神设筵多少而定，少者三筵、五筵，多者十一筵、十三筵不等。待神仪式由非职业性的神歌先生演唱各种神歌，其表演形式是由主持请神仪式的神歌先生，根据仪式需要进行演唱。

　　待神仪式开始前先得搭神台，要按设筵多少在主办者屋内摆好神台（八仙桌）。如设十一筵，则需在堂屋的正北、东北、西北、正中、正东、正西、正南、东南、西南、正中上方和正南前方摆设防11只神台；在东北、西北、正东、正西、东南、西南等重要神筵上，需挂神歌先生绘制的神轴；最前面的神台上方需挂神幔，此幔也得由神歌先生用色纸剪贴。神筵上的供品，均需插上事先剪好的纸花；由神歌先生用稻草扎制一只形似蛟龙的船，供水中神灵使用；扎糊一只走马灯，竖插在最前面的神台上，象征各路神仙走马赴宴；用米粉捏制十二生肖，作为正北筵上的供品；再将每位神像折叠成牌位状，按各界神仙的不同座位排列在神台上，以便供奉；供品按各界神仙的不同规格摆，吃素供素，吃荤供荤，不可乱供。

一切准备就绪，待神仪式正式开始。先由神歌先生会同主人，跪于神台前面，由神歌先生念唱《通请》神歌，向上中下三界神仙发出邀请。主人要请的上、中、下三界神仙，均需派上、中、下三界符官前去邀请。在符官出发之前，得先由神歌先生演唱《赞符官》神歌，以示请符官出发。待符官将神仙请到，神歌先生即会同主人跪于门前，通过演唱《接神》神歌。神仙接到，由神歌先生演唱《按位》神歌，将各界神仙引入筵席安排座位。各界神仙入席以后，由神歌先生演唱《赞门神》神歌，敬请门神守好大门。开宴后，由神歌先生演唱《敬酒》神歌，代主人向神仙敬酒。在众神开怀畅饮之时，由神歌先生演唱赞颂各界神仙经历和功绩的神歌，同时穿插演唱一些戏剧故事，娱神娱人。所为赞神之歌内容按主人需求而定：从商者必赞《财神》，从农者必赞《田公地母》，从蚕者必赞《马鸣王》，若是结婚请神则演唱赞花公花婆之神歌。神歌赞唱时，有乐队伴奏，并有数人在一旁帮腔和唱。马公为水上之神，作为水乡此神不可怠慢。唱过《赞马公》神歌之后，即将马公及其他水上诸神请上龙船。待神歌先生唱过《赞龙船》神歌之后，即将龙船送入河中由事先备好的一条黑鱼将龙船拖走。灶神掌管一家之饮食，不敢怠慢。故待神时专程去厨房唱神歌赞颂灶神。所请各界神仙脍款过之后，仍需由符官送返原处。此时，由神歌先生带领主人到各筵前演唱《送神》歌，边唱边取下神仙马幛，集中与门前桌上。最后，由主人将马幛捧至大门外去焚化，表示所请各界神仙全部送走，待神仪式到此结束。

待神、唱神歌，作为旧时流传于民间的文化现象，有它消极的一面，但作为一种古老的民族民间艺术形式，有很多可取之处。演唱神歌时需绘制神像、剪纸花、扎龙船，用米粉挖塑12生肖等，整个仪式包括民间歌谣、音乐、美术、剪纸、粉塑等多种内容，具有很高的艺术价值。

桐乡蚕歌

> 日出东方红堂堂，姑娘房中巧梳妆，
> 双手挽起青丝发，起步轻匀出绣房。
> 娘见女儿出绣房，叫声阿囡去采桑，
> 来采桑，去采桑，采满叶箩送蚕房。

这是中国民间文艺家协会会员、资深民俗专家徐春雷先生1979 年冬，从一位民间老艺人那里采录到的一首蚕歌。蚕歌是流传于蚕乡的一种特殊的民间歌谣。它是蚕乡人民在从事蚕桑生产活动中创造的语言艺术。它跟朱自清在《中国歌谣》一书中所列举的田歌、牧歌、渔歌、采茶歌等一样，都是过去劳动人民在艰苦的劳动中寻求慰藉、抒发思想感情的歌声。

桐乡是全国知名的蚕桑之乡。据方志记载，早在唐宋时代，这里的蚕桑及丝绸业已经发展到相当水平。悠久的蚕桑生产历史，孕育了反映蚕事活动，表达蚕农情思的蚕歌。桐乡民间所流传的蚕歌，涵括蚕桑生产、蚕农生活和蚕乡习俗等诸多方面，内容十分丰富。

笔者 1980 年采录到的一首《蚕花谣》中这样唱道：

> 清明一过谷雨来，谷雨两边要看蚕。
> 当家娘娘手段好，蚕种包好轻轻煨在被里面。
> 隔了三天看一看，布子上面绿茵茵。
> 当家娘娘手段好，鹅毛轻轻掸介掸。
> 快刀切叶金丝片，引出乌娘万万千。
> 头眠眠得崭崭齐，二眠眠得齐崭崭。

火柿开花捉出火，楝树开花捉大眠。

这是旧时民间艺人上门卖唱时演唱的蚕歌。全歌共有60多行，唱的大多为养蚕生产，从催青、收蚁、喂叶，一直唱到采茧、缫丝，每一生产过程都介绍得形象细密，俨然是一篇养蚕生产经验总结。

表现蚕农生活的蚕歌，内容更为丰富。从衣、食、住、行，到婚嫁、丧葬，均有所反映。有一首民谣是这样唱的：

黄鱼软糕肉，梅子加枇杷，
吃了还想要，明年头蚕罢。

这是旧时春蚕采茧后唱的一首童谣。过去，每年春蚕饲养结束之后，蚕农们总要买一些猪肉、黄鱼、糕点、枇杷等菜肴果品奉神，名义上说是敬谢蚕神，实在是为了自我慰劳，这叫"借神待人"。

1988年笔者采录到的《撒蚕花》蚕歌中唱道：

新人来到大门前，诸亲百眷分两边，
取出银锣与宝瓶，蚕花铜钿撒四面。
蚕花铜钿撒上南，添个官官中状元。
蚕花铜钿撒落北，田头地横路路熟。
蚕花铜钿撒过东，一年四季福寿洪。
蚕花铜钿撒过西，生意兴隆多有利。
东南西北撒得匀，今年要交蚕花运，
蚕花茂盛廿四分，茧子堆来碰屋顶。

这是旧时桐乡农家婚嫁时唱的一首蚕歌。那时，新娘接至新郎家门口时，新郎家须向四周撒一些钱币。撒者边撒边唱这首《撒蚕花》。通过这一举动，喻义新娘嫁过来之后，养蚕定能取得好收成。如今这种习俗则演变成撒糖果或彩纸等。另有一首《接蚕花》是这样唱的：

> 四角全被张端正，二位对面笑盈盈，
> 东君接得蚕花去，春花龙蚕廿四分。
> 大红全被四角齐，夫妻对口笑嘻嘻。
> 双手接得蚕花去，一被蚕花万倍收。

这是旧时蚕农建新房上梁时演唱的蚕歌。上梁时，木匠须从梁上向下抛撒糕点。而房主夫妇则手扯红色被单在下面张接抛物。木匠边抛边唱此歌，俗称"接蚕花"。通过演唱此歌，喻义此房建成后定能"看出龙蚕廿四分"。

有关蚕农生活方面的蚕歌还有《经蚕肠》《讨蚕花》等。另有一些蚕歌则跟蚕农的信仰和养蚕习俗有关。旧时，蚕农有崇蛇的信仰。养蚕时，如果家中有蛇出现，则认为这是蚕茧丰收的预兆，于是极力保护这条蛇。有些民间艺人就利用蚕农的这种信仰，每年春蚕饲养前夕，手持一条无毒黄蟒蛇，来到蚕农家门前，边跳边唱《赞蚕花》：

> 青龙到，蚕花好，去年来了到今朝，
> 看看黄蟒龙蚕到，二十四分稳牢牢。
> 当家娘娘看蚕好，茧子堆得像山高，
> 十六部丝车两行排，脚踏丝车鹦鹉叫。
> 当家娘娘手段高，踏出丝来像银条，

因为这些民间艺人迎合了蚕农崇蛇为龙：盼蚕成龙的心理，

所以倍受蚕农欢迎，唱完之后，总是乐意施予年糕或绵兜。

徐春雷先生所采编的蚕歌有短有长，最短的仅 4 行，最长的有 700 多行。这些蚕歌，有些已被收入《中国歌谣集成》和地方《蚕桑志》，有些经音乐家谱曲后在中央人民广播电台播出。这些蚕歌具有很高的历史、文化价值，是一份珍贵的非物质文化遗产。

乡贤名人

　　浙江省崇德（今桐乡市崇福镇）县城原来的街道巷弄密布全镇，素有"七十二条半弄"之称，原先的街道弄堂地面全部是用青石板铺设而成的，路面狭窄一般只有二三米开宽。城乡居民往来镇上时人头攒动，热闹得有点拥挤。唐乾符年间（874—879年）这里已经建立义和镇，商业活动在唐代时已经开始形成。到后梁开平初（907—911 年），当时小镇正式被称为义和市。宋代时稻谷、蚕桑是市郊主要的农产品。市区"运河一线界乎其中，旁支水路环绕"，这里是过往商人必经之路，再加上外地商人跟随官府避金兵之乱，纷纷迁移到这时。从此镇上的商业交易日趋频繁，到元朝时崇德已经成为一个州治地的大市镇。

　　据《石门县志·乡里》记载"县城有十一坊，五巷"，其中记有"登仙巷（坊）"。"县城"即今崇福镇，据实地查考"登仙坊"的旧址就在"西横街、庙弄、宫前路"一带。"登仙坊"的地名来历，在当地流传着这样的一个传说：旧时，崇德县城里家里中举做官的人家，大多出在西横街和庙弄一带，镇上人称这块地方为风水宝地。据说居住在登仙坊的人，运道一来就能做官，甚至会修炼为神仙。

　　明末清初，一个名叫吴孟举的读书人，听了崇德登仙坊的传说后，就将全家人从洲泉搬到了崇福镇上。在西横街买下了姓劳的做官人家的一座"守愚堂"旧居，从此就准备让子孙后代在这里安居乐业。吴孟举搬来崇德不久，家里发生了一件事情。有一天，他送两位朋友出来，走到家门口时，看见在墙门间角落里睡着一个叫花子。那叫花子浑身上下衣衫破旧，身上散发出阵阵奇臭；但面目清瘦，显出古朴的模样。更令人奇怪的是在叫花子睡觉的地上放着一把夜壶，夜壶口直对他的嘴巴。这时，吴孟举心里想此人有点不平凡，正想上前去请问拜见。转眼又想在朋友面前有此举动，怕被笑话，有失自己读书人的体面。为此，他只当不看见，自顾陪同朋友走出门外。可是，当他送别朋友后回家时，一霎间那叫花子已不知去向。而在刚才叫花子睡觉处的墙上题有一首诗，写道："苏州住了二十年，未曾识得我神仙，只有崇德吴孟举，识得神仙吮不缘。"这时，吴孟举才恍然大悟，后悔莫及，心里想，明明是夜壶口对着叫花子的嘴，是一个叠口"吕"字，定是吕纯阳来点化，自己却一时失误，与神仙擦肩而过，错失良机。从此后，吴孟举发奋苦读，不再想那成仙之事。同时，他还教诲家里人要平等待人，不能"狗眼看人低"。后来，吴孟举慷慨地拿出家中的财物，经常接济给穷人。崇福镇上的穷人对他救贫济穷的行为十分感激。此后，崇德流传着"见仙勿识仙，富贵一千年"的传说，西横街和庙弄这一带也就取名为"登仙坊"，现在崇福镇上还留有已经修缮过的"守愚堂"旧屋。

乡贤留良

吕留良（1629—1683），字庄生，又字用晦，号晚村，别号耻斋老人，南阳村白衣人。他是浙江石门（崇德）县人，明末清初著名学者、思想家，博学多才，凡天文、谶纬、乐律、兵法、星卜、算术、灵兰、丹经、梵志无不通晓。吕留良一生著作颇丰，著有《晚村文集》《东庄吟稿》《吕氏评医贯》等书。吕留良因清雍正年间受"文字狱"牵连，惨遭迫害，书籍被毁，家族被杀或流放宁古塔为奴。民国初平反昭雪，建吕晚村纪念亭，解放后，在崇福镇中山公园内建造"吕园"。内有吕晚村纪念亭，吕府家中的牡丹石及石马、石兽，吕留良画像遗迹等文物。

吕留良从小勤学苦练，考中秀才，结识文友，创建"征书社"，与友人合著学术论文。吕留良曾经亲自上战场，参加反清复明战斗。他长大后，拒绝参加清皇朝的科举考试，又敢于破除迷信。吕留良协助官府抗涝救灾，捐米分发救灾粮，倡议开挖河道，兴修水利，资助文友。吕留良死后，惨遭雍正"文字狱"迫害，全家遭难。

吕留良全家遭迫害，吕家杀的杀，流放的流放，在崇德老家不留一人。同时，吕家的房屋家产全部被官府没收，当时没有任何文字记载。为此，到目前为止，吕家的确切位置也无人知晓。崇德的一批批乡土史爱好者，经过长期努力探索，终于得到了一些吕家居住地点的资料。

据崇福镇上的有关传说，在大操场北面的东岳庙（现崇德初中校址）是吕氏的家庙，解放初这里还遗留下一些破旧的庙宇房屋。据史料记载，东岳庙最早建造在崇德县衙东南一百步，明嘉靖年间因为一场大火烧毁了庙宇。后来改建于城隍庙前市河旁，明万历中期迁移到演武场（大操场）北面（今崇德初中所在地）。当时身为明朝王室宗亲的吕熿回乡后，将东岳庙圈入吕氏家园内，成为一座家庙。庙里原有元帝像一尊，因此又叫作真武庙。清咸丰十一年（1861年）被毁，光绪元年（1875年）重修。庙宇殿左面原有包拯神像，殿右面有朱天君像。东岳庙西面建有"五猖殿"，解放初还留存房屋数间。如今在桐乡市博物馆里还存有"重修东岳庙崇圣宫碑记"石碑一块。抗战期间，东岳庙被日军占领，文物古迹破坏十分严重。

解放初，东岳庙已经改建为学校，取名崇德初中，后更名为崇德县中。学校里到处种有高大的树木和开着各种颜色鲜艳的花草，金秋时节校园南面的一株柿子树上结满了火红的柿子，远远望去好像是挂满了一只只小小的红灯笼。校园里还有几株高大的桂花树，等到金秋十月桂花盛开时，那香味浓烈芳香，飘满全校各个教室场馆，真的是香气醉人，令人难以忘怀。我曾经有幸在这里上中学，当时的读书环境清新幽静，学习气氛也十分浓厚。

那时在学校大门口有几棵八九米高、树干粗大要二三个人才能围抱的银杏树，每年秋季树上茂盛的绿色叶子间，结满了一粒粒银杏果子，一派欣欣向荣的景象。学校门前还有一个长满青草，十分宽敞的大操场。操场南面有一个很大的足球场，东西各有一个木制的长方形足球门框。西面还有两个篮球场，每天来这里打球的人陆续不断。操场东西两旁各有一座土山，高约十多米，这里是儿童的乐园。孩子们春天可上山放飞自己用纸糊制的风筝；夏天能用蜘蛛网粘住树上正在鸣叫的知了；秋天又能在乱砖堆和草丛里捉到蛐蛐、叫蝈蝈；冬天可登山观赏雪景，或者爬在土山顶上听小鸟自由自在的歌唱，真是其乐融融，风景这边独好。

友芳园遗迹考

在崇德大操场西面城隍庙夫人殿后面约 10 多米处，有一块 3 米多高，秀美繁孔婀娜多姿的奇石——梅花石，梅花石原放置在一座四周雕刻花纹的方形石台上。到后来我才知道，原来这是一件吕氏友芳园的遗物。清代诗人吴曹麟在《语溪棹歌》诗中写到：

> 金谷平泉几野邱，友芳园里动人愁。
> 多情一片梅花石，大雅堂前万古留。

据说这块珍贵的梅花石是吕留良的祖母城南郡主，即明朝淮庄王的女儿，随郡马（吕留良的祖父吕熯）回崇德时带来的其中一件礼品。梅花石原来的位置在城南郡主的梳妆房外面，所以此石又称为"梳妆石"。按明朝宗室规定，郡主是不准随郡马回夫家的。吕煐是因为皇帝特别开恩，准许他孝顺母亲，下旨特准他回乡侍母的。"明朝兴二百年，也只此一家"。吕煐为了感谢圣上恩典，特地在友芳园内大兴土木，建造"许归堂"。

据光绪《石门县志》记载："友芳园，明大令吕炯所居，在西门内，又有别墅曰：五柳庄大雅山居，以及长林亭诸胜。"还记有"许归堂，明吕煐尚南城郡主，乞归偕养，诏许之，归而筑堂，颜曰：许归"。当时的友芳园内有河流小山，长林奇石，楼台亭阁，围沿10多亩，其规模可谓大也。吕煐将东岳庙圈入园内后，又把元代留下的"七星池"开挖重修，将南面的"秋水潭"挖深，在附近大兴土木建造"许归堂"厅房。当年我在崇德县中读书时，学校西南面留有几个形状各异的水池，最北面的一个池塘在城墙脚边，池塘周围种有树木，池边杂草丛生。池塘内有不少小鱼小虾和青蛙，记得那时在星期天，我常去池塘边钓鱼，用自制的纱布小勺捉毛毛鱼，玩得十分开心。到后来我才知道这几个被废弃的水池，原来就是吕留良家遗留的"七星池"遗迹，可惜过了不久，就被人填平建造房屋了。

友芳园内除了建有"许归堂"外，还有一座"天盖楼"。吕留良在《答潘美岩书》中写到"所谓天盖楼者，乃旧园屋名"。诗人陈锦雯在一首《许归堂》诗中写到："禁脔无烦咏四愁，箫声同引下秦楼，北堂萱草沾恩泽，分得天潢雨露稠。"清光绪年间邑人徐福谦撰写的《语溪十二景》之一《潭水秋澄》曰："寒潭近接七星旁，旧园荒凉说友芳，秋水一泓长寂寂，楼台无影入池塘。"由此可见，早在清朝光绪年间，友芳园已经是一片荒凉了，当年尚存一些山、水、石诸物，可惜到近代，连这些遗物已难以寻觅了。清《石门县志》把友芳园的地址记在"西门内"，崇福西门朱家门原先叫作朱家坟头。解放初，朱家门一带是一大片荒地。朱家门东南有城隍庙，东北面有东岳庙，北面有七星池和城墙，城隍庙夫人殿后有梅花石。由此年来，友芳园的故地应该在西至朱家门，东至大操场大部分，北至崇德初中，南至原城隍庙旧址。

吕留良出生地

吕留良出生在崇德，具体地点史料没有详细记载。以前有人误认为他出生在崇德城外的东庄，因他自己曾号"庄生"。吕留良在《卖艺文》中写到"东庄有贫友四，为四明鸥鸰黄二晦，槜李丽山农黄复仲，桐乡笈山朱声始，明州鼓峰高旦中……"其实这是他借"东庄"名以称呼自己之始。吕留良的长子葆中在《吕晚村先生行略》一文中写到"生先君于登仙坊之里第"，儿子写父亲的《行略》，应该是可信的。吕公忠（葆中）在康熙十九年（1680年）入泮，后来在康熙四十五年（1706年）考中一甲二名进士（榜眼）。由此看来，吕留良出生地应该是在登仙坊。

崇福横街有东西之分，以半爿弄分界，弄东为东横街，弄西为西横街。东横街旧时称为"水德坊"，靠市河边的浒弄口原有一座"总管堂"，建在水德楼的遗址上。楼前曾经种有一株大树，立有石碑，上书"万古长青"4个大字。西横街又称"登仙坊"，西面与庙弄相邻，南面有条宫前河。

吕留良的祖居在朱家门东面的友芳园，他的出生地在横街的登仙坊。由于没有史料记载，至于具体在登仙坊的那一座房屋现在就很难确定。吕留良的祖父生两个儿子，长子元学，官繁昌县令。次子元肇，例贡生。元学是吕留良的亲生父亲。吕留良3岁时又承继给"老大房"吕焕的儿子元启为继子。按照当时崇德的传统习惯，吕焕作为长子应该居住在横街登仙坊的老屋。吕留良在《书与四房侄》中写到："初闻横街火烧，甚为尔忧，今知焚店屋八间，何以堪此……"《廿八日付公忠书》中说："高五伯

（旦中）往海昌，待其归需初二三方能到县，漕赠等项，秉鹤禀云甚急，可令其预支间壁王家屋租，或弄内（庙弄）房租应用。"由此可见，吕留良的部分族人和自己居住的房屋，应该是坐落在登仙坊的西横街和庙弄一带。

梅花阁前奇石

原先在崇德城隍庙夫人殿后的荒地上，孤零零的留有一块一丈多高镂空的大石头，石头下方还有一个高高的方形雕花石台。当地人叫它"梳妆石"，其实它的正式名字叫"梅花石"。相传吕留良的祖父吕熯招郡马回乡时，淮庄王为了减轻女儿郡主在崇德思念父王之情，特赐给奇石一块，嘱女"见石如见父亲"。郡主将奇石放置在自己的梳妆房前面，每天一起床就可以看到这块奇石。清光绪年间，邑人画家沈伯云曾经为该石绘画，同时还作诗一首"一角荒凉地，名园溯友芳，片云飞不起，曾待寿阳妆"。后来，诗人朱家济题诗曰："与梅两清绝，分携意若何，此意无人会，和苔眠绿莎。"从这首诗中可以看出石头与梅花的关系所在，同时那座有名的"梅花阁"，也就找到了确切的位置。"梅花阁"就在友芳园内，这里是吕留良会友和教书的主要之地。吕留良曾在"梅花阁"教子侄和友人之子读书，此时他还著有《梅花阁斋规》一书。康熙二年（1663）浙东抗清志士黄宗羲应吕留良之邀来"梅花阁"教书。友人吴孟举、吴自牧等人也经常在此雅聚，同时还写下了不少有名的诗篇。吴孟举的《集饮水生草堂》，黄宗羲的《梅花阁迁水生草堂次韵诗》，全都是在这里写成的。

在吕留良的大量著作中，曾多次写到"梅花阁"和"水生草堂"。"阁"是专为子侄读书之处，而"堂"则是好友诗酒唱和之地。吴孟举在《集饮水生草堂分韵诗》中有"傍水轩窗逐处开"之句，说水生草堂是与水连在一起的。黄太冲在《水生草堂次韵诗》中说"水阁钟声尝数点"，在《集水生草堂分得阳字诗》中有"水痕犹记旧池塘",说明"草堂"是建筑在与旧池塘有关的地方。友芳园里的旧池塘有"七星池"和"秋水潭"两处,都与梅花阁近在咫尺。水生草堂早在清朝后期,已经没有留下一点遗迹,但梅花石却一直保存到 20 世纪 60 年代,后来因为有人建造住房而被毁掉。综上所述,"梅花阁"和"水生草堂"的确切位置,应该是在原城隍庙的北面。

在崇福大操场北面原有一座东岳庙,相传是明末清初思想家、著名学者吕留良先生的家庙。据史料记载,东岳庙最早建造在崇德县衙东南一百步,明嘉靖年间因为一场大火烧毁了庙宇。后来改建于城隍庙前市河旁,明万历中期迁移到演武场(大操场)北面(今桐乡二中所在地)。庙里原有元帝像一尊,因此又叫作真武庙。清咸丰十一年(1861 年)被毁,光绪元年(1875 年)重修。庙宇殿左面原有包丞神像,殿右面有朱天君像。东岳庙西面建有"五猖殿",如今在桐乡市博物馆还存有"重修东岳庙崇圣宫碑记"石碑一块。抗战期间,东岳庙被日军占领,文物古迹破坏十分严重。

解放初,东岳庙已经改建为学校,取名崇德初中,后更名为崇德县中。学校操场西面城隍庙夫人殿后有一块二三米高秀美清雅的奇石——梅花石,是吕氏友芳园的遗物。诗中写到:

> 金谷平泉几野邱,友芳园里动人愁。
> 多情一片梅花石,大雅堂前万古留。

在 21 世纪初,崇福镇中山公园内建有"吕园",里面有吕晚村纪念亭,纪念亭额分别为数学家苏步清、古建筑家陈从周所题。亭中有民国二十二年(1933 年)立的纪念碑,石碑正面刻有教育家蔡元培先生题写的"先贤吕晚村先生纪念碑"10 个大字。另外还有鲍月景先生所绘的晚村披发像、马一浮的篆额、张宗祥的跋等名家书画以及吕留良手稿复印件。"吕晚村纪念亭"的石柱上刻有一副楹联："民族昔沧亡，惨受严刑碎白骨；河山今恢复，洗除奇辱见青天。"今人崇德乡史研究者蔡一和邹蔚文先生等本乡人士，为吕园题写序言及吕留良生平简介，大力颂扬吕留良的民族精神和学术成就。

在吕园纪念亭前有一块崇德四大名石之一的牡丹石，系明代吕氏友芳园的故物。牡丹石原来放在城南郡主的闺房前，是吕氏家中之遗物，因而此石十分珍贵。牡丹石仪态大方，俊秀英姿，石高 2.2 米，上下窄中间宽，全石有孔 20 多个，洞洞相通，俨然是一个大家闺秀的模样。晚清书画家沈伯云为牡丹石题诗曰："历尽沧桑劫，繁华似旧时，使君风雅客，慎莫费胭脂。"

在吕晚村纪念亭东面有古代文物石马和石兽，这是吕留良祖父城南郡马墓前之物。望物思故，不觉浮想联翩，思绪万千。

奇才孟举

吴之振（1640—1717）字孟举，号橙斋，别号竹洲居上，晚年又黄叶村农。清顺治十年（1653 年）进入石门邑庠，后以贡生授官中书。为人慷慨，康熙十年（1671 年）浙江大旱，灾民成群，他散发家财开仓施粥，自正月至麦收蚕熟而止，救活饥民无数。为体恤饥民远途领粥不便，提出"分区赈米"，以改变按人领粥办法。巡抚范承谟表其门为"义赈乡闾"。余如育婴、济贫、施材等无不乐善好施。吴之振生平锐意吟诵，在乡时与吕留良、黄宗羲、高旦中等订诗盟；至京时与冒辟疆、严绳孙、尤侗、汤斌等订文字交。吴之振文才出众，书画奇艳，文宗"山谷派"，尤能别开生面，为海内所崇仰；书法得晋人精髓，潇洒园劲，人多宝之。康熙十四年（1675 年）吴之振在故里西门外建"黄叶村庄"，为学古自娱之所，死后墓葬于洲泉镇西俗称马坟头，著有《黄叶村庄诗集》《德音堂琴谱》，与吕留良、吴自牧合辑《宋诗钞》。

浙江省桐乡市崇福镇横街 128 号是守愚堂旧址，明代为崇德劳氏旧宅。清顺治十年（1654 年），洲泉吴之振考取秀才，从劳氏购得崇福守愚堂后定居于此。他没有更改堂名，住宅仍称为守愚堂。吴之振字孟举，一字橙斋，独生子，家富有，原配夫人为崇德劳燮殷之女。据清光绪二年（1876 年）的《洲泉吴氏宗谱》记载："守愚堂，橙斋公宅，在西门内，西横街第五进，濒河架木为桥，后门通街，直对五桂坊弄，中有兰庆堂，左偏玉纶堂，右偏橙书室、寻畅楼，毗连鉴古堂，亦有五进。今唯存守愚堂、兰庆堂、玉纶堂以及门楼、照厅。"由此可见横街 128 号仅为守愚堂中段，尚有东西段毗连屋宇。

守愚堂西段为守愚堂之寻畅楼、鉴古堂故址，即今横街 134 号内。在 20 世纪 30 年代初，吴之振后裔吴增揆曾在此开设律师事务所。吴增揆，原名乃璋，疑业浙江大学堂，留学日本，修法律专业。其兄吴乃琛，光绪二十九年（1903 年）举人，是崇德县第一位公费留学生，曾获哈佛大学经济学博士。寻畅楼原有 3 楼 3 底、2 厢楼 2 厢底、4 间平房、2 间披，楼前有花园、假山，成为当时崇福镇最时尚的豪宅。解放后，寻畅楼于 1655 年改作崇德县专买公司，后为崇福供销社所租用，改作商城。

守愚堂东段为玉纶堂，今为崇德路 75 至 76 号，民国时期主人为吴氏后裔吴鸿济，现存 3 楼 3 底、2 厢房的独门院落，玉纶堂南侧原有的花园及房屋原貌已不可辨。

康熙十四年（1675 年）吴之振在崇德西门外建造别业黄叶村庄，洲泉老宅尚有产业。据有关资料记载：黄叶村庄别墅内有亭台楼榭，曲水回廊，竹洲草庐，小山丛桂，极为自然雅致。清初吴之振首唱《种菜》二绝句，同时嘱友和诗，得黎洲兄弟、尧峰、西堂、杨园诸先生暨同邑劳之辩，吴震方诸乡贤二十余家真迹，装成一册。道光十八年（1838 年），邑人蔡载樾借吴氏藏本钩摹上石，首列汤斌大书"种菜"2字，后有海昌钱泰吉及蔡载樾两跋。兵燹后，石已散失殆尽，是册真迹原藏宝山知县吴康寿家。

作者在担任崇福镇工会职工教师期间，曾经在西门外酒厂附近，看到黄叶村庄的部分遗址。当时在黄叶村庄遗址的空地上，已是一片断砖破瓦，只留有几棵树木和一处古老破旧的砖木门框及板门。

2008年在桐乡电视台采访名人活动时，我应邀一起来到洲泉吴之振的老宅，目睹了乡贤吴之振洲泉老家的故居。故居地处洲泉市郊不远处的一个小村里，老宅外面门口是一般农家的房屋结构，走过几间住房，便见宅内深处有一间破旧的厅堂，几扇长长的棕黄色已经褪色的花格木堂窗，东歪西倒挂在窗框上。厅楼有扶梯可上去，底房地上铺有方形地砖，当时在这些破碎的地砖上，零乱堆放着稻草及农具等普通农家的生产生活用品。据介绍，老宅后面的花园早已不复存在，原来的花园地基上现建起了几幢农家住房。

在崇福的守愚堂故宅，从民国时期以来，一直是由吴之振的长子长孙吴大成的后裔所居住。中华人民共和国成立后，守愚堂曾被改作工人俱乐部以及崇福镇工会办公所在地。当时守愚堂的门楼、轿厅和百桌厅尚在，其中百桌厅宽敞高大，可设宴百桌。

20世纪60年代初，我曾经是崇福镇工会的职工教师，那时每个星期都要到镇工会去集中开会、学习和汇报工作，因此对遗存的守愚堂后厅旧貌比较熟悉。那时地处西横街的镇工会办公室，里面的住房十分宽敞，在高大的墙门内东面是镇工会办公室，西面是工人俱乐部。守愚堂南面的门楼靠街，进门后有一个小天井，天井里植有树木。过小天井东面有一间宽敞的平屋朝西开门，南北两面装有宽大的玻璃窗，室内光线明亮，这就是镇工会办公室。走过办公室后面有一个很大的天井，天井里铺着平整的石板，可容纳三五百人站立于此。大天井北面有一座朝南坐北高大宽敞的大厅，在厅堂南面做有红漆雕花木栏杆，北面有 10 多扇高大厚实的退堂门，这就是守愚堂的百桌厅。百桌厅宽大平整，那时我们常在大厅内开会和学习。守愚堂西面是工人俱乐部，进门是阅览室，里面有全国各地的报刊，可随便翻阅。我有空经常到这里来坐一会，看看书报，翻阅那些印刷精美的《人民画报》《解放军画报》，使我从图片中看到了全国各地的风土人情和生产建设情况，收获颇丰。阅览室北面是一个很大的图书室，书架上放满着各式各样的书籍，全镇职工可凭借书证免费借阅图书。图书室东面有一排玻璃窗，窗外还装饰有做工精美的红漆雕花木栏杆，显得高雅气派。

随着时间的推移，守愚堂的后楼厅房现已被拆除，改建成了住房。存下的玉纶堂后栋楼厅及东侧玉纶堂今尚存。

画家吴滔

吴之振的第八代嫡孙吴滔是家学传承的典范，被称之为江南书画大名家，享誉全国。吴滔的故居今尚在，就坐落于崇福横街守愚堂对面不远处。

2006 年春，我应邀去崇福参加市作协召开的理事会。会后，与会同仁提议去参观本地著名画家吴滔的故居。吴滔（1840—1895）字伯滔；清代石门（崇德）人，山水取法高古，笔墨苍秀沉郁，卓然成家。桐乡馆藏有吴滔山水画面、水墨山水图轴。吴滔故居在原崇福镇保安桥北堍，占地 300 平方米，有建筑面积312 平方米。房屋与庭院点缀呈不规则美。庭院内种植的一棵梧桐树上刻有"琴材"两字，树旁有石笋，四周种有蔷薇花。朝北月洞门的门楣上有砖刻"壶天"两字，系俞曲园手笔。楼厅一间名"忆云草堂"，原是吴滔的会客室。楼房有吴滔画室——书画舫，起居室——来鹭草堂等。前后有庭院，院中存有假山、花坛、金鱼池等。清末为吴滔长子吴衡的画室，后一直由吴衡之女所居住。我虽然出生在崇福，可是一直没有机会去拜访过吴滔故居，为此兴致勃勃一起前往参观。吴滔故居坐落在桐乡市崇福镇西横街。横街是镇上曾经辉煌多时的一条有名的商业老街，如今在这里还可以依稀看出店面门板上写有的绸缎庄、棉布丝绸店、铜匠店铺的招牌以及当房、钱庄的石界碑。吴滔故居在横街西端，朝北老街对面不远处是镇上有名的"守愚堂"原址。吴滔故居西面不远处是我国著名足球健将戴麟经的故居和秋瑾好友徐自华故居。吴滔故居北面靠横街，南面临宫前河，现在宫前河已填平成了宫前路。

吴滔故居当时还正在修复之中，对外暂不开放，我们一行 10 多人得到许可，可以抢先一步进去参观。当时崇德社区负责人夏先生热情地接待了我们，陪同参观吴滔故居。我们一起走过北面的小弄，进墙门就看见了刚刚用紫红油漆装修一新的故居。北面已被分隔成 3 间大厅，大厅南面的退堂间外有个宽敞的天井，天井南面的白粉砖墙很高。夏先生介绍说，不久前崇福镇为了保护文化遗产，出资修整了吴滔故居，从这里我们可以深切感受到崇福镇领导为文化事业的繁荣与发展，脚踏实地做了一件好事。故居的门窗上方有着富有民族特色的精美雕刻，显得落落大方，很有气魄。我们沿木梯上楼，经修整后的楼房保持了原有的布局，板壁和地板全都用紫红油漆粉刷一新。这是镇上比较典型的居民住宅，南北两面都装有众多的窗户，有利于阳光照射和通风。我站在楼上触景生情思绪万千，想象大画家吴滔在画室作画的情景，内心感叹万分。当我透过窗户向南望去，只见天井围墙南面还有几间未修理过的老房子。夏先生说，现在只装修了北面的房屋，南面的一半住房要等待以后再修。心里想等到吴滔故居全部修复原貌后，我将再次前来参观拜访。

　　2012 年，我在参与《崇福镇志》编写时，在资料中看到一本从上海图书馆复印的吴之振家族《吴氏家谱》，内容翔实，保存完好。目前吴之振的后人已形成一个庞大的家族，他们中大多数人仍旧居住在本地的崇福、洲泉和桐乡，有一部分子孙己迁居在国内的北京、南京、西安、苏州等地，有的还移居到了美国、日本等国家。长期以来，他们中大多数人通过书信、互联网等形式经常保住着联系。记得我在市文联工作期间，家居西安的吴之振后人吴克谐在工作单位退休后，曾经多次来桐乡寻根问祖。当时市文联领导接待了他，我也一起参与陪同，与他交谈介绍，并帮助他做联系亲属的工作。家住甘肃的吴之振第十一代孙吴宁，出于对家乡的热爱，2014 年 12 月，他特地回到桐乡举办个人画展。近年吴宁已回到桐乡，计划在老家绘画创业。画家吴宁曾经先后出版《吴宁山水画集》《中国传统山水画技法》等专著，广受业界好评和绘画爱好者的欢迎。

　　家住崇福的吴之振后人吴孝三，是一位中学美术教师，曾经在西安工作多年，但他一直不知道有吴氏后人居住在西安。吴孝三调回桐乡后，继续在桐乡二中担任美术教育工作，同时还被选为市漫画家协会副主席，他的漫画作品曾多次刊登在全国各地的漫画刊物上。还有一位现在家居桐乡的吴之振后人第十代孙吴孝言，曾经是桐乡市政协常委、市民盟主委、崇德阀门厂厂长。目前他正忙于搜集先祖吴之振的有关文史资料，准备作进一步深入的整理研究。

　　著名画家吴滔的长子吴衡（字涧秋），次子吴徵（字待秋）均是有名画家。吴待秋有 3 子：长子吴彭（字彀木），次子吴宏（字石耕），幼子吴伟（字青门）。

　　吴彀木，名彭，别号小鎓，祖居浙江崇德县（现为桐乡市）崇福镇，幼年随父从上海迁居苏州。其父名吴徵，字待秋，擅画山水及花卉。其祖父名吴滔，字伯滔，为清末著名画家，与大师吴昌硕为挚友。吴𫘤木4岁即喜作画，在父亲严格教导下，先习人物，后学花卉，最后专攻山水，9岁创作的《长江万里图》曾引起轰动。20岁毕业于上海复旦大学经济系，虽入行金融界，但书画从不离手，40岁后形成自己的独特画风，享誉中国画坛。吴𫘤木是中国美术家协会会员，曾任苏州国画院院长、苏州"吴门画派"研究会会长，获国务院特殊津贴。吴养木先生十分关心家乡的文化事业，长期以来与桐乡市文化局、市文联保持密切的联系。桐乡市政府文化部门也经常派人去苏州看望吴𫘤木先生。近年来，当他得知崇福镇政府正在修复吴滔故居时，表示十分感谢。2006年年底，吴𫘤木先生将家里珍藏的《黄叶村庄诗集》八卷光绪刻本送到桐乡市政协给予复印。该诗稿保存得相当完好，诗集的护套也一点没有破损。《黄叶村庄诗集》所描写的内容融地名、人物、出产、典故于一体。该诗集由桐乡市政协选编出版了《文史资料》第二十六辑，题名为《吴之振诗选》。

2007年我在编写散文集《崇德古韵》一书时，曾经冒昧地写信请吴𫘤木先生书写题签。几天后，我十分惊喜地收到了吴𫘤木先生从苏州寄来亲笔书写的题签和热情洋溢的来信，真使我感激万分。

徐氏自华

浙江崇德（今桐乡市崇福镇）徐自华与辛亥革命先驱鉴湖女侠秋瑾的情谊颇深，在当地居民中流传着她们亲如姐妹的传奇故事。

徐自华和妹妹徐小淑出生在崇德县城，家里世代是读书人，可称得上是书香门第。徐自华家在横街西面，直对庙弄19号。徐家姐妹俩深受家庭教育的熏陶，从小就勤奋好学，两人又长得聪明伶俐，写得一手好诗词。徐自华喜爱诗词，是南社著名的女词人。徐自华长大后嫁到了南浔一家姓梅的富户人家。清朝末年，南浔镇上兴起一股新学潮流。当地有位乡绅创办了浔溪女学，专门招收女生上学。徐自华多才多艺，她被聘请为浔溪女学堂的堂长。就在这年清明前夕，秋瑾也受聘来到浔溪女学任教。秋瑾来到南浔后与徐自华认识后，两人一见如故，说话十分投机，兴趣爱好也颇为相同，不久便成了好朋友。后来秋瑾与徐自华还结拜了姐妹，徐自华岁数大，成了姐姐，秋瑾为妹妹。当时秋瑾因在日本留学期间，深受孙中山革命思想的影响，立志要推翻满清皇朝，建立一个民主革命的国家。秋瑾到南浔任教后，心里始终不忘革命信念，常与徐自华谈论国家大事。经过多次交往后，徐自华心中十分敬佩秋瑾的革命精神。就在这年夏天，经秋瑾介绍，徐自华与妹妹徐小淑两人，同时加入了同盟会和光复会这两个革命组织。秋瑾在浔溪女学堂一面教书，一面积极宣传革命思想，抨击腐败的清皇朝。一时间秋瑾在南浔的影响越来越大，校方对此十分害怕，迫使秋瑾辞职，叫她远走高飞。那时候，徐自华苦苦留她，但仍旧无用。临别前，徐自华题写一首词送给秋瑾。秋瑾接过赠词后，十分豪爽地道了声："姐姐多保重！"很快便走了。

徐自华积极参与秋瑾的革命宣传活动，同样引起了梅家的不满和担心。不久，徐自华也辞去了浔溪女学堂堂长的职务，独自一人回到了崇德娘家。没过多久，秋瑾得到了此消息，心里十分高兴，立即动身赶到崇德来看望徐自华。秋瑾来到徐自华家里后，两人亲如一家人，不但吃住在一起，而且还一起写诗填词，还慷慨激昂，大胆议论国家前途命运。

后来，秋瑾准备要办一张《中国女报》，以扩大革命宣传活动，一时还缺少资金。徐自华知道此事后，一下子拿出了自己的1000块钱，赠送给了秋瑾。徐小淑受到姐姐的影响，也变卖了随身佩戴的金银首饰，凑足500块钱捐给了秋瑾。得到徐氏姐妹捐款后，秋瑾很快在上海创办了《中国女报》，积极宣传孙中山的民主革命思想。鉴湖女侠秋瑾题诗《对酒》曰：

> 不惜千金买宝刀，貂裘换酒也堪豪。
> 一腔热血勤珍重，洒去犹能化碧涛。

当时，全国的革命活动十分活跃。一天，鉴湖女侠秋瑾突然从家乡急匆匆赶到崇德徐家。秋瑾一到崇德后，便激动地告诉徐自华，革命的大风暴即将来临，自己打算立即回到绍兴组织起义活动。同时秋瑾十分为难地对徐自华说，眼下还缺少起义所需用的资金。当时徐自华一听，便二话不说立即在自己闺房里，翻出了出嫁时的金银首饰和自己所有的积蓄，一声不响地上街去兑换成黄金30余两。徐自华回到家里后，马上将这些黄金全部赠送给秋瑾，请她将此金钱用做革命起义的经费。当时，秋瑾双手接过黄金，感动得热泪盈眶，当即取下自己头上的一双翠钏回赠给徐自华。因为时间紧迫，秋瑾说要立刻回绍兴。临别前，秋瑾嘱咐徐自华，一旦起义失败，自己牺牲后，请求把她的遗骨安葬在杭州西泠。说完两人紧紧抱在一起，放声大哭。

不久，秋瑾在绍兴起义失败，被残酷杀害在绍兴轩亭。当时秋瑾的遗骨，被人草草埋葬在绍兴一座山下。第二年初春，徐自华冒着风险和刺骨寒风，带人摇船渡江到绍兴，将秋瑾的遗骨运到杭州西湖边，安葬在孤山西泠桥下。徐自华还为秋瑾墓题写了碑文，请人刻在墓碑上。这事很快引起了清皇朝的恐惧，扬言要捉拿徐自华，削平秋瑾墓。徐自华得到消息后，立刻请人将秋瑾遗骨重新运回绍兴老家安葬。徐小淑还将秋瑾墓碑挖出，秘密藏在西湖边的朱公祠内。直到满清皇朝推翻，民国建立以后，徐家姐妹俩才带头将民国先驱秋瑾的遗骨，再次运回到杭州西泠安葬。同时在秋瑾墓旁还建造了一座"风雨亭"，供后人凭吊这位侠胆忠心的鉴湖女侠。

民国豪侠

陈英士别名陈其美（1878—1916），号无为，浙江湖州吴兴人。中国近代民主革命家、中国同盟会元老、青帮代表人物，于辛亥革命初期与黄兴同为孙中山的左右股肱。蔡元培称其可与历代侠士齐名列传，并盛赞陈英士为"民国第一豪侠"。陈英士是湖州人，青少年时期曾经到崇德来学生意。崇德当地民间传说陈英士在崇德一家当房拜师学徒，这家当房就在横街商业中心，店名叫善长当，现旧址仍在。善长当东面有钱庄，周边有律师所、铜匠店、茶馆店、绸缎店、羊行、面店、吃食店等。陈英士在善长当做学徒时，天不怕地不怕，性格犷狂激进。他不信菩萨，不信鬼神。

原先在崇德有一座规模宏大的城隍庙，庙内西边天堂塑有天上诸神大型彩色群像，东边地狱里则是一幅幅地狱的恐怖图。镇上居民对城隍菩萨十分敬畏，庙会期间四乡八里的民众都会赶来看热闹。

当时善长当里有人对陈英士说："你敢不敢到城隍庙菩萨面前去睡一夜？"陈英士年少气盛，爽快地说："有啥不敢。"时值夏天，当晚陈英士果真拿了被单席子，去城隍庙菩萨面前睡了一夜。第二天回到善长当后逢人便说，昨天晚上自己到城隍庙去睡了一夜。这时店里有人问他："你说到城隍庙去睡了一夜，有啥凭证可以给我们看。"陈英士直爽地说："我将城隍菩萨的手指头弄断了一个，带了来。"随即将他掰断的城隍菩萨手指头拿给众人看。后来这事给城隍庙内的庙况、香伙知道了，真是大吃一惊。城隍庙内的人认为这还了得，陈英士触犯了城隍菩萨，要将他治罪。他们几个人商议后，立即将断了手指的城隍菩萨抬到了善长当里来请罪。这样一来，事情弄大了，善长当老板见此情景连忙出来赔礼道歉，说要烧香拜佛来向城隍菩萨赔罪。此后，陈英士被善长当老板赶出门，不准他再进善长当门。当时陈英士身边分文，只得向好友律师马念仁先生诉求，很快他获得了好友马念仁给的一笔路费。

事后陈英士来到了上海，投奔孙中山先生，后被推举为上海讨袁军总司令。陈英士别名陈其美，至今上海还留有英士路和其美路路名。陈英士侄儿陈立夫、陈果夫系民国要人。后来陈英士在上海被袁世凯派人行刺身亡。陈英士遇刺后，孙中山疾呼："失我长城"，并奋笔疾书悼联："可怜麟凤供枭脯；如此江山待被除。"噩耗传来，崇德父老故旧仰天痛叹，举丧共悼。不久崇德民众在崇福中山公园为陈英士立了一个纪念碑，以示怀念。辛亥革命女侠秋瑾挚友徐自华撰挽联云："功成不屑黄金印；身死长留碧浪潮。"崇德县第一高等小学校长范聿新致挽联云："为国效驱，三年前语水来游，备聆崇论宏议；望风当景仰，五月间沪渎遇害，益彰碧血丹心。"

足球名将

1906 年 9 月，在浙江省崇德县崇福镇横街西面的一幢四方形的水泥洋房里，出生了一个男孩。他就是后来长大后成为我国著名的足球名将戴麟经。

戴麟经的家在小镇上显得十分别致气派。这幢被镇上人称为"戴家里"的房屋结构是中西结合，外形像西式的洋房式样，里面却有一个中式的宽敞的大厅。戴家的南面临近宫前河，河边靠岸廊屋下有长棣的稳固木靠椅，西面是条镇上南北交通要道长长的庙弄，北面紧靠商业闹市区西横街。戴麟经的童年是在崇德度过的，戴麟经初次上学的学校是崇德县立高等小学。戴麟经上小学时就喜欢踢皮球，一下课就跑到操场上去踢球。有一天，戴麟经放学后，一边走路，一边踢皮球。谁知快近西寺桥时，戴麟经的皮球忽然踢进了路边的油沸臭豆腐干的铁锅内，这下可闯祸了，一个脏球在油锅内翻滚，谁还要去买这锅油沸臭豆腐干。那小摊主一把拉住戴麟经，要他赔。这时，一个熟人看见后马上跑去告诉了戴麟经的父亲。过了一会儿，戴麟经的父亲来到西寺前，拿出钱来赔偿了摊主的损失。戴麟经的父亲叫戴鹿岑，是无锡振信纱厂的经理。戴麟经的母亲是上海荣毅仁家上辈的儿女亲家，在上海很有名气。不久，戴麟经便转学到了上海，到上海南阳大学附属中学读书。一年后，南阳大学改名为交通大学，附属中学亦改为交大附中，这是一所当时在上海很有名的体育重点学校，戴麟经从那时起就迷上了足球。戴麟经中学毕业后考进了上海交通大学，成为校足球队的中锋兼队长。戴麟经就读不久，被上海有名的暨南大学的足球队看中，他很快转入暨南大学学习。戴麟经在校期间爱好体育活动，尤其喜欢踢足球。他是暨南大学足球主力队员，在校际比赛中崭露头角。他在暨南大学毕业时获得了经济学硕士学位，接着被聘任为无锡振信纱厂驻沪办事处主任。他工作之余仍旧坚持经常去绿茵场练习踢足球，经过自己的艰苦努力，球艺日益精湛。1934年戴麟经加入上海乐华足球队，任中锋。后来，乐华足球队改名为东华足球队。戴麟经虽然身高仅1米70，体重64公斤，踢球倒蛮机灵，面对高大彪蛮的后卫，能避实就虚，巧妙入室，是一位出色的中锋。戴麟经年轻力壮，体质好，短跑速度快，特别是能够左右脚凌空射门，可称是足球的绝技。戴麟经与左右锋孙锦顺、李尧、韩龙海、贾幼良合称"东华五锋"，在足球场上配合默契，十分机灵威风，在国内很有名气。

1925年"五卅"惨案发生后，东华大学体育会活动停顿，校足球队改组，打破大学与中学的界限，混合编成甲、乙两队，甲队云集了校内的高手，还在读预科的戴麟经升为其中的绝对主力，与周贤言、陈虞添、陈璞、安原生并称为"五虎将"，校友称戴麟经"传球似流星，盘球如吸铁石"，同学们更是拥护和崇拜有加。同年，校足球队加入上海中华足球联合会，首次参战，即出手不凡，仅负一场，与冠军失之交臂。戴麟经曾在一场比赛中连进二球，奠定胜局，因而备受瞩目。

1926 年，亚洲球王李惠堂抵沪，筹组乐华足球队，戴麟经等"五虎将"均被罗致。乐华是当时华人足球队中实力最强的一支球队，获得 1926 年至 1927 年度中华足球会联赛甲组冠军，并从 1926 年起参加了西联会的甲级竞赛。1926 年以前的上海西联足球会，只接纳外侨队参加比赛，从不吸收中国球队。自此以后，外侨队和中国队进行多次正式比赛。乐华队参加西联足球会举办的甲级联赛的第二年，即 1927 年至 1928 年度，就夺得冠军，接着又获得甲级杯赛冠军，使所有在上海的外侨队刮目相看。戴麟经亦开始名扬沪上，并蜚声全国。

1929 年 7 月，乐华队应印尼爪哇中华足球会的邀请，前往爪哇，先后在雅加达、万隆、三宝垄、泗水等处，同当地代表队进行了 12 场比赛，除万隆一场因裁判问题未赛毕之外，其余 11 场全部告捷，震动了全印尼，我国侨胞更是欣喜若狂。当时我国侨胞在印尼的经济实力约占印尼的 80%，但在政治上却受尽欺凌。乐华队的胜利，不但为祖国争了光，也使身居海外的华人扬眉吐气。后来，爪哇当地一致公认乐华队是历年赴爪哇比赛的客队中球艺最佳的球队。从此，凡到那里比赛的外国球队，他们总要以乐华队的球艺为标准加以比较衡量。当年戴麟经赴爪哇参加比赛，并几度进球得分，扬名海外。

在 20 世纪 30 年代，在上海足球比赛的绿茵场上，一直是外国球队称霸称王。自从上海东华足球队建队后，成了一支令外国球队不敢轻视的中国球队。戴麟经球艺精湛，作风勇猛，传球似流星，盘球如吸铁石，成为足球场上一员非凡的名将。同时戴麟经又擅长头球射门，倒钩射门，运球机灵避实就虚，带球过人如蝴蝶穿花，脚上功夫神奇超凡，使疯狂的球迷为之倾倒和爱慕，被人称为"戴中锋""孩儿面"。1930年，戴麟经参加的中国足球队，出征东京第九届远东运动会，首战菲律宾足球队，终场以5：0获胜。与日本队打成3：3平，这次比赛结果中国队与日本队并列获得冠军。1934年9月12日，上海东华足球队迎战称霸世界的英国女王足球队，戴麟经抓住战机，开场仅2分20秒，就成功攻进英国女王足球队的大门，获得可贵的一分。后来被女王足球队10号中锋攻入一球，双方踢成1：1平。终场前50秒，戴麟经带球攻入英国女王队禁区，右脚起处，足球飞起直射球门，快速攻入英国女王足球队的球网。上海东华足球队最终以2比1胜英国女王足球队。这时，全场观众情绪激动，欢呼声惊天动地，上海东华足球队为中国争得了荣誉。

1934年底，汉城足球队在击败美国飞鹰足球队后，士气十足，他们专程来上海与东华足球队比赛。当时这场足球比赛的门票每张售价竟高达5元，可以买大米150斤，但是门票还是被一抢而空。开场后汉城队中锋朴正熙使出蛮横劲，横冲直撞发起进攻。30分钟后，朴正熙已筋疲力尽。这时，戴麟经、韩龙海、李尧等人开始反攻。戴麟经抓住机会，身子凌空跃起，一招燕子斜飞，足球在空中划过一道漂亮的弧线，径直飞入对方球门。下半场戴麟经、韩龙海各射球入网，比赛以东华队3：0胜汉城队，全场欢呼声如雷，中国球迷振臂高呼胜利。上海东华队在短短4个月时间里，连续两次战胜两支世界著名强队，顿时名声大振。戴麟经的凌空飞脚，被上海球迷称之为"凌空飞虹"。

戴麟经于1952年参加中国人民解放军，后经贺龙元帅批准，他被聘为解放军"八一"足球队总教练，后来中央军委还授予戴麟经上校军衔。当时戴麟经放弃了自己优厚薪金的待遇，主动要求降薪一半，全家迁居北京，带子女3人一起参军。

1957年初，戴麟经又受聘兼任国家足球队总教练，率领张宏根、哈增光、方纫秋、年维泗、张俊秀等年轻队员第一次冲击世界杯。中国队第一个对手是印度尼西亚队，首场比赛在雅加达举行，终场印度尼西亚队以2:0取胜。

第二场比赛于1957年6月2日在北京举行。北京之战，主教练戴麟经觉得必须在这一环节动大手术，遂将王锡文、姜杰祥等解放军战将遣上场，并将打贯中场，组织协调能力较强的高筠时调回中场，守门员则由心理素质较好，水平稳定的解放军战将王肇文担任。比赛一开始，中国队即在万余名观众的呐喊助威中，向印尼队发起了快速的进攻。开场仅2分钟，王锡文一个斜吊，球至对方禁区葫顶处，张宏根得球后向前带了一步，随即挥右腿一脚远射，球箭一样从右上角门框内擦入。1:0，中国队先声夺人。7分钟后，中国队又逼进一角球，哈增光一个高吊至禁区，印尼队守门员萨益兰接球脱手，身材高大的张宏根抢得第一落点甩头一顶，球砰地打在门柱上弹出，年维泗拍马赶到，连人带球撞进了网窝。2:0，中国队打了一个极漂亮的开局。失球后的印尼队表现出了极大的韧性，威沙达，拉曼数次攻门，但都被表现神勇的王肇文一一扑出。中国队二球在手，全力防守。而印尼队机会来了，当比赛进行到35分钟，印尼左前卫一脚斜吊中国队禁区，拉曼、威沙达二箭齐发直捣龙门，此时黄肇文和姜杰祥协调不够，姜杰祥正欲头球解围，黄肇文也欲扑出救险，结果两人撞在一起，球落在离大门20码处，印尼锋将潘善龙飞速插上，一脚命中空门。上半场，中国队2:1领先。

下半时，中国队一开场，即策马进。王锡文沿右翼疾进，哈增光、张宏根、年维泗，三驾马车直扑禁区接应。机警的王锡文见中路已被印尼队防务，遂大腿将球转移至左翼，北京猛将王陆接球后，一个直传塞给孙福成，孙插入禁区，大脚斜射，球应声入网，3∶1中国队遥遥领先。此时开赛刚开始1分钟，印尼队急了，倾全力反扑，10分钟后，印尼队乱军中一脚劲射，被王肇文扑出，拉曼随即一个漂亮的倒钩射门，王肇文奋力一托，球再出底线，由印尼队罚角球，球发至门前，中国队后卫出现严重的漏人现象，被拉曼抢得第一落点，转身劲射入网。印尼队侥幸追回一分，士气大振，4分钟后，威达沙连过中国队数员卫将，并最后晃过中卫姜杰祥，在极小的角度下，将球削入网窝。3∶3平，数万观众一片哑然，戴麟经的脸色骤变，坐在替补席上的张俊秀紧张得满头大汗。双方继续恶战，平局在手的印尼队祭出雅加达之战的法宝，拼命防守，而中国队在看台上震耳欲聋的助威声中全力猛攻，当离比赛结束还剩最后15分钟，中国再次斜吊禁区，孙福成高高跃起头球摆渡，机灵的王陆抢得第一落点，挥左脚一个凶狠的弹射，球从萨益兰的胯下滚进网窝。4∶3中国队又开始领先，看台上数万观众激动得将帽子、手帕一下呼啦啦地抛向空中，随即满场飘荡着嘹亮歌声。

最后，中国队4∶3取得了这场比赛的胜利，这场胜利，是新中国足球冲击四大锦标赛中取得的第一场胜利。戴麟经为新中国足球国际比赛首胜，立下了汗马功劳。

南宋诗人陆游有诗《晚春感怀》曰：

少年骑马入咸阳，鹘似身轻蝶似狂。
蹴鞠场边万人看，秋千旗下一春忙。

中科院院士程庆国

程庆国（1927年10月11日—1999年8月18日），浙江桐乡人，桥梁和铁道工程专家，中国科学院学部委员（院士），俄罗斯运输科学院外籍院士，生前是中国铁道科学研究院研究员。程庆国长期从事桥梁工程的科学研究和工作实践等。

桐乡市崇福镇西横街 99 号，用长长的条石竖立为门的石门墙，是中科院院士程庆国出生之地。1949 年，即将完成清华大学学业的青年程庆国，立志要为新中国奉献终身，此后他终于成为当代中科院院士、国内外首屈一指的桥梁专家和铁道专家。

程庆国 3 岁时，其祖父程介眉、父亲程斌和大哥 3 人因伤寒相继离世，剩下兄妹 3 人由母亲抚养长大。程庆国的祖母和母亲都是苏州人，在当地亲戚多，教育条件好，故于 1933 年全家迁居苏州，兄妹几人在苏州接受启蒙教育。

程庆国，1936 年以四年级插班生考入江苏省进行新教育法实验的重点小学——省立苏州中学附属实验小学。其时正值抗战前夕，教师经常以爱国思想和民族气节激励学生。9 岁的程庆国在这里就开始看报，并养成了天天读报、关心国家大事的习惯。1938 年全家逃难到上海。1941 年他因家庭经济困难而患上了肺结核，1942 年其母又患伤寒去世，未满 15 岁的他失去了生活来源，只能靠奖学金勉强维持学业。国家的被欺凌，家庭的残破，促使少年程庆国开始独立探索人生的道路。程庆国在上海先后就读于育才小学、中光中学、建文中学，1944 年转入育英（当时改名郁行）中学。在育英，他和班上一批品学兼优向往光明的同学成立了面包会，他们举办墙报，传阅进步书刊，切磋学业，评议时政。所办墙报内容丰富、图文并茂，曾引起全校轰动。特别是1945 年 11 月间，为庆祝台湾光复，面包会决定出墙报特辑，专门介绍祖国的宝岛——台湾。当时偏偏缺一张像样的台湾地图。为此程庆国跑到虹口内山书店，从一大堆日文书刊中找到了一张颇为详细的台湾地图，当时他带着十分兴奋和虔敬的心情，花了几天工夫，将这张国土重光的地图详细描绘下来。墙报刊出后引起广大师生的极大兴趣和赞赏。1995 年 6 月，已年近古稀的程庆国去台湾作学术访问时，还和许多台湾朋友谈起过这件往事，共叙海峡两岸炎黄子孙血浓于水的同胞之情。

程庆国 1950 年毕业于清华大学；1956 年获得列宁格勒铁道学院副博士学位；1957 年 9 月—1978 年历任铁道部科学研究院铁建所助理研究员、桥梁研究室副主任、副研究员、成昆铁路桥梁技术委员会委员、预应力混凝土桥梁新技术组组长；1981 年 2 月—1983 年 9 月任铁道部科学研究院副院长；1983 年 9 月—1990 年 10 月任铁道部科学研究院院长；1992 年当选为俄罗斯运输科学院外籍院士；1993 年当选为中国科学院学部委员（院士）；1999 年 8 月 18 日在北京逝世，享年 72 岁。

程庆国主持研究一系列桥梁新结构和施工新工艺，实现了预应力混凝土桥梁工业化生产；在成昆铁路创议并主持建成多种桥梁架构和施工工艺；在湘桂铁路主持修建了中国第一座铁路斜拉桥；积极倡导高速铁路、城市有轨交通和大跨径桥梁的发展；主持开展车桥耦合振动、列车走行性、桥梁结构空间非线性分析、钢筋混凝土本构理论及其疲劳损伤方面的科研工作。

截至 1999 年 8 月，程庆国共发表论文 60 余篇，编著译著 10 余本，其代表论著有《加快我国高速铁路发展的建议》《世纪之交的铁道科学技术的发展》《加快高速铁路建设，促进综合运输发展》《红水河铁路斜拉桥设计、施工和实验研究》《大跨度铁路斜拉桥和悬索桥的列车走行性研究》《悬臂施工预应力混凝土桥梁》等。

程庆国 1986 年的成昆铁路科技项目，荣获国家科技进步奖特等奖。程庆国是中国首批博士生导师，截至 1999 年 8 月，他一共培养了 25 名博士和硕士。

程庆国在 1979 年荣获全国劳动模范光荣称号，1992 年获得俄罗斯运输科学院外籍院士称号，1993 年获得中国科学院学部委员（院士）称号。

程庆国被光荣当选为 1977 年 8 月中国共产党第十一次全国代表大会代表，和 1987 年 10 月中国共产党第十三次全国代表大会代表。

程庆国担任中国土木工程学会第四届理事会常务理事，中国土木工程学会第五届、第六届、第七届理事会副理事长和茅以升科技教育基金委员会主任等职务。

中国工程院院士吴澄

吴澄院士是国家自动化领域首席科学家，是智能制造的先驱。自动控制专家，中国工程院院士，清华大学自动化系教授、博士生导师，国家 CIMS 工程技术研究中心主任。

吴澄用自己的亲身经历践行着百折不挠、勇攀高峰的治学精神，映射出求真务实、行胜于言的精神品质。无论是在新生入学教育的第一课上，还是在日常指导学生的交谈中，他始终以"为学须严谨，为人重诚信"这一准则要求自己，更勉励学生们要正直做人，踏实做事，用自己的所学所知奉献祖国。

吴澄出生在浙江桐乡崇福横街。镇上传说，旧时这里读书风气很浓，崇德县城里家里中举做官的人家，大多出在"登仙坊"，即西横街和庙弄一带，镇上人称这块地方为风水宝地。吴澄回忆起儿时生活，浮上心头的是父亲勤勤恳恳劳作和培养自己和兄弟姐妹的辛劳。尽管当时家境清贫，没有什么娱乐生活，但儿时的吴澄心无旁骛，在单纯的环境中以读书为乐。从桐乡二中到嘉兴一中，从嘉兴一中再到清华园，吴澄脚踏实地地走好人生中的每一步。吴澄在接受采访时谈道："1957 年来清华园的时候，全国招生只有十万零七千，意味着仅有一小部分人能有机会读大学。"因此在每一个求学阶段里，吴澄总是以"高标准，严要求"来勉励自己珍惜时间，用心做好每一件事。

1981年2月，吴澄以博士后身份前往美国凯斯西储大学系统工程控制工程系进修。进修结束后，他放弃了在美国发展的广阔前景，带着报效祖国的满腔豪情回到了祖国的怀抱，回到了美丽的清华园，回到了熟悉的岗位上。

"把自己的专业技术，融入国家的建设中去"，是吴澄常说的一句话，无论是儿时漫漫的求学道路，还是留学后毅然回国的报国情怀，都彰显着他"不忘民族工业发展，励志用科技改变社会，用科技建设国家"的殷切热情。

研究生期间，吴澄就中国的工业发展状况进行了广泛调研，他深刻认识到，无论是在工艺装备、管理水平还是质量意识方面，中国的制造业都比较落后，这一点也激发了吴澄"工业强国"的梦想。回国后，吴澄便开始对中国工业自动化中存在的若干问题展开新的探讨与研究，调研过后的他发现当时最先进的一种生产技术和管理手段——计算机集成制造系统（CIMS）在国内还是一片空白。

吴澄说："我是第一批进入国家'863计划'专家委员会的人。我从清华这个小舞台到了全国的大舞台。"在这个全新的舞台上，迎接吴澄的是接连不断的困难与挑战。面对技术瓶颈时，吴澄日夜辛劳，旨在能尽快尽好地攻克难题；面对关系矛盾时，吴澄总是能站在国家、民族的角度去勉励大家："这是一个为国家做事情的机会，大家都要很纯粹地投入进去。"自从接了这个项目过后，他几乎再也没有一天清闲过，虽然很累，但是吴澄想到自己能为自己的国家自己的人民做点有用的事情，再苦再累也值得。

"苦心人，终不负"，通过5年的艰苦努力，1992年，在清华大学等11家单位的通力合作下，建在清华大学的国家计算机集成制造系统技术研究中心通过了国家科委的验收，之后吴澄将CIMS技术应用到国家发展的多个行业中。截至2000年，吴澄领衔的 CIMS 专家组在机械、电子、航空、航天、轻工、纺织、石油、化工、冶金、兵器等多个行业的 200 多家企业实施了 CIMS 工程，取得了备受瞩目的经济效益和社会效益，给我国经济发展当中企业的技术进步及建立现代管理制度起到了显著的示范引导作用，并为当时我国国民经济发展起到了提纲挈领的牵引作用。

吴澄用他卓绝的胆识与辛勤的付出实现了儿时的"工业强国梦"，在谈到对同学们的期望的时候，他寄语大家"要做对国家对人民有价值的事情，要成为心系国家民族发展的人"，这正是一位科学家所带给我们的中国责任与中国希望。

儿时的经历让吴澄明白了知识的力量，他希望自己能够成为一名教师，站在讲台上去传播知识。"863 计划"让他意识到高技术人才对国家发展的关键作用，更坚定了吴澄严谨实干、诚信正直的育人理念。

优良学风是清华大学底蕴的集中体现，"严"是清华学风的最显著特点，严谨治学的风气贯穿清华上百年的发展历史。吴澄在教导学生方面一直把严谨治学放在首位。他一方面时常提醒学生要严谨治学；一方面以身作则，发挥严谨治学、诚信为人的示范引导作用。在教导学生时，他经常告诫学生"为人做事，第一要凭良心，第二不要有野心，只有无私，才能无畏，才能精诚所至"。在科研工作中，他经常教导团队人员"一定始终坚持实事求是，只有这样才能确保工作快速有效地开展。遇到问题要勇于担当，敢讲真话，团队人员杜绝一团和气和互相推诿"。

吴澄寄语青年学子：人工智能是年轻人的事业，年轻人要有创新的信心，做勤恳的拓荒牛，把自己的个人事业和祖国大业紧紧地结合在一起。

能工巧匠

　　浙江省崇德县（今桐乡市崇福镇）地处杭嘉湖平原，素有"鱼米之乡，丝绸之府"之称。崇福附近的乡村土地肥沃，物产丰富。广大农民勤劳俭朴，历来以种田养蚕为生。崇福镇是一个有着 1000 多年历史的县治所在地，镇上交通发达，商业繁荣。自古以来邑人崇文兴教，人杰地灵，文化底蕴很深。同时崇福在近现代还涌现了不少专家学者和各行各业的能工巧匠，至今仍被镇人广为传颂。崇福的工匠们不仅留下了丰富的物质财富，而且无数大师对技术精益求精，勇攀高峰的拼搏精神，为后人树立了可贵的榜样。

　　近百年来，崇福镇民间工匠可称为名师的很多，但是有文字记载的却极少，在《崇福镇志》上留名的也仅只有 10 多位。

　　他们是连东山、洪师父、来茂松、鲍廷发、滕文奎、褚少南、徐长生、陆永发、钟寿福、田赐珍、施德峰、朱兴发、钟福顺、李锡春、陈文标、丰鍼等。

连东山

　　连东山（1662—1772），心灵手巧，戏作小船，削木人划桨，放置地中能自动摇荡。清康熙年间就能自制自鸣钟，与西洋人所造无异。

　　据《崇福镇志》描述，早在 17 世纪之时，镇人连东山制作的小木船放在地上竟能自动摇荡，这简直可以说已经跟当今的机器人有点相似，可见其制作工艺相当的高超。同时，他还自己研究制作出了自鸣钟，跟当时国外的先进工艺相当，真是了不起。

陆永发

陆永发（1893—1937），小字"庆家里"，家住春风坊陆家弄，在县前开设陆恒泰铜匠店。陆勤奋好学，刻苦钻研，20世纪20年代就能设计各种机械部件，自制翻砂工具，改造消防水龙。曾替镇上春风、北门、太平、五桂等坊建造"消防洋龙"，既节省了劳力，又解决了出水缓慢的技术难关。石门、长安等镇都来请其制作，是四乡闻名的"外国铜匠"。

笔者小时候曾经见到过这种"消防洋龙"，当时在这种红色消防车上安装着一只金黄色大铜铃，车子推动时，铜铃随着震动便会发出"当当当"响亮的声音。洋龙车是救火的主要消防器械，车上连接着几十米长的灰白色帆布消防水管，救火时水管内充满水后就变成一条直径十多厘米长的水龙。那时候，镇上一旦发生火灾，水龙车上的水管可伸到河里吸水，同时还有不少人用担桶挑水上来，等到消防车内的水打满后，水管口上的铜质水枪便急速喷射出粗大的水柱。消防人员则站在两旁用力摆动水龙活塞杠杆抽水，尽力让水管射出的水又高又远，射程最远可达四五十米。真好像是水龙从嘴里吐出巨大的水来，水流从天而降，那场面真是非常壮观，救火效果很好。

李锡春

李锡春（1906—1974），家住北门外坛弄。自幼家境清贫，随师学泥水匠，钻研打灶技术。砌砖功夫到家，横平竖直砂浆饱满。砌出的灶火力旺足，不会呛烟。1958 年，改革烘茧灶，火头集中均匀，不会泄漏；并设计用滑车送茧至灶，达到了节煤省工的要求，在全县进行推广，邻近江苏等 4 省都来学习参观。1959年 11 月，出席全国建筑系统群英大会，被评为先进生产者。

李锡春艺名"泥水阿三"，他在 1959 年赴北京出席全国建筑系统群英大会时，受到周恩来总理等党和国家领导人的接见，并合影留念。李锡春搬家到北门城门口后，我多次路过他家时，看见在朝南墙上挂着颇长的长方形玻璃镜框，里面珍藏着一张周总理接见他们时的合影照片。

陈文标

陈文标（1910—1991），俗名小凤山，家住东北坊北街。12岁就学漆匠，擅制"合盘""六角篮""拱盖箱""佛蓝"等细件，能在器上描金飞银，用沙灰堆出"双金花""五福拱寿""亮八仙""金如意"等。特别擅长漆制招牌匾对，名家写的书法，放大复制在牌匾上，从不走样，城隍庙的抱柱对，天德堂的招牌字，都由其精心仿制。

据《崇福镇志》记载，1937 年 12 月 23 日下午 5 时，日军进犯崇福，炮毁城隍庙夫人殿，焚烧北门外民宅 52 家，杀害居民 2人，崇德县城沦陷。日军警备队驻扎在营门口原农民银行内，警备队队长北岛为标榜其"大日本帝国"的威严、宣扬所谓的"东亚共荣"，要找人写一块牌匾挂在门口。

鬼子从汉奸口中得知陈文标擅长书写、制作牌匾，便让汉奸带一个日本兵来到他店里。陈文标目睹日本鬼子烧杀抢掠的罪恶行径，已对他们恨之入骨，岂肯为鬼子服务？第二天，鬼子和汉奸便来店里取牌匾。然而，他们看到的是，陈文标有气无力坐在藤椅中，右手缠着厚厚的纱布，纱布上还渗着血。陈文标对鬼子和汉奸惨笑着，用左手指指右手，摇摇头，又故意叹了一口气。当汉奸正焦急地询问发生了什么时，鬼子的脸色突然间大变，骂了声"八嘎"，转身走了。这天半夜，陈文标和家人正在睡梦中，突然听到猛烈的敲门声。陈文标知道，被他得罪了的鬼子来抓他了。他立即翻上园子的矮墙，从矮墙爬上屋顶，又翻到隔壁糖坊的屋顶，一直爬到养济弄边才下来。可是，因为天黑，他没有看清，一脚踏空，从屋顶上重重摔了下来，昏死过去。

作为一名手工业师傅，陈文标不畏贼寇，与敌人机智周旋，假装受伤，不肯为日本鬼子服务的高尚风格，表现出了一个普通工匠的爱国心和民族气节，令人敬佩。

施德峰

施德峰（1902—1992），原籍新市，青年时来镇上西门元昌蜡烛店做伙计，怀有烛上堆花之绝技，能用矿烛蜡油制成"龙凤花烛""四季花烛""人物花烛"等数十个品种。20世纪30年代城隍庙会，特制20斤1对重烛，堆浇有《封神榜》戏剧人物申公豹，装配巧妙，头能活动。高道庙斗扞会，1对10斤烛上，浇堆有"十二花神"，制成12只不同脸谱，部分肢体能自由活动。1935年其堆花作品送杭州参加西湖博览会，获得大奖。

在20世纪60年代，当时花烛销售极少，施德峰转行到崇福轮船码头工作。因崇福是杭嘉湖水上客运中心，轮船码头每天靠岸的客船很多。当时不管风雨落雪，施德峰总是坚持站在轮船码头的石阶上，热情地大声招呼引导旅客上船下船，为此获得镇人的好评。

滕文奎

滕文奎（1852—1960），家住春风坊北街。少习厨工，善于烹调筵席。一人能切配数十桌酒菜，花色多样，刀功精细，擅办"鱼翅席"。镇上大户喜庆，都请其司厨。其拿手名菜有"八宝鸭""汤雁球""全家福"等。特别是"蒸三丝"素有盛名，以鲜肉丝作底，用火腿丝、香菇丝、冬笋丝间花叠成高堆，上盖圆形发菜，加鲜汤经文火蒸煮后香气扑鼻，风味独特，人称"滕三丝"。

洪师父

洪师父（1880—1920），家住北门城外。镇人只知他姓洪，而不知其大名。他自幼学石匠，年轻时就会制磨二凿碑牌，作盘龙石柱能雕空龙身，这手艺相当高超。清宣统二年（1910年），崇福北门重建迎恩桥时，他参与了设计建造。新建的迎恩桥是单孔石拱桥，桥面卷石镶嵌成洞，高达3尺可通大舟。桥顶各凿有石狮4只，龙门石上刻有云纹盘龙，形象生动，栩栩如生。

徐长生

徐长生（1882—1958），家住东北坊北桥河东。年轻时就擅长木工，中年后技艺更加娴熟，自设木匠作坊于东河塍。他擅建大户厅房，设计"走马楼""宴客厅"等大型建筑。西横街守愚堂的新厅，北门外蔡宅的楼厅，均由其精心设计建造。徐长生与杨姓徒弟合作，精配落地堂窗，木窗外表雕刻的花纹精细，结构紧密无缝。20世纪30年代建造的蔡宅厅堂，全厅18扇堂窗门上，设计雕刻有全本《岳飞传》，其工艺在镇上屈指可数。

钟寿福

钟寿福（1900—1954），家住东北坊北水门内。自幼学泥水匠，年轻时就能独立操作。他刻苦学习书法绘画，能在灶面上画数十种精美的图画。钟寿福特别擅长建"台门头"，当时大户人家建造的台门多出自其手。他还能砖刻古代人物，（俗称清水台门），又能用瓦灰捏成立体人物（俗称混水台门）。他刻捏的人物，容貌、姿态各不相同，形象生动。现存西门内李宅的砖刻门头和北门外蔡宅的手捏门头都是他的杰作。

朱兴发

朱兴发（1903—1968），家住西门坊西城弄，是崇福蓝印花布早年的一位大师。他自幼学习印染工艺，手艺高超，后在吕国昌染坊专事印拷花绸布。由他经手的蓝白两色拷花，花形轮廓线条清晰，入染去浆后，在蓝白分明的图案中，夹有灰干绽裂后所留下的不同冰纹，呈现出蓝印花布的纯朴素雅。镇上蓝印花布先前的花版都采自东阳，后经朱兴发摸索研究，创造运用桃花纸，以柿漆层镇成版，用于应付补缺，推广后得到同行的赞赏。

鲍廷发

鲍廷发（1876—1941），家住镇北街北桥头，开设鲍隆顺纸扎店。用竹篾为架，以色纸为表，能扎出各种彩具。清明蚕花胜会，乡村赛会上舞龙的龙头、狮子灯及迎灯的各式花篮大都是他的作品。他擅长剪纸，农村蚕匾上贴的剪花都由他制作并发卖。鲍廷发晚年信佛，专为佛事服务，制作各种纸具是他的拿手杰作。

田赐珍

田赐珍（1901—1954），原籍胡家坝。20世纪20年代为西门元昌百货店伙计，心灵手巧。1934年他为崇福花灯会设计扎制的"女阳亭"，有3层楼亭，顶停白鹤，四围的色纸用空心针扦成亮孔，可透出花灯的亮光。"女阳亭"每层配有名家书画，工艺细致，古朴大方，在崇德县花灯评比中被评为全县第一名。

褚少南

褚少南（1886—1950），家住西寺前。他自幼爱好书画，后专学裱画，中年成名，在家开设仿古斋诗画店。褚少南对于古画破损修补，怀有绝技。即使画作上有大块损伤，他也能修整如旧，色调、风格能与旧画保持一致，外行人很难分清真伪。褚少南还善弹三弦、琵琶，业余时在家聚集挚友结成"丝竹小集"，喜欢与人合作演奏，自娱自乐。

来茂松

来茂松（1876—1944），祖籍萧山，后迁至崇福镇太平坊，开设来永兴灯笼店。能自制各式灯笼，不时花样翻新，品种多达数十种。他擅长在灯笼上绘画写字，画的龙凤、双龙抢珠、西湖十景，栩栩如生，形象逼真。来茂松写得一手仿宋体好字，自写自剪贴在灯笼上，得到崇福居民的齐声赞赏。

丰缄

丰缄（1865—1941），字斯红，号绣常，原籍石门湾，嫁到崇福镇后居住在西横街。她自幼喜学针线，能不用底稿，凭空剪出喜庆和过年用的红如意，以及"吉祥如意""福禄寿喜"等数十个字画品种，婚嫁后专学刺绣，能在绸布上绣出各种人物花卉。她擅长绣蝴蝶，其代表作有"双蝶采花""绣女出阁"等，色彩鲜艳，精致细巧。丰缄曾花了数十工绣成一大型台毯，满丛花卉中百蝶随风飞舞，一时传为佳话，人称其为"丰蝴蝶"。

钟福顺

钟福顺（1905—1980），13岁从师学裁缝，青年时工艺大有进步。1936年他在北门开设福新中西成衣店，第一个在崇福镇上裁制各类西式服装，式样新颖洋气。钟福顺特别以做"中山装"挺括而闻名全镇，独占镇上缝纫业之鳌头。他的店铺后来搬迁至西寺前闹市区，生意更加兴隆，深受镇人好评。

在崇福民间还有无数能工巧匠，他们经年累月分别在各行各业劳作，创造了惊人的物质财富。居住在镇上的铁匠师傅能将废旧烂铁打造成一把把崭新的铁耙、刮子、菜刀；木（小木）匠师傅能用长短不一的木料制作成精美的八仙桌、梳妆台、太师椅；箍桶师傅能用木板制成结实耐用的担桶、面桶、锅盖；竹匠师傅能用毛竹编织成精巧的蚕匾、谷箩、竹篮等等。

江南小调

　　江南小调是民歌其中的一个种类。我国的民歌历史悠久，远在原始社会里，人们在集体劳动中为了协调动作，产生了劳动号子，这就是民歌的雏形。江南小调来源于劳动人民的口头创作，并在口头流传过程中不断经过集体加工而形成的。江南小调反映了劳动人民的思想感情、要求愿望、喜怒哀乐等，是各个历史时期社会风貌的真实写照。

　　江南小调的曲调丰富多彩，是开放在民歌艺苑中的一朵绚丽小花。它的曲调流畅抒情，结构整齐，产生于民间日常生活和风俗活动中，是劳动群众所喜闻乐见的一种艺术形式。它有着浓厚的群众基础，鲜明的民族特色。现在流行的江南小调，大多是明清"俗曲"的遗音，是民族民间文化的遗产。

　　我曾经作为知识青年下放农村，在参加农村俱乐部文艺宣传队活动中，听到了不少江南小调。我被江南小调那种优美动听的曲调所深深吸引，多年来搜集了一些曲调。现经整理后抄录几首，供各位欣赏。

　　我当时最早听到的是一曲《孟姜女调》，记得唱词是这样唱的：

孟姜女小调

　　正月里来是新春，家家户户点红灯，

家家夫妻团团圆，孟姜女夫妻勿团圆。

二月里来暖洋洋，双双燕子飞南洋，

燕子飞来都成双，孟姜女夫妻勿成双。

三月里来是清明，桃红柳绿百草青，

家家坟上飘白纸，孟姜女坟上冷清清。

四月里来养蚕天，姑娘双双去采桑，

奴奴篮挂桑树上，摸一把眼泪一把桑。

五月里来黄梅天，黄梅水发好种田，

家家田里秧苗青，孟姜女田里百草青。

六月里来热难当，蚊子飞来叮胸膛，

叮我奴奴千口血，勿可叮夫万喜良。

七月里来七秋凉，家家窗前做衣裳，

百家丈夫都做到，孟姜女家里是空窗。

八月里来雁鹅天，孤雁脚上带水来，

闲人说得闲人话，哪有人送寒衣来。

九月里来是重阳，重阳美酒百花香，

满杯酒来奴不吃，与夫同吃结成双。

十月里来上稻场，牵砻打米还官粮，

家家户户官粮还，孟姜女奴奴身抵当。

十一月里来雪飞飞，孟姜女动身送寒衣，

前面乌鸦来领路，观音托梦到长城。

十二月里来过年忙，杀猪宰羊闹洋洋，

家家户户年来过，孟姜女家里冷清清。

这是古代帝皇徭役制度所造成的悲剧，是秦时孟姜女经受凄凉经历的真实写照，通过唱词详情地揭露出来，听后真叫人悲痛万分，从而产生无限同情之心。

蚕姑想郎君（十二个月）

才逢正月是新年，瑞香花开菜抽心，正月元宵十五夜，家家门前点红灯，听得外面唱曲声，偷看齐整好郎君，若是与奴谈两句，明朝便死也甘心。

二月天气杏花开，忽见堂前双燕来，奴奴突然舒凉气，烦烦恼恼心里寒，也无媒人来问话，两行眼泪落下来，再过两年不说起，奴奴无病要生灾。

三月寒日是清明，桃花开放叶抽心，路旁花草春天发，奴奴打扮去游春，唱曲情歌俊俏郎，红男绿女成双行，奴奴也是风流女，并无男人伴奴行。

四月温暖养蚕天，奴奴听见便心酸，爹娘不管奴个事，只求蚕好要丝绵。日间只叫上筐添，夜间不得上床眠，壁上孤灯伴着奴，好如鱼胆伴黄连。

五月菖蒲雄黄酒，姐换纱衣打扮来，白绉汗衫红绫袖，下穿八幅亮纱裙，白绫藤裤是消金，下底露出水红菱，一双俏眼姐夫爱，一身白肉伴郎君。

六月炎天如火烧，手拿扇子摇劳摇，不管爷娘管得紧，六里亭上等郎君，屋后桃子时鲜红，采摘几只做荐赠。只听喜鹊头上叫，愿今郎来做一双。

七月秋分夜渐爽，荷花池中碧水凉，奴奴十指尖尖采，阵阵吹来老官香，无妇郎君走过东，奴奴肝里气冲冲，勿冷勿热睏勿着，晓思夜想寸断肠。

八月中秋夜更长，枕边阵阵桂花香，多姣奴奴无郎伴，被头常觉半床凉，一夜五更眼未合，翻来覆去恨爹娘，人家夫妇成双对，只有奴奴睏独床。

九月菊花满地开，凉风阵阵望夫来，奴今鲜花转眼谢，好花不采是痴呆，一世为人一朵花，四季如同一盏茶，多少郎君无妻子，为何不上我家钻。

十月芙蓉靠水生，桂花谢尽芙蓉新，厌恨爹娘无主见，奴的终身不思量，奴进房门独去宿，呆呆坐在镜台旁，孤灯同对奴心样，风吹灯火灯勿亮。

十一月寒天起朔风，手托香腮在房中，半眠半坐熬不得，只恨奴房无老公，二十郎君称奴意，三十男人马马虎，谁知夜夜守孤灯，姣奴急像饿老虎。

十二月寒风吹更紧，爹娘所话再勿听，今朝敷衍明朝媒，原想骗奴勿出门，只顾自己一床睏，忘记女儿是独身，今年安稳守过年，明年开春自找寻。

这是一首古代蚕桑姑娘追求爱情婚姻自由，内心思想感情真实流露的俗曲。曲调轻松明快，具有江南水乡特色。

五更调

《五更调》原来是苏南流行的民间小调，唱法变化较多，旋律活泼流畅，适宜填入抒情性的唱词。当年我下放时，在农村一名农妇那里搜集到的一曲《五更调》是这样唱的：

"说起一更里，黄昏成世界，我劝你表哥，香烟晓吃好，高尔夫，美丽牌，统统晓吃，吃之瘾头大，黄昏真难过。

说起二更里，扁担成世界，我劝你表哥，乌烟晓吃好，有铜钿吃乌烟，心里哈哈笑，无铜钿吃乌烟，眼泪落落叫。

说起三更里，笆斗成世界，我劝你表哥，毛革晓穿好，中山革，华丝革，白棉绸个中线毯，还是杜布牢。

说起四更里，七促成世界，我劝你表哥，堂子晓嫖好，嫖堂子，打野鸡，统统才生疮，龙管疮，杨梅疮，过了真难当。

说起五更里，天门亮起来，我劝你表哥，铜钿晓赌好，产牌九，打麻将，铜钿输得光，来了一道鸡脚兵，拉去坐班房。"

《五更调》曲词用通俗易懂的本地方言，深情地表达了农村妇女痛恨赌博、吸毒、嫖娼的心情，以心地淳朴的感情劝说男人要勤俭持家，不奢侈浪费，做一个正直善良的人。这首曲词流传到今天，仍有一定的教育意义。

时新花名十个月

正月梅花报立春，观灯十五美良辰，郭华上京求功名，路遇多姣王月英，胭脂铺，两留情，绣鞋罗帕定终身，龙图判断成夫妻，春宵一刻值千金。

二月春分开杏花，顺水鱼儿唧草根，张生得病西厢里，莺莺闻知泪直下，相思病，倍加增，写好书信想寄情，佳期约定良宵夜，月钩初上定终身。

三月清明桃花开，桃红柳绿按时来，梁山伯与祝英台，三年同学在书舍，情义合，勿疑猜，谁知英台是裙衩，后来知道求婚配，十扣柴扉九不开。

四月小满木香开，绿暗红稀夏日来，蔡伯偕招婿牛相府，抛弃前妻赵五娘，裙包土，筑坟台，肩背琵琶上京来，弥陀寺里把真容露，凭栏十里美荷香。

五月芒种石榴齐，将军挂印顺风旗，刘备要把四川夺，关公勒马问张飞，五虎将军都到齐，孔明妙策鬼神奇，三分天下刘先主，草地平湖白鹭飞。

六月大暑放荷花，炎炎烈火炼丹砂，董永卖身葬亲父，槐荫树下遇仙人，仙缘满，上天台，牛郎织女隔天河，年年相会在七夕，朱雀桥边野草花。

七月鸡冠正立秋，江边铁锁练孤舟，苏秦背剑秦邦去，丢下多姣真愁苦，公婆打，伯母骂，终日汪汪两泪流，丈夫一去无消息，白云红叶两悠悠。

八月白露桂花开，踏梯望月雁南来，仙女似花张四姐，思凡独自下天台，离仙府，降人间，嫁了书生崔秀才，后园有棵摇钱树，重重叠叠上瑶台。

九月霜降菊花黄，春莺秋雁在北方，潘必正离寄女贞观，思想陈姑美妙常，偷书简，俩成双，私订白头永不改，姑母要阻情难断，双双出走在汉江。

十月梧桐秋已尽，乍寒还暖气候正，方卿见姑遭耻辱，陈翠娥赠塔六秋亭，姑娘狠，小姐情，陈廉追婿九松亭，高中状元再试姑，欺贫爱富不该应。

小曲借农时节气的花名，抒写传统戏剧的剧目情节和剧中主要人物的故事。该曲内容丰富，情节生动，感情深厚。

看戏文

桃红柳绿是三春，二八姑娘看戏文，看罢回转自家门，且把戏文说娘听。开台呀，做的连环计，蔡伯喈上京去求名，他是相府里去招亲。二折是水漫金山白氏与小青，无情无义许汉文。娘呀，他是昧良心。三折呀，做的是鲁智深酒醉打山门，猪八戒盘丝洞里进。表哥哥前来送点心，吃了烧卖肉馄饨，昏昏沉沉看了下半本。开场呀，做的西厢记，莺莺小姐去操琴，勾引小张生，红娘叫夫人留情。后来呀，送到长亭，啼啼哭哭，哭哭啼啼，他是年纪轻，娘呀，怪不得他们。

这是一曲描写古代青年男女观看戏文的生动细节，借说给娘听来表露自己的思想感情。

观四景

喜见春到来，牡丹芍药一齐开，蝴蝶见飞，飞得奴家魂不在，紫燕上楼台，日落红霞送过春来，美春景，怎叫奴家心不爱。

怕到炎夏天，王孙公子戏秋跶，石榴花开，赛过三月桃花开，佳人站池边，鸳鸯水上眠，无心观看并蒂莲，闹龙舟，为何不见才郎面。

秋风又见凉，满园黄菊无心观，寒虫见叫，不及像那从前鸟，铁马响叮当，耳边孤雁声声叫，过重阳，为何未见才郎到。

冬雪随风飘，眼前寒鸦又来了，媒人不回，为何不把书来寄，思你也是妄，想你也是空，思想呀是勿中用，要相逢，除非南柯一梦中。

这是描写古代年轻姑娘借观看四季景色为由，触景生情，从而迫切想见到才郎。追求爱情婚姻自由，真实心理写照的小曲。

吴江调

《吴江调》原名《山歌》，相传南宋诗人杨万里当年曾经听过此曲调。《吴江调》现流行于苏南一带，因曲调中间用了数板，情绪较为轻松，因此也是沪剧和苏州评弹中常用的一种小调。有一曲《吴江调》写道："月儿高高照九州，几家欢乐几家愁，几家夫妻共团圆，几家流落在街头，几家夫妻共团圆，几家流落在街头。"

解放以后传统的江南小调，各地城乡在配合宣传工作，组织演唱的也比较多，它深受广大人民群众的欢迎。

玩会调

《玩会调》是一曲江南流行的小调，其中一曲歌唱"大跃进"的《玩会调》的题目是《绣手巾》，词中唱到"张家呀姑娘呐哟，十呀八九来，哎咳哟，劳动呀生产是能手哇，抽空把手巾绣。来哎咳哟哎哟咳哟，抽空把手巾绣。咳咿子咳哟！一条呃手巾呐哟，绣呀的新来，哎咳哟，上绣全国呀大跃进哪，快马呀向前奔。来哎咳哟哎哟咳哟！快马向前奔，咳咿子咳哟！"唱词把"大跃进"时代轰轰烈烈搞生产的场面，形象生动地表达了出来。

银绞丝调

《银绞丝调》原是明代时尚小曲，现今在江南仍极为流行，曲调轻松愉快，可以叙事，也可抒情。有一曲《银绞丝调》的题目是《建设电力灌溉站》，唱词是这样写的"雄鸡报晓天明亮，五星红旗迎风扬，姑娘挏铁锹，小伙子走成行，匆匆忙忙来到工地上。姑娘打夯为啥忙？为了打这幸福桩，流汗湿衣裳，决心坚又强，建设农村人人出力量"。曲词把我们带到了热烈的劳动场地，感受到当时农村青年男女，为了美好的明天，大搞生产，一心建设新农村那种热火朝天的情景。

金铃塔调

《金铃塔调》曲调优美明快，可以抒情、叙事，有说唱，还有快板，很适合宣传时演唱。一曲歌唱电力铁塔的《金铃塔调》是这样唱的："高山飘白云，小溪流水清，勿唱过去唱今朝，唱只唱电力铁塔高耸入云霄。铁塔高，铁塔新，电力铁塔刚建成，一座铁塔三只角，只只角上挂瓷瓶，条条电线塔上架，翻山越岭到山村，座座铁塔高又大，这是工人老大哥来建成啊，电力铁塔高耸入云霄。自从电力到山村，不怕天灾旱涝生，高压水泵溪中伸，敢叫流水高处行。电动机轰隆隆，一柱水流翻山顶，灌溉稻苗产量增，农民个个喜盈盈。勿唱过去唱今朝，唱只唱社会主义农村面貌新。"

杨柳青调

《杨柳青调》是流行江南的民间小调，旋律流畅，节奏明快，学唱方便，由于其句式结构简单，又易于即兴填词，所以常作为街头宣传之用。当时有一曲《歌唱农业大发展》的《杨柳青调》其中有3段是这样唱的："芝麻花开节节高，农民生活大提高，杨呀杨柳青，新农村，新面貌，新气象，说不了，哎哎哟，包你听得眯眯笑。工人农民是兄弟，相互支援理应当，杨呀杨柳青，菜和肉，送进厂，工业品，送下乡，哎哎哟，工农齐心力量强。树木花草到处栽，绿树成荫人人爱，杨呀杨柳青，康乃馨，真名贵，水蜜桃，甜得来，哎哎哟，农村处处风光好。"

马灯调

《马灯调》是浙江宁波民间曲调《跑马灯》中的一首小曲。表演时，由儿童分别骑5根"竹马"，队伍前进时队形可随时变化，5名伴唱者身背5面锣，边走、边打、边唱，十分热闹欢乐。曲调活泼、明快，伴有跳跃性。曲调适宜填写歌颂性、叙述性和鼓动性的唱词。有一曲《马灯调》的唱词是："小小马儿五尺长，爬高落低奔四方，有谁识得千里马，五湖四海一同闯，哎格龙冬哟，五湖四海一同闯。"

名胜古迹

　　"一林梅树一渠荷，文笔峰前秀气多。竞卜蟾宫登蕊榜，桂山攀剩老枝柯。"是描写崇德孔庙的一首清代《语溪棹歌》，如今风貌依旧的孔庙和文壁巽塔尚在，雄伟古朴的崇福寺金刚殿仍然肃静地坐落在市中心，横跨于古运河与语溪（南沙渚塘）交汇处秀丽古朴的单孔石拱桥——司南高桥，今日依旧是镇人的交通要道，这些古迹已经成为崇福的标志性建筑。崇德（今浙江省桐乡市崇福镇）地处杭嘉湖平原，素有"鱼米之乡，丝绸之府"之称。崇福附近的乡村土地肥沃，物产丰富。广大农民勤劳俭朴，历来以种田养蚕为生。崇福镇是一个有着1000多年历史的县治所在地，镇上交通发达，商业繁荣。从古以来邑人崇文兴教，人杰地灵，历代的文物古迹颇多。解放初期，镇区面貌古朴破旧，当时还留有不少历史遗迹，有些文物具有很高的研究价值。但是由于社会变革，经济发展等因素，造成镇上的文物古迹有逐年递减的趋势，为此在这里想根据本人回忆略记一二。

崇德古城

　　崇德最早建筑的城墙是在元至正二十八年（1368年），县城周长5里30步（古时五尺为一步），设有陆地城门4扇，水城门3扇。城墙边凿市地为池，水池阔7丈，水深2丈2尺，其里步之长视城有加。明洪武十九年（1386年），海盐有倭寇进犯，当时的海防长官急于防守，下令拆除崇德城墙，将其砖石全部搬运到乍浦筑城。明嘉靖三十四年（1555 年），崇德知县蔡本端奉檄重新修筑城墙，以抵御倭寇侵犯。第二年正月初七，1 万多名倭寇乘崇德城墙未竣工之机，破城而入，大肆掳掠财物，残害百姓。在倭寇退城之后，浙江巡抚命令崇德知县抓紧筑城防倭。当时在家乡的崇德邑绅右通政吕希周会同知县商量筑城之事。他极力主张运河改道，回环全镇绕城，四周以水为障。不久城墙筑成后，护城河水流绕城如带，既能通船只，又利于防卫倭寇。当地民间流传着"崇德吕希周，直塘改作九弯兜"的传说。新筑的县城周长 7 里 30 步，高 2 丈 7 尺，阔 1 丈 5 尺，有水旱城门各 5 座，修筑历时五个月才竣工。第二年，倭寇又来侵犯，崇德县城士兵和老百姓依靠新筑城墙坚守，倭寇无法进城，不久便败退而归。嘉靖三十九年，知县刘宗武又在城墙上修建城楼四座，南北瓮城各一座，再筑箭台 30 个，敌台 3 个。明清时期曾经多次修缮加固，使崇德城墙一直比较坚固。清咸丰十一年（1861 年）二月，太平军攻占石门县城，毁掉东南面近半个崇德县城。同时太平军将拆下的砖块石头，沿南北市河建造城墙，在义济桥（今春风桥）西另行建造城门。清同治五年（1866 年）五月，在被太平军拆毁的原县城位置上重新修筑城墙。这座城墙一直保留到抗战前夕。抗战期间，南门城墙被日军毁坏，护城河被河泥所淤塞，已经不能绕城航行。北门城外被日军烧毁店铺 50 多间，古建筑被毁无数。

记得小时候崇德的古城墙基本上还存在，在星期天我曾经多次沿着城墙去散步游玩。当时东西城门尚在，南北水城门也基本完好，进出城的船只都要经过城墙下的水城门，在水城门旁边还建有小巧玲珑的石桥，那时候这些水乡独有的风景真的十分迷人。当时，崇德南门城门早已不存在，城墙也少了一大段。在北门城墙上面，有人种植了毛豆、青菜等蔬菜。崇德沿城墙开挖的护城河，除了北门有一段被河泥淤塞外，其余的还基本畅通，河中常有船只来往，航行十分繁忙。在北门和西门的城门外，分别建有一座木制的吊桥，古时候的吊桥是可以用绳索将木桥悬空吊起，以阻止敌人侵犯。北门的那座吊桥，在 1958 年时改建成钢筋水泥桥，桥名也更改为跃进桥。我就读的崇德县中，学校北面就在城墙脚下。每当课外活动时，我们经常到城墙上去走走，呼吸呼吸新鲜空气。在 1958 年，因全县农村大力兴修水利，崇德城墙上的城砖石头全都被拆除，如今古城墙仅留下西门竹行桥附近的一小段破损的遗址，还可供后人观赏。

大街小巷

崇德县城原来的街道巷弄密布全镇，素有"七十二条半弄"之称，原先的街道弄堂全都是用石板铺就的，路面狭窄一般只有二三米开宽，人来车往拥挤不堪。唐乾符年间（874—879 年）这里已经建立义和镇，商业活动在唐代时已经开始形成。到后梁开平（907—911 年）初，当时小镇正式被称为义和市。宋代时稻谷、蚕桑是市郊主要的农产品。"运河一线界乎其中，旁支水路环绕"，这里是过往商贾必经之中路，再加上外地商人跟随官府避金兵之乱，纷纷迁移于此。此时镇上的商业交易日趋频繁，至元朝时已经成为一个州治地的大市镇。到清初，镇上烟叶、土布、绵绸交易大盛，市场十分繁荣。当时由于商业发展，带来了佛教文化也十分昌盛。据清光绪《石门县志》载，至清代末叶，镇上有历代建造的寺庙 50 座，碑刻 128 块，古建筑 22 处，牌坊 38 座。在太平军进攻崇德城时，镇东南的闹市区全部被毁，七十二条半弄被毁掉近 40 条。从此，镇上的商铺才西移至西寺前、城隍庙、县前、春风头等地。农产品收购商行也迁移到北塘、南沙滩和北沙滩。当时，在营门口开设东致和药店，春风头开有方大有茶叶店，西门开有李道生官酱园，沈公和烟行。另外在镇上开设比较有名的商店有李茂丰南货店，公昶百货商店，蔡隆顺南货店，范长裕纸张文具店，大昌诚绸布店，沈源隆广货店，何万盛银楼，颐香斋茶食号，福和楼茶店等。县前刘福兴面店的羊肉面，烹饪考究，风味别致，每年秋冬季节天未亮，早已顾客满堂。其他还有正泰祥硝皮作在当时也很有名，是镇上开设较早的硝皮作坊。那时候，横街的商业活动也很繁忙，整个街市全都开设店铺。规模较大的有善长当、钱庄、铜匠店、绸缎店、吃食店等。横街更多的是名人聚居之地，有民国沪军都督陈英士学生意的善长当、秋瑾挚友徐自华的故居、足球名将戴麟经家的戴家楼、我国著名桥梁专家、中科院院士程庆国的家园等。

1952年，东大街、西大街、北大街等主要街道，已由石板路改建成水泥路面。1958年，崇德城墙拆除后，把城墙原址改建成道路。1970年，镇上东西走向的两条市河县前河和宫前河先后被填平，改建成崇德路和宫前路。全镇原有的72条半弄，当时还有32条半。这些弄堂大多狭窄幽深，两边的围墙很高，一抬头看起来好像是一线天似的。有的围墙上还布满了绿色茂盛的爬山虎，或者是开着一大片粉红色花朵的蔷薇花，抬头望去红花绿叶真是娇艳无比。幽深莫测的石板小弄是江南小镇所特有的风光，在这里曾经走过不少有名的或无名人的脚步，见证过无数历史事件和市民的惊人事迹。镇上弄堂的名字也取得好，有以寺庙取名的西寺弄、庙弄；以姓氏取名的陆家弄、蒋家弄、李家弄、杨家弄；以形状取名的长弄、半爿弄；更多的是以行业取名的糖坊弄、羊行弄、硝皮弄、混堂弄等。其中最有名的要算五桂坊弄，南宋建炎初（1127），莫琮避金乱至崇德，在弄内建椿桂堂。莫琮生5子，个个勤学苦练，五兄弟先后考中进士，五子登科，莫氏奉旨建造了五桂坊。如今五桂坊早已无存，五桂坊弄却依旧如故。镇上还有一条传奇的立总管弄，传说清乾隆年间，邑人陈万青家境贫寒，童年曾寄住在南门会馆，每日要经过总管弄，然后到崇福寺三香吟馆去读书。传说陈万青是文曲星下凡（后来考中榜眼），他经过总管弄时，总管菩萨会主动站立起来，退到边上让他先走过，以表示尊敬。解放初，立总管弄两旁的白粉墙上，还画有几幅大型彩色壁画。现在总管菩萨和壁画都不存在了，狭长的立总管弄却还保存完好，每天人来人往热闹非凡。少年陈万青勤奋好学的精神，至今还在镇上的市民中传颂。

五桂坊弄

在崇德县城（今桐乡市崇福镇）闹市区有一条很有名的里弄，名叫五桂坊。

镇上传说在五桂坊弄里，曾经居住过一家姓莫的人家。莫家有兄弟5人，先后全部考中进士。为此，皇帝赐名此弄为"五桂坊"。五桂坊东面临近崇福寺，西面靠城隍庙，南面是崇德大街，北面近大操场。五桂坊弄长200米，宽2米，仅够两辆自行车交叉通行。由于时间久远，弄里的住房经过多次修建，莫家曾经居住过的房屋如今已无法考证。同时，"五桂坊"牌楼早已被毁，仅留下弄名和原来的弄堂。我小时候看见在五桂坊东北角有一幢厅房，解放初这里是崇德县文化馆所在地。厅房北面有几间宽敞高大的两层楼房，这里曾经用做图书馆和阅览室。走过一个大天井南面是一座高大宽阔的大厅房，里面可以摆放6只乒乓球桌，同时开打比赛。大厅内光线明亮，空气流畅，十分适合开展文娱和体育活动。厅房南面还有一个小院子，种有各种花草树木。这座住宅是整条五桂坊弄里最好的房子，但不知是否是南宋莫氏的故居，有待进一步考证。

崇福民间传说：南宋时有一个名叫莫琼的人因为躲避战乱，从杭州迁居崇德，住在崇福寺西面的一条小弄里。莫琼生有5个儿子，教育严格。儿子开始读书之时，就要他动手在庭院内种上一株桂花树。5个儿子先后在庭院内种了5株桂花树。莫琮对孩子们说："桂花树是月中之物，谁先考中进士，谁种的桂花树就会先开花。"在父亲的激励之下，5兄弟个个勤奋好学。奇迹果然出现了，莫家5个兄弟先后全部考中进士，这五株桂花树也依次开了花。

据崇德有关史料记载，莫家大儿子莫元忠，在宋乾道八年考中进士，曾先后任历阳县主簿、怀宁县丞、义乌县令、安州通判等职。他为官公正清廉，开仓济贫，追捕强寇，筹资重建书院和贡院。

次子莫若晦，南宋绍兴三十年考中进士。历任江东帅幕、平江通判、严州知府等职。他修筑城墙，创办书院，减免百姓赋税，鼓励开垦闲散荒田，成绩卓著。

三子莫似子，宋淳祐四年考中进士。曾任丹徒尉，为官期间整肃腐吏，节省公费，成绩灿然。

四子莫若拙，宋淳祐元年考中进士。曾任真州教授，修贡兴学。

五子莫子谦，宋淳熙二年考中进士。先后任安吉县丞、吴江知县、全州知府等职。他曾经提出"人才宜预蓄，财用宜预足，军旅宜预练"等主张。他一生淡泊名利，乐于为善，深得当地百姓好评。

莫琮5个儿子全都荣登进士第，在我国古代实属罕见，后人称颂是"五子登科"。当时皇帝龙颜大悦，下旨在崇德建"五桂坊"牌楼，以示表彰。崇德县官府奉旨，立即在镇上建造了一座"五桂坊"牌楼。如今牌楼早已被毁，五桂坊的弄堂名却一直沿用至今。莫氏家族的墓葬地，在今崇福镇芝村莫墓村。

宋代诗人范成大作诗《寄题莫氏椿桂堂》，自注"莫氏五子皆登科，居崇德县"。诗云：

君不见，衣冠事今犹昔，前说燕山后崇德。联翩五组带天香，世上籯金贱如砾。他年诗礼到云来，日日高堂称寿杯。桂长孙枝椿不老，却比窦家应更好。

明代诗人朱逢吉有诗《秋风五桂》曰：

> 莫氏五兄弟，联登科甲荣。
> 一门关世教，五桂立芳名。
> 仙树月中老，里闾天下清。
> 题诗劝乡俗，力学继蜚声。

立总管弄

清乾隆年间，石门县语儿镇（今桐乡市崇福镇）陈万青和陈万全两兄弟刻苦读书，双双成才，长期来被镇上人传为佳话。长兄陈万青幼年聪慧过人，但家境贫苦，全靠省吃俭用才勉强能进私塾读书。他平时穿的衣服补缀累累，夏天只有一件破旧的葛衫，回家后几乎要天天清洗。冬天的棉袄单薄得不能御寒，私塾里其他同学都穿戴得鲜艳暖和，相比之下显得十分寒酸。后来，弟弟陈万全7岁就寄读在另一所私塾学习，每逢下雨天，兄弟两人合用一把雨伞。陈万青总是先送弟弟进私塾，然后再自己去读书。兄弟俩每天中午不回家，自带隔夜的冷饭，托人帮助蒸热后一起食用。由于家中贫穷，晚上复习时点的灯很省，将一根灯草劈成两半，只用半片灯草照明，灯光小得像绿豆大小。兄弟俩就在这样艰苦的环境下，坚持晚上读书至半夜才肯睡觉。每天早晨天刚亮，两人的琅琅读书声便传出屋外，为此得到左右邻居的齐声称赞。

刻苦学习终有收获，陈万青15岁那年一举考中秀才。此时因家里贫穷，无法供他继续读书，只得自己开私塾教学生。他靠着微薄的报酬，挑起了养家糊口的重担。陈万青一面在私塾里教书，一面继续刻苦自学功课，不久终于考中了举人。几年后，弟弟经过刻苦学习考中了秀才，8 年后也考中了举人。第二年，兄弟俩一道去京城赶考，结果两人都名落孙山。这时，弟兄两人已穷得连回家路费也没有了，只得暂时在京城设馆教书。后来陈万青回到崇德后发奋图强，刻苦学习，曾先后 7 次参加岁考，每科均得第一。韩城宰辅王杰到浙江视学，极为器重他。不久，陈万青被选贡进京，送入国子监读书，一举登上京兆榜榜眼。没多久，弟弟陈万全也考中了侍郎，在京城做官。

陈万青进士及第后授翰林院编修，历任翰林院侍读，纂修《通典》《四库全书》《永乐大典》等典籍。后又先后出任顺天府乡试考官，江西乡试主考官，山东乡试副考官，广东乡试主考官，不久升任陕甘学政。陈万青擅长诗文，喜欢作书，又精于书法。朝鲜贡使来京，必要购买陈万青的石碑而归。陈万青以诚待人，礼待下人，不傲视后进，对一介布衣，只要有一技之长，一言之善，都会得到他的赏识。

陈万青，字远山，号湘南，浙江石门人。乾隆四十六年辛丑科（1781 年）进士第二人（榜眼），官至陕甘学政。最后，卒于为官任上。

相传长兄陈万青 7 岁时被爆竹伤了眼睛，以至于失明。他泣不成声地说："我还没有读完《诗经》，就看不见字了！"忽然陈万青感觉好像有个紫衣人用一竹筷子拨他的眼睛，一下子，视力恢复如初。这说明陈万青自小就嗜好读书。他善待兄弟，天性友爱。没多久，弟弟陈万全也考中了侍郎，在京城做官。

陈万青在他弟弟的斗室门楣上写上："海一斋"，取自苏东坡诗"四海一子由"之意。如果别人问，他就解释作"万人如海，一身藏也"。陈万青去世后，他弟弟将此室改为"来因取更结，来生未了因"。

镇上居民传说由于陈万青刻苦求学的精神深深感动了弄堂的总管菩萨，每当陈万青路过此弄时，总管菩萨会立起来站在一旁，恭敬地让陈万青走过。为此该弄被后人改名为立总管弄，这条地处横街狭长的小弄堂至今还保存完好。

陈万青兄弟俩不畏贫困，刻苦学习的精神，激励着一代又一代家乡人。尊师重教，自学成才的风尚代代相传。

语溪棹歌

吴曹麟（1806—1831），字黻堂，号松溪，桐乡洲泉人，少聪颖，道光二年县试第一，为廪生。工诗善文，惜早卒。

《语溪棹歌五十首》是清代诗人吴曹麟所作。吴曹麟生于嘉庆十一年（1806），现属桐乡市洲泉镇人，年少时聪明超人，诗词文章样样精通，道光二年（1822年），16岁参加县试，一举夺魁，惜英年早逝，卒于1831年。

《语溪棹歌五十首》描写的是崇德县城范围内的风土人情，具有很高的历史、文化、艺术价值，为后人留下了一份生动翔实的文史资料，也可以说是一部十分可贵的活志书。

棹歌古诗

《语溪棹歌五十首》浅释：

（一）

沿流行馆影欹斜，座满宾朋笑语哗。

漫道语溪溪不语，有人折柳赋皇华。

诗人乘船沿着语溪河顺流而下，看见官员公差路过的临时行馆，这时房屋的影子已经歪斜，里面却宾客满座，不时传出阵阵大声喧哗的欢歌笑语声。路过的人不要说语溪水流过没有一点声响，有人曾经折柳枝作赋，歌颂那些奉命出使的官员。

《国语·越语》记载："勾践之地，北至御儿。"《越绝书》记载："语儿乡，故越界。"语溪就是崇德的古称。

（二）

吴越兴亡古战场，千年南宋渡康王。

青苔白骨谁凭吊，一片斜阳白马岗。

崇德是有名的吴越古战场，又是南宋康王南渡时经过的地方。白马岗在县（崇德）西北六里十都（今芝村利顺）。白马岗在崇福镇西北3千米处，这里曾经是吴越激战的古战场。诗人感叹千千万万无谓阵亡的将士，如今却没有人来这里凭吊他们，诗人道出了战争的残酷与无情。

（三）

游屯泾上草萋萋，纪目坡边一色齐。

惆怅当年曾放牧，渔舟唱过荡东西。

明代潘蕃《吴越战场》有"吴越兴亡宛目前，游屯泾上草芊芊"的诗句。游屯泾在崇德地区，是吴越争战的主战场。

纪目坡在千乘乡，吴王夫差募兵5000人牧养于此，坡西北7里有游屯泾。游屯泾和纪目坡在今凤鸣街道灵安附近。诗人路过这里，看到眼前一片绿油油的青草，听到阵阵悦耳的渔歌声，不由想起了春秋时期，放养牛羊，屯垦粮草的热闹情景。

（四）

里名依旧号生贤，丞相于今六百年。

一瓣遗香谁继续，莫嫌洲小仅如钱。

生贤里为宋赵忠定公汝愚故宅，在洲泉。生贤里在今桐乡市洲泉镇，诗人写到不要嫌洲小仅仅只有铜钱大小，这里曾经出过一位丞相，宋代赵忠定公汝愚的故居就坐落在洲泉生贤里。

（五）

家近东湖清白池，门前流水寄相思。

郎心可似波心月，照见侬颜憔悴时。

清白池在千乘乡南蔡桥北，相近有东湖。千乘乡在今钱林、灵安、羔羊、同福等乡镇地区。诗人的家就在千乘乡南蔡桥北，与东湖临近。

（六）

几群乳鸭浴池边，曾泛张郎载酒船。

深浅不知流水逝，携雏来往日年年。

宋张子修、张汝昌建东西园。戴复古诗：乳鸭池塘水深浅，熟梅天气半晴阴。东园载酒西园醉，摘尽枇杷一树金。

（七）

篁墩早笋燕初来，学德清风到处栽。

翟翟成竿千万个，哺鸡时节又警雷。

篁墩即黄泥墩，在十八都。篁墩在崇福镇附近的黄泥墩。每当燕子飞来时，早笋已开始上市。在惊蛰雷声响起时，正值哺小鸡时节，那时本地出产的哺鸡笋粗壮鲜嫩，味道特别好吃。

（八）

水面波生荫口湖，春江一幅纸鸢图。

偶从鹞子墩边过，几个风筝齐也无。

东九都为吴越战地，有荫口湖、鹞子墩等迹。鹞子墩是有名的吴越古战场所在地，在崇福镇东北 3 千米处，现为崇福镇中夫村所在地。当时诗人路过这里，看见在春光明媚的天空，有人正在放飞几只风筝，不由得触景生情，感慨万千。

（九）

文武全才佐太平，券书珍重倚干城。

流风只在钱王馆，犹听当时弦诵声。

澄圣院在钱林村，吴越王钱镠微时馆于此。钱王馆在今桐乡市钱林村，当年吴越国钱王钱镠曾经在这里读书吟诗，歌唱游戏玩乐。由此可见，当年的钱林也曾经辉煌一时。

（十）

两家门第一家风，仙佛师儒道本同。

演教寺连崇圣院，何时都作梵王宫。

崇圣院为晋徐君舍宅所建，演教寺地处高桥乡镇，是桐乡有名的佛教寺院。道教和佛教可以同在一地方存在，又互不干预。

（十一）

金谷平泉几野邸，友芳园里动人愁。

多情一片梅花石，大雅堂前万古留。

友芳园为明吕大令炯所居，有别墅曰五柳庄、大雅山居。友芳园是吕留良的祖居，原址在今桐乡市崇福镇西门城内的大操场附近。当时诗人看到友芳园里，已是一派荒凉败落的景象。几堆野土丘旁，孤零零的遗留下一块梅花石。友芳园里的五柳庄别墅大雅山居，早已人去楼空，留下千古遗憾。

当初的友芳园内有河流小山，长林奇石，楼台亭阁，围沿十多亩，其规模可谓大也。郡马吕燨将东岳庙圈入园内后，又把元代留下的"七星池"开挖重修，将南面的"秋水潭"挖深，在附近大兴土木建造"许归堂"厅房。吕留良的祖父吕燨招郡马回乡时，淮庄王为了减轻女儿郡主在崇德思念父王之情，特赐给奇石一块，嘱女"见石如见父亲"。郡主将梅花石放置在自己的梳妆房前面，为此该石又称之为梳妆石。

（十二）

南城遗宅掩双扉，海燕重前人未归。

好鸟劝歌行不得，杜鹃声里鹧鸪飞。

来燕居为明曹远思故宅，建时海燕适至。诗人写到崇德南门有一间来燕居的房子，原是明代曹远思的故居，当时在建造期间曾经有海燕飞来此地。诗人看到如今来燕居已是双门紧闭，只看见此时海燕重新又飞来这里，却迟迟不见屋里的主人归来，表达了诗人见物思情，内心产生万分凄凉悲哀之情。

（十三）

何处江南黄叶村，庄名偏向近郊存。

闲云野鹤今安在，愁色年年绕院门。

黄叶村庄是黄叶老人吴之振（孟举）讲学著书处，在崇福西门外，俗唤吴家花园。黄叶村在崇福镇西门城外，原崇福酒厂所在地，这里曾经是明末清初黄莪老人吴孟举（之振）著书立说的地方。诗人看到当时的祖居吴家花园里有几只野鸟逗留此地，院内已无往日的繁华，顿时愁思万千。

黄叶村庄别墅内原先有亭台楼榭，曲水回廊，竹洲草庐，小山丛桂，极为自然雅致。

（十四）

绵亘长营据长游，千人坡外运奇谋。

承平日久民安堵，不识前朝烽火楼。

南长营在塘东，千人坡、烽火楼皆越王宿兵之野。南长营在崇德塘东千人坡，吴越交战时曾在烽火楼住宿过兵士。诗人感叹由于这里已经多年平安无战事，当地老百姓连烽火楼也都不认识了。

（十五）

秧田未插水弥漫，种遍平畴又旱干。

苦雨农情思欲诉，老龙曾否在龙坛。

龙坛在县（崇德）东北200步。龙坛设在今崇福镇北门外坛弄附近，当时四乡的农民经常遭受自然灾害，为此设坛祭拜龙王，以求保佑风调雨顺，四季平安。

（十六）

邻场记得贩茶盐，酒库谁将税务兼。

一自当炉人去后，沽春春不上眉尖。

茶盐场酒税务俱在县东北 150 步，在崇福镇北门城外不远处，坐西朝东。此地曾经是崇福烟糖公司烟酒仓库所在地，水陆交通十分方便。

（十七）

一林梅树一渠荷，文笔峰前秀气多。

竞卜蟾宫登蕊榜，桂山攀剩老枝柯。

这里描写的是崇福孔庙前后的古迹风情，庙前有着一大片梅林，树旁的荷花池内开着鲜艳的荷花，文壁塔秀丽多姿。孔庙后面桂山上原先种着许多桂花树，这时由于人们纷纷祈求金榜题名，那些桂花树已被攀折得只剩下几根光秃秃的树干了。

崇德孔庙也称为文庙，除了大成殿主体建筑外，前有"文房四宝"笔、墨、纸、砚，以及石狮子、牌坊，后有桂山等景物相配套。曾有"桂山聚秀、魁阁凌虚、文壁穿云、芹池浴日、桃蹊簇锦、杏树联阴、虹影双飞、鲸音远度"八景。

（十八）

黍酒鸡豚拜佛后，祈蚕祈谷话从来。

夕阳满地人扶醉，白社墩前报赛回。

白社墩在瓜宅村，元卫富益书院址。白社墩在瓜宅村，是元代卫富益书院的原址地。诗人生动地描写了村里的农民置米酒以及鸡猪羊叩拜佛像，祈求蚕桑稻谷丰收。同时诗人还写出了村人酒醉回家的真实有趣情景。

（十九）

灵椿丹桂杳难寻，浪说团栾十亩阴。

不若田家荆树好，联华堂埭自森森。

椿桂堂为宋莫元忠五兄弟宅，即五桂坊。五桂坊在崇福镇西寺与城隍庙之间，坊名沿用至今。相传南宋时，有一个名叫莫琮的人因躲避战乱，从杭州迁居到崇德。莫琮有孩儿5人，每当他的儿子长大读书之时，就要孩儿在庭院内种上一株桂花树。就这样莫氏5兄弟共种了5棵桂花树，结果他们先后全都考中了进士。为此，皇帝特地赐名"五桂坊"。

（二十）

情意缠绵对榻间，一窗风雨倍萧闲。
居官莫作天涯客，且向怡堂接笑颜。

怡堂在千乘乡蔡氏阅开、辟闸昆弟同居，故宅。诗人写出了盼望官人早早回家与家人团聚，享受天伦之乐的心情。

（二十一）

钓徒元属是烟波，吏隐家风张志和。
郊外卜居贤令宅，清风明月一渔蓑。

南宋绍兴时吴人张秀来丞崇德居邑郊，匾堂曰渔蓑。渔蓑是一个堂名，南宋绍兴时，张秀来在崇德郊外建造渔蓑堂。

（二十二）

长松修竹荫横塘，福相庄严忆上方。
瞻拜人来遥指点，绿荫深处露红墙。

这是诗人描写崇德北门外福严寺院香火辉煌的景象，小河旁松竹映晖，前来瞻仰朝拜的人川流不息，在绿荫丛中人们可以看到一幢幢杏黄色的寺院建筑物，景色十分庄严秀丽。

福严寺最早建于梁代天监二年，距今已有 1400 多年的历史。古寺占地面积 54 亩，寺内有三大殿：天王殿、大雄宝殿、圆通宝殿。寺院四周有数以千计的古木，寺前的一片松树林更是郁郁葱葱，繁茂无比。大殿东西两侧还有罗汉堂、斋堂、客堂、卧室等 75 间之多。寺内最有名的是寺藏四件宝物：绉云峰、石补钟、马皮鼓和阴阳镜。

（二十三）

亭子庵连西竺庵，香时最闹月重三，

村娃底事忙如许，为过清明便育蚕。

诗人写到农历三月初三这里的香事最为热闹，蚕农烧香请愿者接二连三。可是一过清明，蚕农们就要忙于生产，采桑养蚕了。

（二十四）

朝来无力启帘栊，怕见游尘陌上红。

偏是天公能惹眼，小楼何日不春风。

春风楼，宋知县奚士达建，黄元直修。春风楼原址在今崇福镇春风大桥附近。春风楼是崇德县城的十大名胜之一，据传是宋朝知县奚士达所建，黄元直重修。春风楼三面临河，楼上可饮茶养鸟，河埠停满舟船，人来人往热闹非凡。

（二十五）

芙蓉洲畔长新荷，九曲横塘一鉴波。

得似泮池开并蒂，与郎编入采莲歌。

这是一首描写水乡采莲姑娘，在荷塘采莲时的求爱情歌。采莲姑嫂吟唱爱慕的情歌，心想情郎的动人情景。犹如一幅生动的采莲爱情绘画图，它一下子跳入了读者的眼帘。

（二十六）
桃花寒食一齐开，上坟家家化纸灰。
闲煞道旁妃子墓，红裙成队踏青来。

诗人描写清明时节桃花盛开之时，人们纷纷踏青享受春天的美景。同时还写到此时家家烧纸钱，祭祖的上坟场景；又感叹唯有路旁妃子墓无人祭扫，显得十分凄凉。

（二十七）
潘氏名随溪水流，一回闲眺一回愁。
尚书旧第今何处，松竹成林鸟乱投。

诗人感叹昔日的尚书门第，达官贵人如今已人去楼毁，如流水似的无影无踪，只空留下一片松树竹林，鸟儿啼叫。

（二十八）
祇园寺宇望参差，趁早烧香二月时。
拜罢如来携手去，与卿更上赵公祠。

祇园寺在今桐乡市洲泉镇，是一座江南名刹。传说宋朝建炎三年，有一位姓赵的大官跟随康王南渡后，来到洲钱避难。不久，他生了一个儿子名叫赵汝愚。赵汝愚从小聪明好学，长大后在京城考中了进士，官职升至右丞相。赵汝愚为百姓办事公正，深受民众拥护。

（二十九）
寂寂茅檐三两家，小楼一夜雨如麻。
探花巷僻春光好，无复明朝卖杏花。

诗人描写江南水乡的大好春光，虽说如今春雨下个没完没了，明日依旧繁花好景，还会听到小巷传来阵阵的卖花声。

（三十）
埭头纵使画师名，好景还愁画不成。
一经桑阴连柳浪，夕阳天气鹧鸪声。

在崇德北门外有个自然村坊名叫画师埭，这里养蚕时节鹧鸪声声叫，桑树绿叶连片，柳树细丝成荫，风景十分秀丽，画家随手就能绘成一幅美丽的画作。

（三十一）
菜花黄已遍方塍，泥软鞖绷力弗胜。
游伴春来行处有，南塘人唤北塘应。

诗人描写清明时节踏春的好风光，举目是遍地开满的金黄色油菜花。虽说刚下过雨，泥土湿软粘鞋，塘南塘北的人们却依旧在春日里尽兴游玩，欣赏家乡的大好美景。

（三十二）
赛会芝村远近闻，各装双橹载如云。

来随阿母龙船庙，讨得蚕花廿四分。

诗人描写清明时节，崇福镇芝村龙船庙的蚕桑盛会情景。蚕农们争先恐后摇船前来参加庙会，观看武术表现，还要讨个蚕花廿四分，望今年蚕茧有个好收成。

（三十三）
几间村店占溪腰，无限春光柳万条。
长笛数声明月夜，风流应在大夫桥。

诗人描写乡村美景，在小溪旁有几间村店，岸边春风吹拂柳条。在月光下的大夫桥头，传来笛子优雅的吹奏声。

（三十四）
凭郎稳坐木兰舟，愿傍郎舟逐日游。
莫遣又过分水漾，一从西去一东流。

木兰舟是古人对船的美称，诗人陪伴友人乘坐在游船里。船儿一会儿来到了分水漾，只见河流在此分别向东西两个方向流去。

（三十五）
南沙塘与北沙塘，两水通流一水长。
要似人情见深浅，各分明月在中央。

流经崇福附近的沙渚塘河流分为中、南、北3条。3条沙渚塘河都是从西向东流向的运河支流，起点都是运河，终点却各不相同，但都串起了崇福和高桥两镇。南沙渚塘又名语儿泾，西起运河南沙渚塘桥,东至高桥楼下角;中沙渚塘故名张泾,西起司马高桥西运河,东至沙渚塘桥东海宁界;北沙渚塘旧名茅家泾,西起运河茅桥埭,东至南日港。

(三十六)

插柳檐前天正晴,关心今夜是清明。

愿将藕祝看蚕眼,几股连泥送与卿。

诗人描写清明时节,蚕农趁着天气晴朗,许愿祝福今年蚕茧收成好。藕祝是指桂花香藕祝福,有贵人相助的意思。

(三十七)

今年蚕好价应低,出火村村渐捉齐。

何处四眠眠最早,客船又放到前溪。

诗人生动地描绘出养蚕过程中,"出火"和"四眠"时已有好兆头,祝福今年蚕茧丰收的心愿。养蚕生产从催青、收蚁、喂叶,一直到采茧、缫丝,每一个生产过程都十分繁忙辛苦。

(三十八)

黄梅水发水盈堤,三百圩头田尽低。

赢得嫁时衣未典,买秧连夜到塘西。

这是诗人描写黄梅水发时,农民们冒雨种田的辛苦情景。当时的穷苦农民典卖了衣裳,才有钱到塘西去买秧苗来种,生动地写出了家乡农民种田的艰辛。

（三十九）

缫手红颜赛出奇，大姑稍快小姑迟。

出庄船到西乡买，争买侬家七茧丝。

这是诗人描写蚕茧丰收后，家家蚕姑争先恐后煮茧缫丝的情景。大家都想要缫成上等蚕丝，然后卖个好价钱。

（四十）

连天花柳又今朝，舞飞歌莺恨怎消。

南下春江流不断，何人频上望京桥。

诗人描写春光明媚的景色，柳花随风飞舞，小鸟欢快啼叫。河水缓缓流过，有人多次走上望京桥，梦想能够求得功名。望京桥旧名观风亭桥，亦称圣堂桥，在县治东南 60 步，宋绍定间建。清乾隆三十八年胡圣麟募赀重建。

（四十一）

欲晴天气未晴余，吹暖风柔到小庐。

奚事酒杯禁不得？杜园笋煮菜花鱼。

诗人在时晴时雨的春天，感到有暖风徐徐吹来。他说在这大好春光里，有新鲜的杜园春笋，还有美味的菜花鱼吃，为啥要禁酒不饮呢。

（四十二）

白凤鲜菱四角尖，蜜筒瓜熟味还甜。

两般风味同船去，为赶香时到福严。

　　全诗描写了洲泉的四角红菱上市时，田里的香蜜瓜也刚好熟透了。鲜嫩翠绿的凤鲜菱、红菱和香甜的熟瓜同装在一只船内，一起摇到福严寺去赶香会。

（四十三）
饮罢吴清酒几杯，奚须解渴望新梅。
解元厅上茶香动，不愧名称瑞草魁。

　　诗人饮酒后感到口渴，来了个望梅止渴，然后来到解元厅上饮用名茶瑞草魁。瑞草魁产于安徽南部的鸦山，又名鸦山茶，属历史名茶。瑞草魁香气高长、清香持久、汤色淡黄绿、清澈明亮、滋味鲜醇爽口、回味隽厚、实为名茶中精品。

（四十四）
观音阁下水潺湲，三两村航早入关。
籴得香粳新糯米，归家须买菜盐还。

　　诗人描写崇福附近村里的农民，乘坐航船三三两两进城来。他们卖掉新收割的香粳米和糯米之后，开心地买些油盐和鱼肉回家而去。

（四十五）
野店桥头野草花，卖香浜树缀香葩。
还从水月庵前去，缆艇渔桥已到家。

　　诗人看到乡村桥头的野花鲜艳，香气浓郁，两岸还点缀有成片的绿树。船儿摇过了水月庵，很快就来到自家的渔桥河埠了。

（四十六）

八月初过九月才，桂花零落菊花开。

湖菱价贱摊街是，尽道章家荡上来。

八月才过桂花刚落，菊花就又开了。诗人看到满街都是价钱便宜的凤鲜菱摊贩，商家都说湖菱是从章家荡里采摘来的。

（四十七）

不尽风光红蓼洲，芦花滩影夕阳收。

雁鸣兜里雁爱鸣，望断人归廿二楼。

诗人描述风光美好的红蓼洲，芦花滩边太阳已下山。在雁鸣兜里听见有大雁的鸣叫声，廿二楼上有人在眺望亲人归来。白萍红蓼洲在周公解梦里面是指大富大贵的地方。

（四十八）

连日花村细雨霏，村家无事掩双扉。

呼儿约伴西坟去，石马磨刀草又肥。

诗人生动地描写了江南水乡春雨绵绵之时，农妇背了草部（筐），在石马上磨快了镰刀，叫儿女一道到田头去割羊草的情景。石马一般是指达官贵人坟墓前才有的石雕，这里写到的石马，很有可能就是吕留良祖父郡马坟前的那些石马石兽。

（四十九）

村路迢迢晚色冥，行人手自挈双瓶。

问渠有客杭州到，好酒须赊竹叶青。

诗人用近乎白描手法写出了当时崇德乡村淳朴好客的乡风民俗。诗中写到有客人从杭州过来，家里一时拿不出钱去买酒，但还是要到店家去赊两瓶竹叶青好酒，用来招待远方来的客人，读来真叫人感动万分。

（五十）
市雀无喧野雉驯，政归平易俗皆淳。
清心雅称清风句，诗待观民太史陈。

清心堂在原崇德县厅西面，清风堂在县尉厅东面，平易堂在县厅东，均建于宋朝。县厅在今县前原崇福中百批发部所在地。

语儿棹歌

渔火闪亮
农舍新桥一路平，桑园翠绿棹歌声。
小舟张网塘河水，满篓鱼虾火闪明。

湖畔夜景
凤凰湖岸鹭鸶栖，绿荫枝头闻鸟啼。
入夜水中浮满月，鱼儿聚众畅游西。

菊花仙子
春暖乡村唱棹歌，菊花仙子赛嫦娥。
下凡治病情深底，百姓欢呼赞颂多。

语溪夕阳
语溪桥洞夕阳斜，细雨春风弃泥沙。

绿荫满街车行少，燕穿杨柳见桃花。

歌舞古庙

西施习舞语溪留，千载佳传古庙秋。

骚客泛舟河岸宿，喝茶会友上春楼。

注：唐代诗人徐凝在《语儿见新月》诗中写道："几处天边见新月，经过草市忆西施。娟娟水宿初三夜，曾伴愁娥到语儿。"草市、语儿均为古时崇德的地名。春楼即崇福春风楼。

孟举老屋

孟举愚居古镇存，残留老屋透光昏。

酒坊空地曾探望，昔日繁忙黄叶村。

注：孟举即吴之振字，愚居是其故居守愚堂。黄叶村即黄叶村庄，是吴之振写作、会客之雅舍，地处崇福西门，曾热闹非凡。

春风茶楼

春风楼上三临窗，迎候来宾远长江。

丝茧畅销生意旺，喝茶商议价升降。

注：旧时崇福春风头临河建有茶楼，室内设施考究，常有客商在此洽谈生意。

含山蚕花

自古含山佳节过，蚕娘蜂拥讨花多。

宝儿饲养清明后，欢喜如狂唱爱歌。

注：自古以来每年正清明那天，在桐乡河山附近的含山上要举办热闹的蚕花节。周边的蚕娘纷纷赶来讨蚕花，她们将纸做五彩蚕花插在头上，以祈求蚕茧丰收。宝儿即蚕宝宝。

迎恩桥下

冬日天空屡见鸦，北风劲吹彩旗斜。

迎恩桥下回流水，映出几枝腊月花。

注：传说乾隆皇帝曾 5 次乘船路过崇德迎恩桥，故留此桥名。迎恩桥下是北沙渚塘、跃进港、大运河 3 条河流交汇处，为此有回流水。

孔庙拜师

孔庙书童拜祖师，桂枝折下系红丝。

拾回翠绿多张叶，送与邻家学步儿。

罱泥途中

杭市捻泥摇木艚，农家高手橹来操。

途中跳进塘河鲤，欲想烹调缺菜刀。

注：杭市即杭州市。旧时历年初冬时节，崇德农民摇一天两夜船，赶去杭州罱乌黑发亮的市河泥，这是桑园最好的肥料。

荷池蛙声

园池荷叶像铜钱，情侣观莲乘小船。

近处禾苗刚润雨，青蛙鸣叫响农田。

注：崇福中山公园孔庙前有荷花池，形如砚台。夏日荷花盛开，冬天莲藕丰收。

茅墩鸡鸣

五彩斑斓锦羽鸡，茅墩巢内晓晨啼。

轻舟停泊山门外，歌舞高台石岸西。

注：传说古时西施在崇福歌舞庙练歌习舞，庙对岸茅墩长满茅草，旧时有锦鸡啼叫，河上有座茅桥相通。

古琴余音

二泉映月响琴池，弹弄琵琶夜半时。

挚友志云修曲谱，八旬仍译古音词。

注：志云即范志云，又名范伯寿，崇福人，是著名民间艺人阿炳的琴友。他能惟妙惟肖演奏《二泉映月》《大浪淘沙》等名曲，耄耋之年仍在研究翻译清咸丰庚申年间的抄本《闲叙幽音》。

鲜香蚕豆

蚕豆茴香少放盐，品尝鲜美价钱廉。

小聋端匾沿街市，买了开包急食拈。

注：小聋即崇福横街小聋子，以烧煮茴香豆闻名。他制作的茴香豆粒粒大小均匀，皮青肉白，软硬适中，吃后回味无穷。

运河水网

古运河流绕我乡，贯通沙堵数条塘。

千年石拱桥联拓，二月春风豆麦香。

注：大运河流经崇福，将南、中、北3条沙堵塘联通，形成杭嘉湖平原中部一片广阔的水网。

载谷进城

木船摇橹响呀声，两岸桑林小鸟鸣。

笑语山歌飘水里，满装稻谷进西城。

福严古寺

福严禅寺烛香烟，起早敲钟少睡眠。

观世宝瓶清水露，念经拜佛又烧钱。

注：福严禅寺在桐乡凤鸣街道同福古村，建于南朝梁天监二年（503），以福严七宝出名。观世即观世音菩萨。烧钱指烧的是

用黄纸折成的元宝纸钱。

瞻晚村亭

忽现虹光夏雨停，花苞怒放小荷青。

园中碑石重逢日，游客瞻望四角亭。

注：园中指崇福中山公园内的吕园。碑石重逢日是指"先贤吕晚村先生纪念碑"之石碑劫难后，被重新发现。四角亭是指园中吕晚村纪念亭。

香甜蟠桃

浓蜜蟠桃肉质纤，皮黄个大味蛮甜。

攀枝采撷稍轻掐，糖汁香飘食欲添。

守愚堂灯

崇德城区户挂牌，富家望族石高阶。

守愚堂内红灯夜，唱曲吟诗响大街。

注：崇福守愚堂是明末清初著名诗人吴之振的故居。

千年梧桐

巧手新开市内湖，当年杂乱显荒芜。

梧桐千岁曾留活，问凤凰栖树有无？

注：千年存活的梧桐树，"文革"时被毁。

城外残桥

郊外残桥未问津，厚宽石柱插河滨。

路边来去无停立，后辈谁知建造人。

湖畔菊花

古老桐乡建大湖，野藤杂草近除芜。

菊花开放香城里，白鹭成群鳝蚬粗。

夜航归鸟

夜赴杭州逆水浔，两边杜笋细如针。

鸟归鸣叫飞双翼，船驶塘栖说浅深。

农活繁忙

运谷装船挑上阶，铁耙翻垦一行排。

手持刮子松泥地，干活农民着草鞋。

七星水池

吕氏花园巳渺茫，只留七个水池塘。

手持钓具儿童至，捉到鱼虾请你尝。

注：吕氏花园指崇福吕留良家的友芳园。水池是园内有名的七星池，余幼年曾亲见其遗迹。

城隍古庙

古庙辉煌烛化尘，信徒进殿敬香频。

邑民游客来无断，企盼城隍保佑人。

注：崇德曾建有规模宏大的城隍庙，"文革"时改为粮仓。

樵李醉人

醉李香甜半透红，西施印迹万年通。

上门购得超优六，味美轻尝勿说中。

注：醉李即樵李，成熟后香甜略带酒味。

古寺花香

禅寺黄墙大殿开，花香鸟叫早春催。

车经乡里轮胎湿，各路游人叩拜来。

菊花仙子

仙子腾云白菊香，离开天府羡鸳鸯。

梧桐树下谈情去，来到江南爱意长。

扑水告状

南下乾隆圣帜飘，龙舟浩荡远离遥。

村民告状飞跑去，扑水申冤三里桥。

注：民间传说在乾隆皇帝游江南时，有一天崇德村民曾在南三里桥扑水告状。

放飞风筝

儿放风筝一手捯，轻松拉线脚开叉。

渐飞高处心田醉，不怕稍微乱滚斜。

农忙即景

上午耘田手脚泥，回家煮饭菜盐齑。

烧壶茶水能消渴，又获邻居自种梨。

注：实录余下乡插队时的农忙情景。

秘方治病

祖母家传去肿丸，膏方敷贴秽脓干。

巧医疾病需时少，秘药回春妙手看。

歌舞庙景

歌舞台前杏子黄，北沙塘后稻花香。

农闲出发登高铁，欲去娘家带我郎。

注：歌舞台是指崇福纪念西施建造的歌舞庙戏台。北沙塘是指庙前的北沙渚塘。

春风古楼

楼曰春风客少眠，闲观笼鸟最堪怜。

岸边船挤甜瓜贱，卖掉回乡种稻田。

注：旧时春风楼在崇福镇上，供应茶点，楼房两面临河，生意兴隆。春风楼初建于宋代，现已毁，仅留有地名春风头和新建春风大桥。

运河九弯

舟进城区快板梢，三塘水急狗弯坳。

向东摇至青阳岸，河狭船多莫泊抛。

注：城区即崇福。三塘是指南中北3条沙渚塘。狗弯坳即狗肉弯，在迎恩桥南。船过弯后沿城墙向东而行。民谚：直塘改作九弯兜。明朝邑人右通政吕希周为抗倭，将崇德城墙下的运河改为九弯兜，就是从狗肉弯开始的。

喜得墨宝

喜获先生寄信笺，细心开拆放窗前。

题签宝墨正楷字，古韵文章赶紧编。

注：2007年余编撰散文集《崇德古韵》时，曾收到邑人画家吴羖木先生题签墨宝及热情洋溢的来信。吴羖木先生是清代著名画家吴滔之孙，曾任苏州国画院院长。

下乡知青

插队知青已五旬，今朝村美住房新。

饭香菜糯红茶焙，回顾春秋忆友人。

留良故居

吕氏先人福勿停，友芳园美草香青。

忽遭冤案家财尽，今又装修现故庭。

端午祭拜

追忆春秋岁月遥，离骚天问激情描。

屈原夫子心刚直，端午经年祭拜昭。

福严禅寺

禅寺高雄遍树林，进来院里绿遮阴。

殿堂邻接燃香烛，罗汉威严镀满金。

注：禅寺指桐乡福严禅寺。

春暖花开

油菜金黄小麦纤，酸梅叶绿细针粘。

下乡春播忙翻垦，花草初开食嫩尖。

注：酸梅是指酸梅草，叶子酸可食用解渴。细针：是指茅针，茅草的嫩芽，有甜味可以吃。花草：是紫云英的俗称，春天开紫花，可作草肥，其嫩芽可做小菜食用。

鸳社荷诞

鸳水荷花粉色回，又逢社庆并莲开。

诗情画意多风雅，诸友吟词祝贺来。

子恺还乡

古道航船大转弯，木场桥畔小河环。

轻弹《送别》琵琶曲，漫画宗师子恺还。

注：古道指运河古道石门。

横街旧市

昔日横街大卖场，霎间商市店停凉。

莫言此地城池小，车马人来尽不妨。

西施古庙

语溪万众忆西施，歌舞茅桥建古祠。

婀娜佳音姿美色，绕萦香火织千丝。

吕留良赞

崇德乡贤墓早平，留良遗著毁还生。

勇除邪恶惊人处，后辈千秋咏颂声。

语儿古亭

柳树春飘白絮花，塘河沙渚夕阳斜。

语儿亭址原形取，茅草桥边近故家。

注：歌舞庙近茅桥，是西施孩儿出生的故居。

吕氏古迹

崇福公园桂麓枝，先贤祭拜永不迟。

故居修缮留良遂，还看当年吕氏祠。

注：崇福中山公园内原有一座桂山，山上植有桂花树，山下建有吕晚村纪念亭，每年祭拜者络绎不绝。

中秋夜归

桂花满树味香浓，姣美嫦娥近相逢。

刚巧飞来秋节夜，月宫金色勿言冬。

桐城乡贤

桐城沃土育贤人，河水清兮少绿苹。

有志久经风雨疾，一生奋斗贵尊宾。

拜访故居

丹桂飘香短衣衫，语溪水面已无帆。

留良老屋灯光暖，又见前梁燕子衔。

注：吕留良故居在崇福登仙坊，今横街庙弄西，近日修缮后已对外开放。

大树被毁

小镇桥东是古堤，新房耸立大门西。

树高数丈连根拔，倾覆巢儿与水齐。

注：河堤为建造新大楼，古树鸟巢全被毁。

菊花飘香

又是重阳白菊开，村姑采撷去还回。

到家蒸煮鲜花浴，晒干泡茶淡雅来。

注：白菊，桐乡盛产杭白菊。

崇德商家

崇德商家自古多，往来船只挤塘河。

蚕丝交易忙街市，买卖双方快乐过。

注：崇德自古盛产丝绸，生意久销不衰。

丝厂缫车

蚕茧绸绵满市场，缫车急转长安边。

乘舟飞过张婆堰，丝厂门前靠客船。

注：丝厂指浙丝一厂，厂址在海宁长安镇。张婆堰即张埠堰，在崇福至长安的塘路边。

乡村公路

手持香米井边淘，难在田间觅桔槔。

车驶乡村公路下，遥望沿线小楼高。

运河飘帆

三里桥边树屋衔，桑葚初熟小孩鸽。

下乡落户刚来到，望见塘河舞白帆。

注：三里桥：指崇福北三里桥。塘河：指京杭大运河。

南北沙滩

西去塘边两古汀，初停夏雨草儿青。

鲈鱼肥鲜黄梅熟，船过长安七里亭。

注：崇德西门外现今留有南沙滩和北沙滩两个古地名。

崇德城墙

崇德城头望远遥，船行帆布百桅条。

乘舟摇橹塘河水，北过圆形三里桥。

城隍庙殿

崇福西门遍树林，城隍庙内水池深。

寺观热闹看人挤，拜佛烧香要有心。

注：崇福城隍庙内原先有仙池，池中放养红鲤鱼。

杭城罱泥

暮发桥头水中央，罱泥杭市大河塘。

沿途摇过多村舍，十次调班返我坊。

注：杭市：指杭州市。罱泥：旧时家乡秋冬有赴杭州罱市河泥之习，以肥桑园。调班：摇船出远门分两班，两人一班，每摇9里路调班。

北三里桥

三里桥和虎寺齐，沙滩南北语溪西。

晚村亭靠塘河畔，石马朝天日夜嘶。

注：三里桥指崇福北三里桥。虎寺指崇德虎啸寺。沙滩指崇福南沙滩和北沙滩。

吴滔故居

拜访吴滔值中秋，宫前河水已不流。

忆云来鹭看难足，移步轻登绘画楼。

注：吴滔故居门前的宫前河已填入泥土，成了道路。忆云草堂、来鹭草堂均是画家吴滔的厅堂。

孔庙桂山

崇德塘河绕几湾，晚村亭伴桂花山。

游人孔庙门前过，听着诗声乘兴还。

注：桂花山即桂山。

运河泛舟

少壮家居镇北头，年轻爱泛小划舟。

运河两岸鲜花放，遍地桃红可旅游。

梁山英魂

船向杭州铁洞开，听闻好汉葬山隈。

县城崇德乡贤语，曾有倭人进镇来。

注：好汉：传说梁山英雄好汉被葬在杭州城北铁桥旁。倭人：指倭寇。

石补奇钟

天中山峰有瑞云，钟镶石补铸奇闻。

阴阳铜镜看相似，人世仙堂两不分。

注：崇德福严寺有石补钟，相传声响十里。

迎恩鸟鸣

保护珍奇贵有犀，好郎勿打野生鸡。

迎恩桥上行人少，茅舍村边鸟未啼。

注：野生鸡，野鸡。

夜赴杭城

柳绿桃红雨间晴，菜花小麦竞相生。

轮船夜行塘河里，拂晓时分进省城。

注：省城，杭州。

怒掷宝箱

叹卖油郎爱恋深，十娘怒掷宝箱沉。

只缘世上钱财贵，人美情投难忘金。

注：十娘，杜十娘。

三跳花鼓

寻访乡音三跳时，农村茶馆有人知。

运河花鼓非遗戏，难觅今朝弟与师。

注：三跳，指旧时桐乡、崇德乡村民间艺人演唱的毛竹板劝书，边敲边唱民间小调戏剧。花鼓戏是桐乡农村演唱的民间传统戏曲。

洲泉丝绵

洲镇蚕丝拉好绵，轻松柔软代相传。

行舟前往绸庄买，棉被初翻和暖眠。

注：洲镇，桐乡洲泉镇，丝绵质量上乘。

船过北塘

郎划兰舟市北塘，飘来两岸稻花香。

船过桥洞须留意，笑语田歌唱水乡。

桑林蚕歌

船只摇过六里亭，村民挑担路边经。

蚕歌伴笑人不见，两岸桑林叶密青。

注：六里亭在崇德北三里桥之北面塘路上。

垒石古弄

垒石遗留古弄中，高桥两顶座南东。

越吴国界春秋分，旭日初升满地红。

注：桐乡石门有垒石弄，相传为春秋时吴越两国分界线。弄口运河上建有南东两座石拱高桥。

河边钓鱼

崇德城池店铺居，石榴花放火不如。

春来螺蚌尝鲜美，闲坐河边钓鲫鱼。

注：春天的螺蛳、河蚌肉质鲜美，此时最宜食用。

吕府旧庙

东岳堂居座落南，紫燕飞舞觅曾谙。

七星池畔梳妆石，月下银杉影子姃。

注：东岳庙原是吕留良府中的家庙。七星池和梳妆石是吕府友芳园留下的遗迹。

西施新庙

歌舞台南有草墩，西施大殿重装门。

村民争相捐钱物，造福安康旺子孙。

注：歌舞台，即歌舞庙戏台。相传春秋时西施赴吴国前，曾来此地练习歌舞，民众筹建歌舞庙纪念之。2019年茅桥埭村民自发捐钱献物，重修歌舞庙。

语儿亭联

司马高桥行走疏，千年东寺水边居。

语儿亭中婴啼叫，今岁楹联难觅书。

注：春秋时语溪（今崇福）南门外有语儿亭，相传有儿一岁能语，系西施所生。

友芳遗迹

优雅芳园难觅踪，留良故屋被查封。

尚存灵秀梳妆石，东岳堂前两古松。

注：友芳园为吕留良府内庭园。梳妆石为留良祖母郡主房前遗物，"文革"时被毁。东岳庙是吕府家庙，解放初尚存遗迹。

万岁古桥

万岁桥墩水转徊，镇东沙渚三塘隈。

春风楼上飘香酒，店北河滩绽雪梅。

注：万岁桥在崇福古运河上，相传为唐代尉迟公所建。春风楼在今日春风大桥处。沙渚三塘，崇福城东有南、中、北3条平行的沙渚塘。

五桂芳弄

莫氏房前草木蹊，芳名牌座遗留迷。

桂冠五子传佳话，故屋原居寺院西。

注：崇福现有五桂芳弄，原是南宋莫琮5个儿子先后考中进士，名曰"五子登科"，当年崇德县官员奉旨在此建造"五桂坊"牌楼。寺院指崇福寺，俗称西寺。

塘河芦苇

人力开成地中湖，透明宽阔趣幽无。

塘河堤下培茭白，往昔生长野草芦。

虎啸寺殿

虎啸堂边水重围，农人耕种着蓑衣。

雨过日出霞光照，一对燕儿急速归。

注：虎啸寺在崇福北三里桥北埭河湾处，周边临水。

范山祖坟

星石桥边水洁皥，吾家高祖范山坟。

亚元考中光宗耀，耸立旗杆日月曛。

注：我家高祖范奉章清同治四年浙江乡试考中亚元，家中悬挂"亚元"匾额。其坟葬于星石桥范山坟，墓前竖有高大石旗杆。

友芳园址

故友芳园浅水通，春来放鹞乘东风。

赚钱占地高楼造，践踏操场勿见空。

注：友芳园，系吕留良家园，原有小河相通。小河在崇福古运河西，20世纪70年代开河时发现在蒋家弄口有座石桥遗迹，可见蒋家弄原是一条小河，直通友芳园。友芳园后改建大操场，是全镇民众健身之地，90年代被开发商占用建房。

休闲农庄

休假农庄设钓矶，新修旅舍敞铜扉。

中秋螃蟹池边溜，菜饭飘香酱鸭肥。

渔船汇合

郊外鱼虾捕获鲜，稻田黄鳝水塘偏。

棹歌悠长清晨起，河岸渔民聚泊船。

注：崇福北门外护城河边有南北两处渔船汇，是旧时渔民聚居之地。

鹞子古墩

吴越争雄鹞子墩，著名南宋中夫村。

如今不见风筝影，稻米飘香富裕门。

注：鹞子墩，在桐乡崇福中夫村，是吴越古战场所在地。南宋时钟夫人为康王治马瘟立功，曾建造钟夫庙纪念。

栗子番薯

萝卜鲜甜雪里出，栗香番薯隔年储。

不须下海龙虾捕，只品阳澄闸蟹胥。

注：崇福盛产雪里种萝卜，味甜肉脆汁水多，品质比梨子还佳。崇德农村沙土地出产的番薯，味香糯，远销沪杭，被誉为"栗子番薯"。江苏阳澄湖大闸蟹，味鲜膏厚，是当地著名特产。

售瓜望山

队里摇船狗肉湾，甜瓜售出把家还。

步行桥顶登高处，遥望临平见众山。

注：狗肉湾，在崇福北门城外运河边。

茅桥米行

西施歌留古庙前，秋收稻熟话丰年。

茅桥长埭凉棚泊，全是吾乡卖米船。

注：古庙，指歌舞庙，是西施练歌习舞之地。茅桥埭，在崇福北门歌舞庙西面，旧时有多家米行，收售本地大米杂粮。

黄叶村庄

黄叶村庄显上乘，竹篱楼阁少鱼罾。

小桥浅水堆山石，果树繁花绕草藤。

注：黄叶村庄，是清代吴之振（字孟举）崇德城西的家园，内有小桥流水，楼台亭阁，环境优美，系当时的浙东文人经常聚集之地。

足球健将

崇德宫前语水流，人来客往从不休。

麟经国足头场冠，教练功留戴宅楼。

注：戴麟经出生于崇德横街戴家楼，宅南有宫前河。1952年任解放军"八一"足球队总教练，1957年初戴麟经又受聘兼任国家足球队总教练。同年6月率队在北京赛场战胜印尼队，成为新中国足球冲击四大锦标赛中取得的第一场胜利。

自华赠金

崇福徐家大院开，吟诗迎客酒新醅。

鉴湖女侠骑行至，慷慨捐金上阁台。

注：秋瑾和徐自华是世上好姐妹，秋瑾起义急需钱，徐自华将自己的嫁妆金银首饰和积蓄，兑换成黄金30余两，全部捐赠给秋瑾。

其美学徒

其美终生大作为，少年当店学分厄。

中山得力身前臂，崇德乡民共敬之。

注：其美，是陈英士的别名，湖州人。他13岁时来崇德横街善长当做学徒，后一直跟随孙中山先生。陈英士是中国近代民主革命家、中国同盟会元老，于辛亥革命初期与黄兴同为孙中山的左右股肱。

总管起立

陈氏书生住语湖，家贫刻苦志不孤。

感知总管尊身立，成就功名展锦图。

注：清乾隆年间，石门（崇德）书生陈万青兄弟俩家境贫寒，每日带冷饭到西寺去苦读，此情感动弄里总管菩萨而起身让路。后来陈万青被选贡进京，送入国子监读书，一举登上京兆榜榜眼。弟弟陈万全也考中了侍郎，在京城做官。今崇福仍留有立总管弄古迹。

（唱和朱彝尊《鸳鸯湖棹歌》）

沙渚棹歌

耕水田

城北农家日影斜，水田翻垦笑声哗。

贫穷寒苦无人说，勤劳迎来好岁华。

注：崇德水乡大地上自古以来就有南中北平行的，3条从西

过东流向的沙渚塘河，以及似蛛网般密布的大小河浜。

渡康王

语溪自古战争场，人马奔跑护驾王。

三里桥边流水急，宋皇路过乱泥岗。

注：宋渡王，指南宋康王（赵构）南渡，路过崇德时留下不少古迹佳话。

花草田

十亩田园紫草萋，屋前早稻色青齐。

日军游艇河中窜，游击人员战荡西。

注：紫草，即紫云英，当地农民叫作花草。春天开漂亮的紫色花，花草嫩芽可食用，长大翻耕后可用作肥料。

崇德县

崇德乡人品行贤，县衙设置过千年。

厚深文脉谁承继，今又重修古遗传。

注：后晋天福三年（938年）崇德设县，距今已有1000多年。

望皎月

小村路北有鱼池，河水流过寄我思。

农事无涯望皎月，成天辛劳下田时。

注：我下乡时的村坊有鱼池，村西有塘河流过。

摇木船

石桥建在寺墙边，农物销城载木船。

桑地灌浇肥污泥，喜收蚕茧又丰年。

注：崇福北三里桥是座高大的石拱桥，原建在虎啸寺旁。

学农活

年轻热血下乡来，勤学田间水稻栽。

垦地挑担全会做，养蚕时节闻春雷。

梅花石

梅花珍石出江湖，崇德吴滔绘画图。

经历奇冤存故地，何要销毁影踪无。

注：崇德梅花石（又名梳妆石）是吕留良祖母郡主带来的珍贵之石，原存放在大操场西端，"文革"时被毁。著名画家吴滔曾绘有梅花石图。

爱国粮

稻谷丰收库顶平，售粮船载进街城。

热情爱国村民乐，一路欢歌笑语声。

注：当年粮食丰收了，生产队社员优先将好谷交售爱国粮。

抗台风

连遭暴雨强台风，干部来乡日夜同。

筑建石堤加固泥，水中作乐赛龙宫。

古村坊

青瓦灰墙几土丘，地平屋改有人愁。

电机生产田宽阔，千古村坊少保留。

注：在当今大规模的新农村建设中，是否可以保留少量的非遗古村落。

乘航船

航船进市掩仓扉，销购成交饭后归。

下雪刮风天骤冷，艄公用力行舟飞。

注：旧时路远农民进城销售农产品，大多要乘坐航船。每天清晨开船，午后返航。

守愚堂

崇福城西讲学村，如今唯有绘图存。

子孙后代居天下，尚可寻根祖宅门。

注：讲学村指黄叶村庄，原是黄叶老人吴之振（孟举）讲学著书处。祖宅门是指崇福横街尚有吴之振祖居守愚堂。

购蚕丝

千里来崇勿旅游，商家采购利先谋。

蚕丝装运塘河堵，买卖双方赴阁楼。

注：崇德自古盛产蚕丝，产品远销海内外。商家交易大多喜欢去崇福宽敞舒适的春风茶楼。

大旱年

今逢大雨水田漫，去岁河浜底裂干。

遭遇苦难无处诉，敲锣放炮祭龙坛。

注：1934年江南大旱，塘河水浅，小浜底干，下年又遭遇水灾，龙坛原在崇德县城的北门坛弄内。

茶盐场

古时税务酒茶盐，今日烟糖货库兼。

新建仓房宽敞燥，北南副食垒山尖。

注：古代崇德县茶盐场酒税务处地址，就在今日崇福北门烟糖公司仓库。

文璧塔

公园景观满池荷，文璧巍然典雅多。

孔庙曾宣中举榜，难寻旧迹桂山柯。

注：公园指崇福中山公园，文璧巽塔是当地标志性古建筑。旧时孔庙后有种满桂花树的桂山，书生常去摘取桂枝。

办农校

夜校新开秋季后，电筒闪亮快跑来。

学堂挤满人喧笑，响彻书声震屋回。

注：20世纪五六十年代，农村每年秋冬季节办夜校，可让农民读书识字。

五桂坊

五桂牌坊今无寻，兄弟进士树香阴。

莫氏旧居坊弄存，崇德学子成材森。

注：南宋时崇德五桂坊弄莫元忠五子先后考中进士，皇上传旨建造五桂坊牌楼。传说莫家庭中五株桂花树相继开花。

农家忙

农田蚕室快跑间，五月乡村没空闲。

连续辛劳流苦汗，谷黄茧白笑开颜。

雷雨急

春耕时节水田波，翻泥栽秧说笑多。

忽遇雷鸣风雨降，戴正笠帽背披蓑。

去寺庙

寺院周边绕水塘，忧愁苦难卜良方。

福严香客常年旺，绿树丛中透杏墙。

吉祥庵

止目桥边有古庵，旧时念佛月重三。

村民双手忙不歇，种好秧苗又饲蚕。

注：古庵指李家坝村吉祥庵。

春风楼

名坊楼阁挂帘枕，龙井祁门灶火红。

窗外水清河色好，品茶谈笑沐春风。

注：崇福春风楼，江南名茶楼。宋崇德知县奚士达建，黄元直修。

并蒂莲

公园修建见新荷，九曲长廊映水波。

盛世再望莲并蒂，与君池畔唱欢歌。

注：据说古时崇福公园荷花池内曾开有并蒂莲。

梁山坟

杭城罱泥木船开，豪杰功名化为灰。

拱墅桥边悲汉墓，春秋祭扫没人来。

注：悲汉指梁山英雄好汉一百零八将。

戴麟经

溪水南经戴屋流，勇创功绩受污羞。

家乡健将威名响，期盼欣闻进足球。

注：家居崇德横街的戴麟经先生曾任国家足球队教练，在国际球赛中多次创佳绩，勇夺冠军。"文革"中被"四人帮"迫害

致死，溪水是指原来的宫前河流经戴家楼屋南。

崇福寺

西寺殿堂高参差，鼎盛僧众百双时。

客商来往烧香挤，还上城隍庙观祠。

注：西寺即崇福寺。百双是双百，200多位之意思。

新农舍

新建楼房整洁家，屋前桑树密如麻。

鱼池竹影风光好，桃梗含苞绽粉花。

三里湾

镇北高桥三里名，挑担过往慢行成。

弯塘水急推微浪，近处林中野雉声。

稻香花

田间多条窄路塍，稻香更比百花胜。

小河隔断乡村屋，南埭人呼北岸应。

登含山

盛会含山远近闻，呼亲携友小车云。

登临峰顶求神庙，期盼蚕花廿四分。

注：含山在河山乡附近，每年清明举办"蚕花节"。到时人山人海，有求神插蚕花的民间习俗。

望京桥

园内鲜花分外娆，春风满面柳飞条。

书生折桂中秋夜，相约望京挤上桥。

注：崇福春风桥旧时为望京桥，当地书生常登临，朝北京城观望。

清明节

每到清明乘木舟，上坟祭祀野乡游。

塘河南往长安镇，西去杭州急水流。

歌舞庙

沙渚东流古称塘，庙台歌舞岁悠长。

西施临此名声振，历代佳人拜中央。

注：崇福北沙渚塘口茅桥埭，自古就建有歌舞庙，相传春秋战国时期西施曾在此练习歌舞，当地村民建庙以示纪念。

插蚕花

春季来临喜放晴，二忙前日是清明。

含山热闹人流挤，请朵蚕花插爱卿。

注：二忙日是指清明第二天，意思是农忙开始了。含山蚕花节蚕农有讨蚕花，头上插蚕花的风俗。蚕花是用五色纸做成的彩色小花。爱卿指爱人。

水龙会

练技摩拳不愿低，各坊车队出全齐。

开心浇湿船家衣，人挤河堤观赏迷。

注：旧时农历五月二十是崇福的水龙会，这天各坊（街道）的民间救火水龙车队，要列队去市河边比试，以射出水高低远近为胜败。届时居民前往观看者无数。

栗子薯

崇德山茹种旱堤，沙松泥土出苗齐。

甘甜香糯皮红好，连夜摇船去沪西。

注：山茹即山薯。沪西指上海，想去那里卖个好价钱。

逛庙会

庙会狂欢演出奇，飞车跑马看雄狮。

信徒念佛不知累，菩萨巡游竹笛吹。

注：旧时农历十月廿三是崇德城隍庙会，前后 7 天盛况空前。大操场有马戏团、飞车走壁、动物展览等演出，还有看大洋画、套泥菩萨等活动、信徒在上一天坐整夜"宿山"念佛。

担瓜菜

蔬菜甜瓜扁担挑，树梢小鸟唱歌嘹。

数条石级轻松行，一气过完三里桥。

上梁酒

忙好秋收暖燥余，村民辛劳建新庐。

上梁喜庆年糕分，酒宴丰盛肉鸭鱼。

注：农村建房要分上梁年糕，办上梁酒。

赶集市

湘水红菱四角尖，葡萄梨子味鲜甜。

驱车先到儿溪去，早市忙完赶福严。

注：湘水即湘溪、洲泉。儿溪即语溪、语儿、即崇德。福严指福严寺。

五进士

芳弄高人敬酒杯，桂枝摘下赏春梅。

府名进士茶香溢，兄弟争先勇夺魁。

注：芳弄，崇福五桂芳弄。南宋时五桂芳弄莫氏五子先后考中进士，传说家中的桂花树也相继开花庆贺。

交公粮

石拱桥边水转弯，满船谷验进仓关。

紧挨排队公粮籴，买好农机再返还。

去演出

涨木桥头救圣驾，店街塘里稻扬花。

摇船唱戏山歌去，夜半时光笑返家。

注：传说康王南渡时，店街塘涨木桥曾救过南宋皇上的命。20世纪六七十年代，李家坝大队的文艺宣传队，应邀常去那里表演节目。

过春节

农历新年节日来，全家老少笑容开。

走亲访友真欢喜，带上糕瓜抱小孩。

乘游轮

乘上游轮去看球，沿河美景眼前收。

来回日夜航班过，船坞旁边古箭楼。

注：古箭楼，崇德南门城墙上古代有高大的箭楼。

黄梅雨

春至黄梅细雨霏，村民耕地着蓑扉。

孩童游玩梳妆石，池有星名水草肥。

注：梳妆石，即梅花石。梳妆石、七星池都是吕留良家友芳园的遗物，"文革"时被毁。

吃年酒

春节农家夜更忙，全盘鸡鸭酒醇香，

来宾喝醉歌声浪，尽兴欢欣满屋狂。

交流会

崇德交流喜迎春，全场棚屋客多人。

粮棉售出添机器，买卖公平货物真。

注：20世纪50年代，崇德县在大操场多次举办城乡物资交流大会。当时盛况空前，全场人山人海，商品购销两旺，气氛十分活跃。

帝王船

清帝乘船游玩赏，五过崇德迎恩欢。

龙舟豪华牵人漫，两岸高呼万众观。

注：民间传说乾隆皇帝7次下江南，其中5次途经崇德，崇福北门城外曾建有一座高大的迎恩桥。漫是漫长，人员众多的意思。

开艄船

竹篾搭棚船体阔，大橹架起手摇忙。

乘人载货多宽敞，木板光平做睡床。

注：开艄船是生产队必备的船只，出门载物进货容量大。也可作航船，人乘坐平稳舒适，又可避风雨。木板光平是指船上的平柜板，晚上可睡人。

赤膊船

赤膊空舟装运快，东西南北半天回。

果蔬稻谷船舱放，农药田肥满载来。

注：赤膊船是指农村常用的农船，船上没有装棚仓，装卸搬运货物时极方便。

小划船

舟小狭长翘首尾，水中行驶半悬飞。

客官事急船舱坐，双桨齐划片刻归。

注：小划船是镇上载客的快船，仓内仅可坐一二人，船小速度快，犹是水上快艇。

乘轮船

篙竹一撑机器响，犹如快艇劈波航。

大河小港穿梭去，平稳舒心客赞扬。

注：在汽车尚未普及之前，轮船是水乡主要的交通工具。崇德地区河道如蜘网，轮船可到达各个乡镇，直通杭州、苏州、湖州等地。

坐海轮

甬岸乘船游普渡，双头轮体大高宽。

鸟飞鱼跃陪吾行，海中微风迎面寒。

注：当年曾从宁波乘坐海轮去普渡旅游，一路尽是新鲜事。

踏水车

巧制农车长二丈，两人踏转木龙梁。

辐条滚动哗声响，抽水浇苗日夜忙。

注：在古老漫长的农耕时代，水车是农田灌溉的主要工具。

它巧妙的制作构思，能将河水抽到农田中，解决禾苗缺水的重大
难题。

竹扁担

竹削扁长肩上挑，两头箩担跳弹弯。

神功省力真奇妙，双脚如飞信步闲。

注：一根小小的扁担作用却很大，在机车尚未普及前的农耕
时代，它是农家必备的挑担工具。

垦铁耙

古老铁耙千载传，翻田垦地效超强。

春天耕种不离手，秋后丰收稻谷香。

注：铁耙是农耕时代留下来的主要农具，有尖齿、鸭脚等多
种式样，适合各种水田、旱地使用。

铁刮子

刮子松泥灵巧快，地头除草霎时光。

幼苗深扎根粗壮，蔬菜甜瓜结满场。

小镰刀

揽子巧灵锋闪亮，手持木柄去田间。

绿鲜青草挥刀刈，稻穗金黄割垛山。

注：揽子即镰刀，为本地方言，是农家的收割工具。

编草鞋

古代聪明多智慧，搓绳编织草鞋穿。

地间走路轻松快，非遗农家祖相传。

注：草鞋是农耕时代的产物，直到20世纪60年代，当地农

村还有人在穿着。

棕蓑衣

巧剥棕皮蓑制衣，轻便实用上身披。

春耕时节干农活，遮雨寒风勿息离。

注：早在农耕时代，古人就用棕榈树的皮编织成蓑衣，下雨
天干农活时披在肩上，可避雨水湿身。

草凉帽

夏季炎阳天气热，买来草帽出家门。

犹如凉伞遮阴影，田间辛劳避暑温。

篾竹篮

光洁竹篮人喜爱，精心编织四方边。

出门买菜轻便带，实惠坚牢世代传。

泥灶头

砖泥砌成烧饭菜，铁锅汤罐巧装安。

灶神敬放求祈福，多幅花图显美观。

罱河泥

星夜赴杭摇橹行，拱圆桥过月光陪。

喜闻渔火传吹笛，挥汗交谈罱泥回。

注：拱圆桥是指古老的石拱桥。

抢收种

炎夏日头当空照，下田割稻整天劳。

插秧摸黑蚊虫咬，勿误农时舍命熬。

注：日头即太阳，是本地方言。

开挖河

乌镇开河疏古道，红旗插遍迎风飘。

万人冒雪争先进，数丈泥阶上下挑。

饲养蚕

四月养蚕多雨水，采桑予叶整天忙。

只听一片沙声响，姑嫂辛劳喜茧房。

注：四月，指农历四月。予叶，方言；是准时给叶饲蚕的意思。沙声响：是蚕宝宝吃叶时"沙沙沙"的声音。

抗台风

秋夏屡逢灾害袭，狂风暴雨满盆降。

稻苗倒伏淹田水，黑夜抢堆泥石桩。

注：泥石桩，台风暴雨河水猛涨，常会冲垮堤岸，须连夜用泥石修复。

捉塘鱼

腊月池塘车水转，鱼儿手捉乱飞穿。

泥花满脸孩童笑，村口分堆好过年。

宿瓜棚

塘口农田超十亩，金黄瓜熟散甜香。

棚中宿夜听蛙叫，明早摇船售卖忙。

注：黄金瓜，当地人叫熟瓜，瓜皮金黄有条纹，椭圆形，瓜肉香甜酥软。

送公粮

好谷先交爱国粮，沸腾站里验收量。

河边排队船头等，挑担川流进出忙。

注：验收量，检验测量。

造新房

村砌新房众友帮，泥工手快运砖忙。

上梁木匠歌谣唱，款待宾朋喜欲狂。

办夜校

冬夜新开村学校，快跑手照电光筒。

课堂灯亮人员靠，识字吟诗下苦功。

演村戏

木板搭台村戏唱，大灯点亮稻田前。

敲锣打鼓人头挤，乡妹高歌响震天。

注：大灯，是指汽油灯，灯光雪亮。

过新年

鞭炮声中祝贺年，全家新衣整齐穿。

互相叩拜人欢喜，迎客盛情设酒筵。

闹元宵

十五元宵春节闹，汤圆品味糯香甜。

迎灯队到观看挤，多彩烟花映竹帘。

花朝节

二月春天风景美，百花生日万千红。

枝条贴纸多欢庆，植树时佳遍绿丛。

注：花朝节，江南是农历二月十二，正逢植树节。贴纸，是

指花枝上粘红纸，这是旧时的花朝节风俗。

清明节

又是桃花开鲜艳，上坟祭祖众人忙。

踏青男女田园走，油菜金黄散发香。

立夏日

立夏迎来天渐热，豆青肉笋野田烧。

麻球分享都称好，赶走乌蚊传统谣。

注：崇德民间传说，旧时初夏路上乌蚊乱飞，妨碍路人行走。麻球能粘住乌蚊，据说立夏日吃麻球，能将乌蚊赶走。

过端午

纪念屈原千古思，街头巷尾粽飘香。

龙舟竞技人观看，艾草收来挂粉墙。

注：据传艾草、菖蒲可治虫防病。

水龙会

崇德古城风俗传，操场聚集水龙看。

市河两岸威雄阵，远近高低比夺冠。

注：旧时每年农历五月二十，是崇福镇上的水龙会。此日，各街坊响着铜铃那古老的消防水龙车，都要拉出来用水枪喷射，进行一番练兵比试。

地藏香

又见中元香遍插，长街万户闪星光。

孩童围观望燃尽，为结花篮小捧抢。

注：中元，农历七月十五为中元节，相传是地藏王菩萨生

日。香棒可编成多种精美的小花篮。

中秋节

每过中秋尝月饼，万家团聚笑声扬。

嫦娥欢乐舒长袖，桂树盛开世间香。

迎庙会

崇德古来迎庙会，城乡万众聚狂欢。

丝弦锣鼓游街巷，整夜吟经坐佛坛。

注：庙会：指崇福镇庙会，旧时每年农历十月廿三举行，前后7天。民间传说是为庆贺崇德城隍菩萨生日，而举办的庙会。庙会期间十月廿二日，信佛老太纷纷要去城隍庙里"宿山"，即整夜念佛。

送灶神

岁末灶神天上去，万家善恶禀言知。

恭呈豆饭甜糖饼，教诲平民做爱慈。

注：民间传说每年农历十二月廿三，灶神要回天庭见玉皇大帝，禀报各家各户一年中善恶之事。旧时民间有在灶山上供麦芽糖、赤豆糯米饭等祭请灶神的习俗。爱慈，仁爱慈善的意思。

年夜饭

三十全家团聚夜，荤腥鱼肉饭丰盛。

红包压岁孩儿笑，祝福来年更富盈。

接财神

初五财神迎进屋，肉鸡敬请放鲜鱼。

祈求来岁盘盈好，家中钱多有积余。

注：经商者每逢大年初五接财神，祈求发财。放鲜鱼，放掉

鲜活的鲤鱼。

演教寺

演教寺墙千载建，佛缘信众当今延。

车轮公路飞驰过，高铁轻盈镇中穿。

锦鸡鸣

五彩斑斓锦羽鸡，茅墩巢内晓晨啼。

轻舟停泊山门外，歌舞高台石岸西。

注：茅墩，是指崇福歌舞庙对岸的茅草墩。

四月忙

和暖春风抚绿川，小桥河岸绕炊烟。

乡村四月无闲息，又见农人绘水田。

寂照寺

寂照千年修寺院，精工雄伟佛门尊。

长山河水农田润，果菜名优富裕村。

五桂坊

莫氏房前草木蹊，芳名牌座遗留迷。

桂冠五子传佳话，故屋原居寺院西。

注：崇福现有五桂坊弄，原是南宋莫琮5个儿子先后考中进士，名曰"五子登科"，当年崇德县官员奉旨在此建造"五桂坊"牌楼。寺院指崇福寺，俗称西寺。

打雪仗

放下书包屋外奔，眼前银白映家门，

孩童雪仗欢腾打，笑喊投跑伴水痕。

过北塘

郎划兰舟市北塘，飘来两岸稻花香。

船过桥洞须留意，笑语田歌唱水乡。

赴杭城

柳绿桃红雨间晴，菜花小麦竞相生。

轮船夜行塘河里，拂晓时分进省城。

注：省城，杭州。塘河，指京杭大运河。

福严寺

禅寺高雄遍树林，进来院里绿遮阴。

殿堂邻接燃香烛，罗汉威严镀满金。

注：福严寺，千年古刹，在京杭大运河同福乡村旁。

后 记

很高兴，我的拙作《宋韵崇福运河》被中共桐乡市委宣传部、市文化和广电旅游体育局、市文学艺术界联合会推选为第七批文化精品创作扶持项目，在此表示衷心感谢！

崇福镇是一座具有千年历史的古镇，大运河贯穿镇区，自古以来土地肥沃，农产品丰富，商业繁荣，更是文化底蕴深厚，人才辈出的江南重地。

本人出生在崇福，从小就对家乡古老悠久的历史文化深感兴趣，长期以来注意观察搜集镇上点点滴滴的文史遗迹，并不间断地记录下来。同时我十分敬仰本地文史学者蔡一先生，曾多次上门拜访请教。蔡先生十分慷慨，将自己精心搜集整理的大量丰富的崇福文史资料，让我抄录复印，使我感动万分。由于我热心文史工作，桐乡市政协聘请我担任了20多年的文史资料特约通讯员，使我有机会向全市的文史学者学习请教，收获颇多。从那时起，我每年有二三十篇采写的文史稿子，被省地市各级报刊采用刊登。21世纪初，崇福镇政府邀请我参加新版《崇福镇志》的编撰工作，使我有机会更深入地接触和了解崇福底蕴深厚的文化历史和名人古迹。

长期以来，桐乡文史学者蔡一、邹蔚文、张森生、徐春雷、叶瑜荪、王士杰、徐树民等诸多先生对我的教导和熏陶，鼓励我不断进取，在此一并深表感谢！

我将继续努力更进一步地搜集整理崇福丰富的文史宝藏，使之发扬光大。